春风吹过90后·散文集

POST-90·PROSE WORKS

主编／孙晨帆

苏州大学出版社
Soochow University Press

图书在版编目(CIP)数据

春风吹过90后：散文集/孙晨帆主编. —苏州：苏州大学出版社，2013.6
ISBN 978-7-5672-0533-8

Ⅰ.①春… Ⅱ.①孙… Ⅲ.①散文集—中国—当代 Ⅳ.①I267

中国版本图书馆CIP数据核字(2013)第140946号

春风吹过90后·散文集

主　　编　孙晨帆
责任编辑　刘一霖
装帧设计　蔡宜豪　蔡宜贤
出版发行　苏州大学出版社
地　　址　苏州市十梓街1号
邮　　编　215006
电　　话　0512－65225020　65222617(传真)
网　　址　http://www.sudapress.com
印　　刷　苏州市工业园区美柯乐制版印务有限责任公司印装
开　　本　889 mm×1 194 mm　1/32　印张9.5　字数238千字
版　　次　2013年7月第1版　2013年7月第1次印刷
书　　号　ISBN 978-7-5672-0533-8
定　　价　35.00元

名家推荐

这是一本会让同龄人感觉亲切的书，字里行间带着这一代人鲜明的特质。无论是所思所想，还是嬉笑怒骂，都是春风徐徐，透着太阳的明亮能量。其实，这本书的意义，还在于他们自己写、自己编选，如同在其他各个方面的表现，这说明一点，“90后”在行动，你知道或者不知道，“90后”都一直在行动！——一如既往地看好他们，包括这本集子。

——阿里歌歌（作家，原榕树下副总编）

“90后”尚且年轻，作品肯定也有不足，但我相信“这个世界到处都有小精灵，都有可爱的星星”。我更相信这群年轻的孩子在未来一定能写出如星星般动人的作品。

——安武林（著名作家，作家协会会员，文学评论家）

散文的书写是一个层层剥削的过程。在去掉华美的文字外壳后，你所看到的便是写作者那颗炽热而滚烫的心。作为文坛的新晋势力，“90后”作者无疑受着众多的压力。但在这本书中，你会看到他们对于梦想的追求，对于写作的严肃态度。在行云流水的文字世界中，他们用扎实的文字功底去诠释青春的内核，创造梦想的彼岸。

——邓思远（青年作家）

我本身就是“90后”，一直以来都希望通过自己的努力为“90后”正名。这一次，本书的年轻作家们做到了。

——陈炳强（青年演员，《西游·降魔篇》猪刚鬣扮演者）

序 1

那些华丽的青春

文/孙晨帆（主编手记/出版人序）

叛逆、浮躁、不懂事甚至是垮掉的一代，这些看似言辞凿凿的关键词似乎都指向了同一个群体 ——“90 后”，可这些词语在我看来不过是捕风捉影，就好像是世间的良辰美景。

我们好像总是喜欢道貌岸然地去评价和判断比我们小的那一个时代的人，乐此不疲。我们把我们的主观情绪强加在他们身上，扮演着上帝的角色。我也曾经这样，对他们所泛衍出来的所有东西都不屑一顾，眼里面只看到了新闻上、流言中的那些负面信息，然后加以雕琢和自己仿佛义正词严的评论。我忘记具体是什么时候，约摸是半年前，我在一个文学论坛上看到一篇帖子，大致内容是对一个 2002 年出生的孩子的文章进行批判，跟帖大概有上百页。我一直看到凌晨两点才看到最后一句话，那是所有跟帖中唯一的一句没有带着色彩去评论这篇文章的话：“这些被你们践踏的东西叫做梦想、叫做青春，也是我们曾经拥有的东西，也是我们曾经被践踏过的东西。”我愣了很久，直到眼睛干涩得难受才合上电脑。那个时候，我在想，是不是因为我们曾经被另一个时代的人们不屑，我们才会这样对比我们小的那代人呢？我把这句话发给一个朋友，她回我：不是曾经，是当下。

七个字。彻夜难眠。

我一直都在想，梦想到底有多重要，这一年来，我越来越少提到这个词语，更多的是因为我不太知道我的梦想到底是什么了，比如我曾经非常喜欢说走就走的青春，总是把这样的事情当作一种逃离现实的方法和值得炫耀的谈资。可是我在去年年末的时候，和一个朋友聊天，我告诉她，我突然后悔了大学中仅有的两次说走就走的旅行，我给她的理由是我本来可以更努力，却把时间花在了任性上面。她告诉我说不认可我的说法，因为青春本来就是一种游离在奢侈品和必需品之间的东西，而我眼中的任性是我们在时光中最宝贵的财富。其实我没有告诉她，因为那个时候我一个很重要的朋友的家人因病逝世，而一直叫嚣着无所不能的我却毫无办法；另一个很重要的朋友一直很想和我一起坐在高大的落地窗前看外面圣诞夜的飘雪、喝着最爱的饮料，而我却毫无办法；一个把梦想交予我的兄弟需要和我一起打出一片未来，而那时的我毫无办法，所以我把这些怪在了青春上，怪在了时光中。青春和梦想打了照面，我就像一只鸵鸟把头埋在了沙子中，假装无事。

我喜欢文学或者说文字，我着迷的是在文字的世界里构建另一个人间，我并不擅长散文，所以在培亮和博宇把这本书交给我来做之后的很长一段时间内我都无所适从，专门去买了很多散文集回家“攻读”，大多是一些名家的作品，看过也就是看过。过年那段时间因为回老家，无事可做，我把这本书的所有文章都放在 iPad 里面，本想着闲的时候就拿出来看一两篇，结果在拿出来打发时间的第一个晚上就通宵看完了所有的作品，我想是因为都是同处于这个时代的缘故，所以并不会有原来猜想的晦涩难懂的感觉，反而有一种余音袅绕的回味。我把这些文章按照自己的理解分成了五个文件夹，以便再读。

我要感谢这 71 位作者，感谢他们带给我一个不一样的假期和冬天，也带给我关于散文不一样的感悟。他们是青春洋溢的，是怀着梦想和对文字的执着在书写的一群人，我和他们一样都有着华丽而锋利的青春。

也要感谢为了这本书付出了太多太多东西的信念人，不只是时间、不只是精力。他们为了这本书熬夜通宵，在那个时候，我们的黑夜就是他们的白天；他们为了这本书能够达到最满意的效果，绞尽脑汁地思考，激烈地争吵。我和他们一样都有着踌躇满志的梦想。

谢谢所有支持、关注这本书和“90 后”群体的前辈老师以及同辈兄弟姐妹。

更应该感谢的是打开这本书阅读的你。你所阅读到的是华丽的青春和安放在文字中的梦想和爱。

一直以来,“90 后”都背负了太多的争议和误解,这一次,我们用文字为自己正名。70 位“90 后”新秀作家,80 篇温暖人心、真情流露的优美作品,将会给你带来仿佛冬季午后般的温暖和感动。

祝阅读愉快。

2013 年 4 月 26 日凌晨　于广州黄埔

90

POST-90 · PROSE WORKS

序 2

不可小视的“90 后”

文/谭旭东

晨帆要编一册“90 后”散文集，请我给写个序言。我自然满口答应。记得当初“80 后”出场时，文坛不少人都给予了严厉批评，认为“80 后”是“垮掉的一代”。时间过去十来年了，“90 后”闪亮登场，“80 后”也没有垮掉，甚至今天文学最生机勃勃的一群，最有创造力的一群，就是“80 后”和“90 后”。

中国文坛一直是一个“老者本位”的文学场，各级文联、作家协会官员、主流作家和刊物、出版社结成了一个关系紧密、利益相关的网络系统。文坛的权威往往是文学界的官员或者刊物的主编、出版社的老总，有的或是文学研究机构的负责人和名牌大学的博导。我一直觉得这不是一个正常的文坛，完全是一个“江湖”，因为真正的文坛是以审美创造力为评价标准的，但我们身边的文坛是一个由官本位和老者文化联结而成的关系网，一个充满着利益交换和争斗的名利场。一位年轻写作者要想进入文坛主流，他必须得到文联、作家协会的关照，必须服从于文学体制的游戏规则，必须听命于某些权威并和他们形成圈子，才能获得文坛的认可，才可能得到文学场中的利益。

但“80后”和“90后”的出场，靠的是自身的写作。今天文学的场域变了，代表着“老者文化”的传统文学圈子虽然还在掌控着文学的运作，甚至决定着某些人的命运，操纵着各种文学评奖和参与着各种主流活动，但他们已经不受年轻一代待见了，因为依靠自身努力而获得文学创作成绩的“80后”和“90后”，他们不认可那种老者的游戏，对压抑着创造力和想象力的旧的文学体制，他们一开始就极力反对，甚至刻意躲避。“80后”一代，尤其是“90后”一代，是有新的生命经验的，电子媒介和新媒体的塑造，还有大众文化和流行文化的包围，并没有让他们成为时代的牺牲品，他们对经典文学作品依然怀着敬意，而对新的时代事象的表达又有着自己的主张和技巧。我身边的“90后”学生，不会轻易就范于传统的权威，那些主流文化喧嚣的声音并不能完全夺取他们的审美创造力。他们天生善于怀疑、质疑和批判，也天生富有洞察力和穿透力，他们笔下的文字，富有张力，有着新颖的技术和手法；他们写小说，写散文，写诗歌，写其他各体文章，敢于探索，敢于突破旧的窠巢，敢于冲击老的模式。但他们也保留了最纯真的生命品质，他们的文字里有对亲情、友情、爱情和一切生命感受的敬重，他们都细心地守护着文字对世界的敏感性和通透性。

幸运的是，我读过这本集子里的大多数“90后”的作品，有的还有较多的联系。我很佩服这一代人，很佩服这些散文所拥有的新鲜生命气息和时代特征，也祝福书中的各位“90后”作家！

2013年4月于北京西山之麓

作者简介：谭旭东，中国作家协会会员。已出版童诗集、童话集和散文集12部，文学理论批评著作《重绘中国儿童文学地图》《童年再现与儿童文学重构》《重构文学场》和《中国少儿出版文化地图》等10部。主编、翻译童书等近300部。其诗文被翻译成阿拉伯语、德语、英语、波兰语和韩语等在海外发表。曾获得冰心儿童图书奖、冰心儿童文学奖、《少年文艺》优秀作品奖、《儿童文学》十大魅力诗人奖、北方十二省市文艺图书评奖二等奖、中国童书金奖和第五届鲁迅文学奖。

序 3

永无青春，永远热泪盈眶

文/刘麦加

曾经有一段时间我有意识地拒绝去看比我年龄小的写作者写的文章,总觉得和“青春”有关的话题翻来覆去就是那几件事、几个人,一副“姐什么没见识过,别在我面前装老成”的架势,对还在我身后匍匐的家伙们不屑一顾、嗤之以鼻。

所谓的不成熟的典型表现,可能就是指的这个吧。

直到又成长了一段时间,无意间读到“90 后”们写的故事和散文,当下内心的震动不亚于 16 岁时见到某位白衬衫少年的悸动。那些华美绚烂的词语,那些模棱两可的情愫,那些莫名其妙的忧伤,那些不遗余力谩骂同时又真真切切怀念的日子,和我曾经阅读过甚至书写过的青春如此似曾相识又不尽相同,方才明白大家其实都一样。

大家都一样青春过,一样满怀悲伤与激动地热泪盈眶过。

而在这本散文集里的众多文字中,我同样触摸到了这样的感动。

在阅读他们的故事时,我会反问自己的青春,是不是也值得这样绚烂、忧伤、谩骂和怀念着。被大多数人诟病已久的青春文学中的故作老态、过于华丽的写作手法在我看来其实并不过分,因为青春本就如此。太做作了吗？太夸张了吗？太矫情了所以词不达意了吗？可它本就是这个样子啊，在青春光环的笼罩下，再怎么微不足道的小情绪、小事件都能被无限制地放大到一生一世、山盟海誓，且说出来的时候可以毫不脸红。

年轻的写作者们可能会在以后的日子练就更加成熟的笔法，练就更为老到的遣词造句，但是只为青春书写的最大资本、最强加持恰恰就是现在的青涩和笨拙。

那些还没有经历过伤痛与坎坷的年轻人，这本书里有你们今后要走的路。那些已经经历过伤痛与坎坷的成年人，这本书里有我们正在悼念的情感。

而对于那些正在经历这些的青年人，我希望你们能像这本书里的这些作者一样，拿起笔记录一下你们自己的青春。其实你们不用书写，你们现在说的话、做的事就是青春。你们甚至不用说也不用做，你们撑起下巴望向天空的眼神就是青春。你们大可以不用睁开眼睛，涌动在你们身体里的血液就是青春。

而对于现在的我来说青春是什么呢，那无疑是还能因为这些写作者的文字给我带来的感动而热泪盈眶。

愿我们都永远年轻，永远能热泪盈眶。

目录

备注：作品排名不分先后

目录

备注：作品排名不分先后

90

POST-90 · PROSE WORKS

目录

备注：作品排名不分先后

目录

备注：作品排名不分先后

雪姿

■文/巢越

圣诞、元旦依次随着雪花精灵降临人间，一次次寒潮来袭，凛冽的寒风呼啸在耳旁，是家乡在召唤我们这群在外求学的孩子吧？是的，寒假近了，新年近了，回家的脚步也急促了……

考完最后一科已经是下午四点了，拉着好友去车站买第二天中午的车票。拥挤的公交车里是大家沉甸甸的行李和回家路上眉宇间舒展的愉悦与兴奋。那一刻的车厢，格外温馨。买完票，回学校的公交车是那么空旷，空气似乎也比平时凝重。

黑夜降临时，我们几个正数着回家还有多少个小时。兴奋之余，小蔡查天气预报说第二天下雪，大家不为所动，一起高呼："明天，与家乡的约会，我们风雪无阻！”

我挺幸运的，汽车一路颠簸了四个小时后终于靠站，除了中途飘了几朵雪花，天气还算不错。到家以后天空才渐渐暗淡下来。入暮时分，洁白的雪花开始恣意地飘洒。

倚着窗，凝视着雪花的轻盈舞姿，思绪也翩然起舞……

童年的我们，一入冬，天天盼着下雪。妈妈说，当我们的希望厚重到一定程度时，雪天使一定会来赴约的。终于在某天傍晚，晶莹的雪花翩跹而至。吃罢晚饭，我们早早钻进被窝，做一个美美的梦，想着第二天早上跟伙伴们一起玩雪。

天亮了，我们不会像平时一样赖床，裹着厚厚的棉袄、手套和围巾，推开门，眼前粉妆玉砌的世界就是童话故事里的宫殿，一大群孩子玩耍开来。随手抓起一团雪，向周围的伙伴掷去，砸在厚厚的棉衣上，不会疼也不冷，就算扔到了对方脸上、脖子里，让她与雪花来个亲密接触，她也不会生气，笑声只会更响亮。雪团越滚越大，看着圆圆的雪球，大家干脆来堆堆雪人吧！脱去手套，冻得通红的小手依然灵巧。瞧，大雪人憨厚地坐在那里，两根炭棒是她黑亮的眼眸，还有胡萝卜做成的漂亮鼻子、脖子上的花围巾、手里的扫把……“啪！”不知谁在后面角落里飞来一个雪团正砸在我的头上，不顾帽子已经滑落地上，捧起一把雪，捏实就回掷过去。穿着笨重的我们跑起来嬉戏，打雪仗、堆雪人……一个个忙得不亦乐乎！

不知不觉间，嘴角已高高翘起，那些童年的回忆总能点亮美好心情！

如今，穿梭在高楼大厦之间的我们已没了那些童年的简单快乐。打雪仗与堆雪人已是故乡记忆的一部分，无论在何时何地，见到漫天纷飞的雪，总会想起那些无忧无虑的美好岁月。现在依然喜欢雪花，喜欢雪花的轻盈自由，喜欢雪花的舞姿飞扬，更喜欢雪花过后的银装素裹。那时，世界都是洁白的，虽然少了平时的五彩斑斓，但所有的洁白，让我暂时忘了那些看得见和看不见的黑暗！

洁白的雪花，纯真的童年，一切埋葬在童年的梦中。

总有人在黑夜里回应你

■文/陈吉楚

这是一个深邃的黑夜,这是一个恍惚的黑夜,这是一个惊诧的黑夜。

黑夜里的人,大抵都是真实的。抒情在黑夜,情感最丰富的时候在黑夜。我也是在黑夜出生的。

日子在自由的空气里糜烂了很久,很多计划中的事久久未能付诸实践。常常在网络中遨游,直至凌晨才爬上床睡觉,第二天醒来时已是艳阳高照。我厌倦这样的日子,厌倦假期的无上自由(尽管在它未到之前,我一直在期盼),自由一旦过度了就会变得过犹不及。

是不是这个世界的人儿太孤单？游于网络的人，其实不尽然有正经的事情做，游移的鼠标不停地在点击，直到不知要移向哪个链接。夜已经很深了，你还醒着，这个世界安宁了，你内心躁动起来。于是你开始反思自己，深深内疚：我们每天都在干什么？我也是如此——新时代的一条网虫，爬着爬着觉得累了，开始想停下来，转向新的方向。

“朋友，当我发出这条短信之时，我已经醒了。假期第一次这么早起床，前些日子却是常常在这样的时间才上床睡觉。我对自己的颓废深恶痛绝。我要改变！我等下要去操场跑步，坚持以后每天跑步。大概，这会是我这学期跑的第一次吧！我懒于锻炼，这样不好。然后回宿舍洗个澡，再去食堂吃早餐，回来写小说……啊！我的述说是为了坚定我的信念，为了明志，也为了得到你隐约的回声，看看你是否也在这个时候醒着……”

凌晨4点50，选择了48个好友，群发这条消息，十几分钟才全部发出去。烧水的时候，连续听到三声短信铃声，我很惊喜，此时是4点54。

Z第一个回信：“我是五分钟前醒来的，因为大雨。”

S：“锻炼也不用这么早起吧？”

L：“我被你的信念惊醒了，接着睡……”

总结一下，L是被惊醒，S是惊讶，Z也是被惊醒。

刷牙的时候，Y来了短信：“你不是真正的颓废，你是在反省自己，完善自己的生活，我们都支持你，做好自己，我才颓废了……”

洗脸的时候，W回我：“我醒了，很突然很轻易，但是为什么，我很莫名地想哭，我不知道这意味着什么。”

5点09，C恍惚地问：“你是谁啊？”我笑了一下。

5点19，H说：“你牛！希望你能说到做到。早安！”

过了一会儿，W又回了我：“刚刚是很恍惚地看了你的信息，也很恍惚地发了回复。你知道,我会一直站在为你加油的位置……”

此时水早已烧开了,我开始想写一些东西。

我倒了一杯白开水,打开电脑,开始写这些文字。

“总有人在黑夜里回应你”是我脑海瞬间闪现的句子,噼里啪啦就打下来了。我真想不到,在深夜里人该熟睡的时候,在短短的时间里,还有人,回应我。原来我的黑夜也是别人的黑夜,我们都主动或被动地在夜里醒着。这样印证了我开头所说的黑夜里的抒情和情感。W 的回信,让我想到了黑夜里的人。

有的人在夜里醒着,是忙于工作;有的人无端醒来,不知为何;有的人醒着,是在狂欢;有的人为某人醒着;有的人醒着想哭;有的人,就这么醒着,没什么特别之处。不同的人,不同的故事,在同一时刻发生着。你在忙碌,也有人在忙碌;你无端醒来,也有人无端醒来;你不知为何醒着,也有人不知为何;你在狂欢,也有人在狂欢;你为某人醒着,也有人同你一样;你醒着时想哭,也有人这样……由此,无论你做什么、想什么,黑夜里总有人同你一样。或许在你自己的时空里,你是唯一一个这样做、这样想的人:你繁忙不已,你悲伤,你难过,你狂欢,你迷茫,你思念……但在另一个时空里,亦有人同你一样。这样,在黑夜里,你就不是一个孤单的个体,你是很多人中同病相怜的一个。因此,你我都不必悲伤,也不必难过,黑夜为我们制造低落的情绪,也为我们找寻别处的慰藉。所谓上帝关了一扇窗,又打开了另一扇窗,即是如此……

写到这里,宿舍外有清脆的鸟鸣,天已经快亮了。陆续还收到了朋友们的回信,很感动。摘录最后一个朋友的话以勉励自己,也勉励你——醒着的你,睡梦中的你。

“……既然选择了调整自己,就要坚持,给自己拟定一个灵活的作息表,坚持下去。比如晨练,每天都要进行,直到你可以根据不同情况而定下你晨练时间的长短,我现在每天就保持晚跑的习惯……一个人的内心很重要,它是你坚持的动力,因此,试着让自己开心地度过每一天。颓废只是一个相对的概念,你试着把你的颓废状态看成你成功的必需品或者调味剂,当你再回头看时,你就会有不一样的心情。试着让自己快乐吧,等我回三亚,咱们兄弟好好聚聚……我支持你,同时也相信你能行!”

感谢这位兄弟,6时许,我已经穿好了跑鞋,我准备好了,我在行动!借另一个朋友的话,“每天叫醒我们的不是闹钟,而是梦想”,我也支持自己,相信自己。同样的,也支持希望改变自己的人,相信希望改变自己的人。也许改变的只是一个习惯,它很微弱,但是对于某些人(比如我)来说,意义重大。

“总有人在黑夜里回应你”,我得到这么多朋友的回馈和支持,我很感动。最后再写几句,呼应一下开头:

这是一个明亮的凌晨,这是一个清醒的凌晨,这是一个惊喜的凌晨。

凌晨,是一天新的开始,有苏醒的声音,有晨曦之光,也有我新的气息。

作者简介:陈吉楚,1990年10月生,广东汕头人,有文字见于《南方都市报》《南国都市报》《羊城晚报》《南岛晚报》《潮人文学》《诗选刊》《中国诗歌》《诗歌月刊》《贵州民族报》等报刊,获奖若干,现就读于海南某高校文学专业。

南方小镇

■文/陈吉楚

我的家乡在南方，小镇西胪是我童年的天堂。

那里，承载了我走过的所有的岁月，烙下了我成长的印记。

小镇地处潮汕榕江下游西岸，因之谓西泸（现称西胪）。与之密不可分的地物便是河流和稻田。河流产鱼，稻田产米，因此小镇有“鱼米之乡”的赞誉。

我出生在小镇，与之有着千丝万缕的联系。

儿时家门口有条河，遇到汛期时，堂哥、表弟、弟弟和我就忙碌起来了，紧锣密鼓地做着结网捕鱼的准备工作，然后备齐水桶、鱼篓等工具，划着小船开始渔民式的生活。堂哥和表弟把水急的东岸，弟弟和我把水缓的西岸；东岸粗渔网捕鱼，西岸细丝网捕鱼。一会儿工夫，水桶、鱼篓就装满了活蹦乱跳的鱼儿，有福寿鱼、鲫鱼、黄鳝以及叫不出名的带刺鳞片的鱼。有时遇到下雨，那就更乐了，四个人齐齐上岸脱衣服，然后痛痛快快地在河里游一次雨中之泳。那是非常快乐的事情。不怕挨家人的说骂，不怕被河水冲走，我们就是水手，就是渔人，没有怕水的理儿。

水退了后，我们提着竹箩筐沿着河岸捡田螺，多的时候可以卖钱，少的时候砸碎螺壳剜肉当鱼饵钓鱼。而竹岛是钓鱼必去的地方。

竹岛独立于小镇偏东北方向的老厝河中央，环圆形状，占地约有一间房子大小。传说某年某夜暴风雨袭击了老厝河，狂风把某地某处的岛刮到了这里，从此它就坐落在河中心了。岛上长满了密集的竹子，几世几代的风风雨雨使它们如擎天玉柱般直插天空，而且永不枯死。听说岛上还有蛇群繁衍生息，蛇之毒性非同小可，吓得小孩子都不敢去附近捉鱼或钓鱼。老人说至今谁也没去过那里。竹岛笼罩着一股神秘的气息。

弟弟和我想过划船到岛上看看，但好几次都被外公制止了。有一次，弟弟和我偷偷划船到了竹岛的附近“试探”。小船顺着流水很快划到岛的附近。岛上一片安静，成节成节的竹子苍翠挺拔，竹子的高处还能看见鸟巢。我们围着岛绕了一圈，弟弟忽然惊呼：“快看，花！”我赶忙转身把船搁浅，然后慢慢向竹岛靠近，只见一朵深红色的小花在岛的边缘上独自绽放，万分艳丽。弟弟从船肚子里舀水给花儿浇水，我们高兴了一会儿。就着小船在竹岛附近钓鱼，我们逗留了一个下午，并没有发现可怕的蛇群。相反，竹岛的鱼比家门口的多、大、肥。

自此，竹岛就成为弟弟和我之间的小秘密。也是记忆中不可或缺的一部分。

除了河流、竹岛，记忆中还有关于稻田和油菜花的片段。

夏天，老厝河上游的稻田在阳光下油亮亮地发光；秋天来临的时候，放眼过去，一片金黄。风吹过稻田，稻穗低腰跳起舞来，好像在盛情邀请你一起舞蹈。

稻田成熟的季节，庄稼人满怀喜悦的心情收割，一刀接着一刀，一垄接着一垄，估计这一季又是满收。小孩子放学背着书包奔跑在田垄上，欢呼着，雀跃着，高个的高出稻田一个明晃晃的脑袋，矮个的只看见头发飘扬在稻田之上。远处，某家母亲远远地喊她的孩子回家捎话、带水、带饭，孩子顾不得母亲的叫喊，敷衍地应着"什么"，然后一头扎进稻田里，不见了踪影。他们趴在稻田地上悄悄说话哩。那时弟弟和我也是这样调皮，计划着下午不去上学，偷挖"瘩叔"的番薯，到老厝河捉鱼、游泳。正说到兴头上，我发现母亲已站在我们屁股后面："回家给妈打壶凉水，妈赶着收完最后一垄稻哪！"弟弟雀跃着先跑，我追在后面，两个人在稻田上奔跑，奔跑……

收割稻田的时候，也正是油菜花盛放的时候。很久以前，父亲就在自家地上种了一大片油菜，该是收成出卖时，父亲却任其长高开花。母亲抱怨说浪费种子和肥料，白白让油菜开了花。当然，母亲也是知道的，父亲种油菜花是因着他的孩子喜欢而已。

那片油菜花大概有五分地，油光发亮的菜杆子上盛开着淡淡的黄色花朵，淡黄的花朵散发出淡淡的清香。这里，是蜂飞蝶舞的天堂，是我童年的乐园。弟弟和我经常在那玩捉迷藏，若遇上热天气，还可以躺在菜花丛中休息睡觉。夕阳西下时分，伸个懒腰，掬捧河水洗把脸，摘最好看的油菜花带回家插在塑料瓶罐里，晚上睡觉伴着花香甜甜入梦。

时光荏苒，后来父亲去世了，我告别小镇去县城读书，关于河流、竹岛、稻田和油菜花，我不再亲近。现在我在省外读大学，每年回家一次，每次都要路过那块曾经盛放着油菜花的菜地。只是，那里再也没有油菜花盛开，取而代之的是冰冷的建筑物。但毋庸置疑的是，小镇是我童年记忆中最鲜活、生动的构成。南方的西胪小镇，将会在我的记忆中永久驻足！

归思

■文/陈思羽

近日,很偶然地看了一部电影,叫做《人在囧途》。这部电影讲述了一名牛奶工与一名企业家笑料百出的回家过年之路。在欢笑之余,这一部电影,似乎也让我想起了家乡,那个我始终想写一写,却又一直不知如何写的山明水秀的小城。

家乡,是每一个成长在她怀抱中的孩子都会忽略的地方。只要你尚未离开,就尚未明白家乡的温暖。自我外出求学以来,已经一年有余,也许是因为我以前对家乡的忽略,现在想起来就越发怀念。

还记得去年春节回家，与电影里演的一样，我也加入了回家的人潮中，成为了中国最大规模人口迁移中的一员。

那时候因为是坐长途汽车回家的，所以，当汽车开进家乡地界的时候，我就已经兴奋得不行。车里的其他乘客都在熟睡，他们无法理解，第一次离开家乡的我，再次回到家乡的心情。因为我回来了，回到了这片我想念了大半年的土地上。我恨不得立刻就下车，跟她吐一吐这半年来的苦水和思念，狠狠地踩一下这片土地，让她知道，我回来了。

汽车在平稳地行驶，它没有顾忌一个思乡心切的人的心。于是我不再关注它，而是将目光转向了沿途的风景。二十年来，这是我第一次以这样一种方式，认真地看一看家乡。窗外那些熟悉的景物，那些柔和而静谧的街灯，从我的视线里一一滑过。他们像哨兵一样，坚决地守卫着这座城市的万家灯火。他们每滑过一盏，我就距离家更近一步。很惭愧，这些我现在才留恋的灯光，最终也没能真正认真地看一场。

而后，就是汽车到站。车站，是这个城市的中心，也是见证相聚和离别的地方。车尚未停稳，我就在黎明当中，看到了双双前来接我的父母。他们眼睛尖，几乎是在第一时间就看到了车里的我，于是，满脸笑容地跟我招手。那眼神里，分明是清晰的欢乐。我笑了笑，也朝他们招了招手。

汽车停稳的时候，爸爸妈妈已经涌到了车门旁，似乎只要他们离远一点，我就又会飞走了一样。我下了车，当我的脚再一次踏上家乡土地的那一刻，方寸之间传来的，尽是熟悉的气息。这里的空气，湿冷湿冷的，传遍我的周身，似乎在迎接我的归来。我瞬间察觉到了这里才属于我，只有她才了解我的身体和心灵，因为我们彼此熟悉。

接下来，就是父母们最娴熟的动作，问我好不好，车上有没有吐，行李带好了吗，等等。我都一一回答，不敢怠慢。然后很自然地，我和母亲走在前面，说着母女之间许久没说的悄悄话，父亲拉着我的行李，走在后面。我和母亲走在他的注视之下，我似乎感觉到了他欣慰的笑靥。现在想来，我忽然意识到，这个我和母亲走在前面、父亲走在后面的场景，已经发生在我身边很多很多年。依稀记得父亲说过，只有这样，我们母女俩才可以完全在他的视线范围之内，他才可以确定我们的安危。

父亲总是这样，爱我们，守护我们，却从未过多言明。

就像我怀念的这片土地，伴我成长到我最美的年纪，她不邀功，不宣扬，没有丝毫怨言。可是，我却在最美的年纪，离她而去，去寻找我的梦想。因为她无言，所以她不懂如何说明她对我的牵念。只有等我慢慢醒悟，慢慢想起她的好，终于又回到她身旁，她才又会用我最亲切的气息，迎接我的归来。我感受到她的美，她的珍贵。可惜，我尚未有足够的能力去报答。于是，她继续默默地支持我。

我的足下更加用了力，希望能留下我走过的痕迹，告知给她听，我回来了，带着对她满满的思念回到她的身边。

我是想她的，从我意识到我爱她的那一刻起。她的山明水秀，她的柳绿花红，就已经印刻在我的脑海里了。我无法描述她的美，因为她太珍贵，而这份珍贵独属于我，别人没有。我想自私地拥有她，又想高声地宣扬她。

我想说在广西西北的那片流传着刘三姐故事的土地上，养育出了我这样一个鬼精灵。故乡用她质朴的厚土地用二十年的时间让我领悟到无论我走到哪里，她最终都会引我回去。那里是根，那里是我生命的伊始。她赐予了我成长的绿荫，她养育着我至爱的双亲、我的家人，还养育着一乡好儿女。

如今，年关将近。回家，成了每一个游子唯一的心愿。父母亲早早就关心起了我回家的事情。又是一番絮叨，还是那些最寻常的问题，他们问：几时放假？车票买了吗？还要坐汽车吗？什么时候到家？尽快回来吧。我们想你了。我们等你回家。

他们与我不一样，他们总是乐此不疲，总是把期盼当成一种欢乐。

回家，这两个字，一直在我耳边回响。

家乡的亲人告诉我，我们想你了。他们的声音，好像跟故乡的声音重合，一起呼唤我回家。那片我一直挂念的土地，她又在等待着我再一次在她的身上留下我的足迹。让她知道，我再次归来。

我亲爱的父母亲，我亲爱的厚土地，我该怎么样才能最寻常、最及时、最温暖地告诉你们一句话：两处春光同日尽，居人思客客思家。

作者简介：陈思羽，广西人。典型的狮子座女生。不擅言谈，不擅交际，性格固执，执着于自己喜欢的事就不会放弃。爱好文学，崇尚纯粹。喜欢古风，喜欢民国时期的文学作品。将文字当成一种信仰，相信文字的力量，并希望可以一直写下去。

酒若流年

■文/陈笑涵

碧绿的叶子打着旋儿，坠入了古木色藤椅旁边的雕花杯盏中。它染绿了那泛着透明而又醇香的液体。顿时间我倍感年华失于握着酒杯的指缝间，记忆随着贴近唇边的杯盏搁浅。浮光掠影，那年，我伏在外公的膝盖上闻着香醇的酒香，听着古老悠远的故事。香飘四溢，我醉了，又醒了。飘然的月光下摇落一地的星光，我揉着朦胧的双眼、牵着外公宽大的手沿着碎石子铺成的羊肠小道往家的方向走去，那是一段再熟悉不过的年岁了。

可以说,年幼时候的岁月与酒联系在了一起。中午吃饭的时候,外公便会拿出一个瓷白色的酒盅,酒杯很美,小巧的模样正好可以稳稳当当地站在手掌心里。外公眯着眼睛慢腾腾地走进房间,拿出珍藏多年的老酒不紧不慢地斟上。外公斟酒的姿势是极美的,从容而又淡泊的身影在我的脑海游荡,至今也不能够忘怀。

想来,酒水原也是有年龄的,只是与其他的饮料不同。岁月的千回百转不仅没有让它失去原先的味道,而且让它变得更加浓郁醇香甚至价值连城。外公往酒里放进晒干了的枸杞子,然后将它密封后摆放在阴暗的角落。瓶瓶罐罐携着一缕淡淡的思绪,轻轻地啜一口,便使唇齿留香间醉了一世的芳华。外公看着我睁着一双大眼睛盯着他手中的雕花白酒杯,便慈祥地微笑,然后用布满皱纹的双手捏着筷子夹上一两粒枸杞子放在我的碗里。火红的枸杞子散发着酒的余香在我的鼻翼间环绕。可是我依旧望着外公手中的那个温润如玉的杯盏,半刻也不肯移开目光。外公说,我还没有到喝酒的时候。我只当外公嫌我年幼,而后来才明白外公当年话语中的真正内涵。

每个人都能喝得了酒,只是并不是所有人都能够明白酒的心思。想起妙玉说的,一杯为品,两杯是解渴的蠢物,三杯便是一驴一骡了。妙玉虽说的是茶,但是用在喝酒上,也是相当贴切的。或许还没有到品酒的年岁,倘若浅尝辄止杯盏中的醇酒,反倒失了心境,玷污了那一坛好酒。

我只愿让流年变成一个深不见底的古木色雕花杯盏,我倾靠着雪白色的墙角,将时光幻化成一坛千年老酒,借着一缕初夏的光阴等着酒香变得醇厚浓郁,将它们煮得温热,在残月浮出之前将它们一口饮尽。

后来我真的长大了,便离开了外公,独自到外地求学。

离开家乡的时候,我一个人拉着灰黑色的行李箱来到小城里破旧的长途汽车站。我是吃了中午饭之后才离开的。外公同往日一样喝了一盅白酒后,脸颊也变得微醺,隐隐地泛出红色的光晕。我看见外公的胡子茬没有刮干净,白发零碎地点缀在耳畔,眼角泛出了不易觉察的泪光。我知道是外公舍不得我离开,但是嘴里没有说什么。外公还是如往昔一般,将酒杯里的枸杞子用筷子夹好放在了我的碗里，然后看着我，浅斟慢酌。

车站里散发着呛人的汽油味道。几个农民工模样的中年男子打着地铺坐在腾满灰尘的角落里。他们卷着裤腿，大多左手里都捧着一个饭盒，右手握着墨绿色的长口啤酒瓶，很自然地龇开蜡黄的牙齿咬掉瓶盖，然后将瓶口对着嘴巴咕噜噜地猛灌一通。我的余光无意中瞧见了倒在他们身边横七竖八的几个啤酒瓶，贴着纯白色的标签和生产日期，时不时地滚动几下。

我放下行李包，安静地坐在藏青色斑驳的座椅上看着不远处的人群唾沫横飞。一片狼藉重归于平静，那些民工模样的中年男子离开后，我看见远处一个蹒跚的老人走了上来，老人缓缓地弓下身子，小心翼翼地将扔在地上的瓶盖捡了起来。淡黄色残余的液体从酒瓶里缓缓地流出，溢进了老人的指缝间。

我揉了揉太阳穴，出发的时间快要到了。我看见远处有一个熟悉的身影在视线里来来回回地飘荡、躲闪。我蓦然发现那是外公的身影。当汽车快要开动的那一刹那，不知道哪来的力量，我触电般地甩开了手中的灰黑色行李箱，狂奔出了车站。我不顾旁人异样的目光，奔向外公的方向。在我失声痛哭后，外公只是用那苍老的手掌慢慢地抚摸着我脑袋上的发丝，紧闭着嘴唇一言不发。外公身上午后的酒香味尚未散去。就这样，当晚我留了下来，我要守住生我的城，和那段醇厚难忘的酒香。

那天夜里，我又闻到了十几年来一直陪伴着我的酒香。夜幕低垂下的角落里，外公坐在我的对面，我的眼前放着这个曾经让我朝思暮想的杯盏，里面盛满透明色的液体。我享受着这夜的恬静，闻了十几年的酒，看了十几年的酒，而今我第一次端起酒杯轻啜了一口酒。而待酒刚刚滑入舌尖，眼泪立马溢出了眼眶，一股辣呛的味道哽满喉咙。原来，酒的味道并不像我想象中的那么美好，香味中却满带着酸楚。

原先百般周折想要尝尽的美好在这一刻却化成了乌有。酒杯依然摆放在我的面前，可是我的头脑变得越发清醒，我想我终归是要长大的。在酒香的环绕中我回到了童年，那个小板凳上童言无忌的孩子，而现在已经长大了。面对现实是我最终的选择。酒香，当我真正触碰它的时候却感刺痛与苦楚，人生大抵不过如此吧。长大原也是将孩童时候的幻想打破。

我放下酒杯，月光下的酒杯已悄然幻化成记忆中的胶片，那段岁月便成了一段叫做回忆的东西。我看着外公浑浊又满怀期待的双眼，也明白了老人家的用意。

第二天清晨，我便离开了小城，离开了外公，离开了手中的酒。

封闭的学校管理格外严格，他们不许学生喝酒，而我们终究是抵制不住对于酒的渴望。快要毕业的时候，更多的朋友便在寝室里聚餐喝酒，互相拍打着厚实的肩膀催窜着大口喝酒。他们高谈阔论着毕业之后的归宿，谁继续深造，哪个人成了北漂，谁又即将穿上嫁衣。学生的时候经济拮据，太过于昂贵的酒水与我们是无缘的。两块五毛钱的易拉罐啤酒便是首选，往往在夜深人静的时候，一股浓郁的酒味冲入我的鼻子里，睡眼蒙眬中却也看见了星星点点的光亮，然后便是易拉罐的碰撞声伴随着打酒嗝的声音飘荡在寝室的上空。我翻了个身子，拉上被子却再也睡不着了。

直到后来毕业了，酒桌上的插科打诨在我的眼里成了见怪不怪的事情。一桌子醉酒的男人互相推搡着，透明的玻璃杯也将精致的杯盏和易拉罐取而代之，它们不断地被灌入高档的红酒。人们大多是左手拿着一份重要的订单，右手举着酒杯不顾死活地往嘴巴里面灌着红酒。年轻的女服务员捂着鼻子看着醉酒的男人吐了一地的污秽，一桌子的美味佳肴没有动上几筷子，而红酒、白酒等各色酒水，却继续往酒桌上输送。

我再也找不到童年时候的记忆了，也没有了第一次尝酒的青涩与不堪。如今的我也变得成熟而又精练。酒桌上的对话，酒桌上的生意场。人终究是要在社会上奔波、洗礼、交往的。为了金钱、地位、权利，将最初的青春与梦想捏碎在掌心间，狠狠地抛掷在地上。

我的眼里已经充满了可怕的血丝，看着眼前醉歪歪的同事，嘴角边却又扬起了一个不易觉察的笑。不是么？我们又一次为公司成功地签下了一个订单。

前些日子,我接到了母亲打来的电话,说是外公高血压又犯了。外婆不让外公喝酒了。而外公依然念念不忘家中珍藏已久的一坛子老白酒,整日整夜地念叨着。外婆骂他是酒鬼,而外公只是笑笑不说话。接到母亲的电话我便赶回家中,看到病床上的外公苍老了许多,稀稀疏疏的几根白色发丝在风中飘摇。我忆起了往昔那些与外公把酒言欢的日子,那个古木色藤椅边流转的淡淡酒香,心里有说不出的酸楚。

我坐在外公的病床边,斜靠着外公的胳膊。外公告诉我说,家里的那一坛子都是陈年的好酒,让我带走。转而又说我在外面愈发瘦了,不能亏待了自己,如今外公老了,病了,不能再喝酒了。“那些酒,你就带走吧。”我溢出嘴角的只言片语却又生生咽回了肚子,只是忍住眼泪狠狠地点了点头。外公艰难地腾出手,笑着又一次抚摸着我的脑袋,让我乘着天亮赶快回去。

我起身为外公掖好被角,让外公躺下,那一瞬,我看见了外公左眼角溢出的一行泪水,外公却支支吾吾地说是灰尘迷了眼睛。我告诉外公,我要回去了,外公让外婆帮我带上那坛子老白酒,方看着我离去。外公哪里是酒鬼,他舍不得那坛子酒,舍不得我。酒能浊心,亦能清洗干净我那颗丢失已久的心。

回到家中,我将外公留给我的老白酒小心翼翼地封存后放在角落里珍藏起来。我知道,我不仅得到了一坛子酒,还找到了我丢失已久的心。酒若流年,酒与光阴相似,流转出的意蕴使我成长,变得成熟。而那段流淌在酒杯下的流年依然停留在我的心口,伴随着与酒有关的故事。

生命的哲思

■文/陈学斌

祖母去世已经好几年,那个安详的老太太在我的脑海里竟然也开始变得模糊起来,时间真的就像是盛开在窗前的昙花,转眼间竟不知何时已经渐渐地枯萎凋零,我仿佛都来不及去看一下她盛开时婀娜的姿态,就已经随秋风迎接了冬雪的到来,随黎明等到了生命的黄昏。

我是比较羡慕祖母的,父亲兄弟姊妹共八个,全家上下加起来一共十几个人,虽然三姑在我出生的那一年去世了,但是在我看来,我并没有感觉到整个家庭为此而破败不堪。不过这所有的一切都应了祖母生前最爱和这些子孙们说的一句话:“老猫坐房檐,一辈一辈往下传。”我想我们每个人也都希望成为老猫,看着代代相传的子孙也是一件很幸福的事情。那些折断的、失去的,我们也没有什么理由再去怀念与留恋了,更不必徒添悲伤。当然,不悲伤也并不一定代表着我们不会思念,是一个无情无义的冷血动物吧。

而如今看看,我其实也很明白,我想我也只是生命中传承的一个小小的过客,终究我还是会离开的,和每个人一样,所有的一切都是悄无声息的。

前几天去看大姐家的孩子,虽然只有几个月大,但是他没有丝毫的安顿之心,咿咿呀呀地吵闹个不停。我张开双臂去拥抱他的整个身体,我知道此刻这个孩子的生命已经在我的怀抱里,我所拥抱的不仅仅是一个肉体,还是一个正和我们一样,不断摄取岁月能量的生命。我不停地去取悦他,不停地去亲吻他,虽然他总是撅着小嘴毫不在乎地看着我。也许我这个小舅的生命在他看来,都是不值得一提的,当然,这只是一个玩笑,毕竟他还是个孩子,我想我小的时候也不是十分热情地去对待我的小舅吧。但是我一直也不敢相信,不敢相信我已经是近亲的长辈,不敢相信我们这一辈已经有了下一代,我们已经成为长江中的前浪,而他们才是后浪。

我的童年真的是一片苍白,两个姐姐是我儿时最纯真的玩伴,所以现在想想真的不可思议,我们都已经成年,或即将成年了,甚至可以说我们都在无声无息中渐渐地老去了,这样的悄无声息催促着时间的年轮不停地轮回,而我却像一个永远睡在盒子里的人,永远不知自身所处的环境和那些解不开的秘密。

父亲也总是和母亲开玩笑,如今父亲常和我们兄弟姊妹们说:“你妈这个小老太婆怎么样?”当然母亲也常会说:“你看你爸这个小老头儿!”初次听完虽然感觉甚是有趣,也为父母能在平淡的生活中把调侃作为彼此生活的乐趣而高兴,但是听完之后又不觉地心酸,仔细想想,原来我的父母如今也已经年过半百,老头儿、老太婆这样的称呼未免让人听完之后不由得心生痛楚。我只是突然间意识到,我的青春竟是父母用岁月的蹉跎换来的,我的成长竟是父母用皱纹雕刻的,雕刻在父母额头的同时,却不知也雕刻在儿的心头。

父母从来都毫不避讳地对我说:“你是我们生活的目标和生存的希望。”然而,我能深深地体会到父母说这些话的含意。当然在我成长的岁月里,父母真的没有为我少操心,就像我曾经极度叛逆,父亲那时候和我说:“你妈曾经躲在被窝里哭过!”

那时候我不自觉地心头一震,仿佛被针刺到了一样。当然,时光是不能磨灭真相的,纵然时光可以磨灭记忆,就像很多往事都已经随风而去一样,但是我知道,很多事情确实实实在在地曾经发生过,我们谁都没有办法再去改变些什么。

我想生命的延续,并不是真正的有那么一个人会在这个世界上不停地走下去,而是生命在我们手中、我们的生命中静静地传承下去,流传下去。这多么值得庆幸啊,庆幸我们还可以在这样的世界里,孤独而高傲地活着,也庆幸还有人会记得我们曾经来过,最起码还有,我们自己。

大姑只有大表哥这样一个独生子,可是大表哥偏偏在四年前出车祸去世了。当时还不满十岁的大表侄虽然哇哇哇哇地哭个不停,但我想当时的他还不明白死亡与出生对生命传承的意义,我也不清楚,此后的日子里大姑哭过多少次,孩子哭过多少次,我哭过多少次,身边的每个人哭过多少次。总之,一个生命就是消失了,消失得无影无踪,我都没有来得及做好思想准备,但是谁会意料到自己明天就要离开人世呢?有谁愿意知道与接受那些人已经离开人世这样一个事实呢?

千思万想之后,我突然间意外地发现,原来我们每个人活着都不是只为了我们自己,还是为了身边寻求一点心灵的慰藉和生存依靠的人。我们在多姿的世界里,寻求多姿的生命,也在为多姿的人生,编写多姿的岁月。

我们也必须为别人的生存做一点微不足道的贡献,哪怕我们也只是为了别人的生存做一点点小小的哲思。

岁岁年年,年年岁岁,此时此刻的人,也许我们真的不知道在下一刻会不会拥有。岁岁年年人不同，景也不一定会相同吧，毕竟景有时候也是有生命的，它也会春生冬败，来年，这里的花草未必不会和人一样枯死！

作者简介：陈学斌，笔名乐士心，“90后”小子一枚，河北沧州人，作品散见于《美文》《职教天地》等，曾获得“高举团旗跟党走”优秀奖，《少年，少年》等诗歌作品被收录于《高举团旗跟党走》等权威性作品集。第二届全国职业院校高校记者团执行主席，天津青年诗社成员。

在人间

■文/陈学斌

秋天是个适合回忆和怀念的季节，既没有夏天的闷热与枯燥，也没有冬天的严寒和风雪，更没有春天过度的柔和。一场秋雨夹杂着从远处海水中飘来的鱼腥味，和着泥土的气息，在不知不觉间，一个生命集体离去的季节悄然而至。风，放肆拼命地摇落着枯黄的叶子，像个顽皮倔强的孩子，摇着母亲的围裙哭闹着。于是，枫叶红了，高大的木槿花谢了，候鸟也不远万里，飞回南方遥远的国度。北国的世界刹那间冷清了下来，灰黑色与天空的淡蓝形成鲜明的对比，仿佛世间只有这两种颜色一样。闭上眼，世界便清净了。

昨天，大姐发短信来提醒我母亲过生日，我这才恍然大悟地意识到这一点。在外面时间久了，很多事情竟然不经意地开始忽略了，这样想来，未免又有一丝丝的愧疚。

饭后和朋友闲聊，提及彼此的外祖父，未免这样的方式让人难以不伤感。朋友说，外祖父老了，身体不好，总是三天两头就吵闹。但仔细一想，我的外祖父生前不也是这样吗？

外祖父生前脾气向来古怪。小的时候我去外祖父家里，外祖父虽是和蔼地对待我们姐弟几个人，但我们总是被他那粗犷的嗓音和毫无遮掩的方式惊呆，于是，从心底便早已产生了畏惧。外祖父年轻的时候，总是赶着他那骡子车“噶有噶有”地穿梭着，对于那种旧时代最便捷的交通方式，我更是欣喜若狂，似乎感觉复古的方式也是一种幸福的方式。

外祖父的院子里有两棵枣树，每到秋天的时候总是可以率先尝到甜脆的枣子。枣子是红色的，像一个个小灯笼一样，挂满树梢，比比皆是。我总是嘴馋，站在树下拿着棍子敲打着枣树一年丰收的成果。此时外祖母的灶膛里也早已是炊烟袅袅，屋子里，屋顶上，到处都是。我总是被呛到流出眼泪，然后捂着嘴和鼻子跑到树下大声咳嗽起来。而外祖父和外祖母却不以为然，似乎对这样的场景早已习以为常了。

稍稍长大后，我到市里读中学，在家里待着的时间越来越少，见到外祖父的机会也越来越少，只是逢年过节的时候才见到一次。高二那年冬天，外祖母因病离开人世，外祖父一下子憔悴了很多，那也是我生平第一次见到外祖父留下伤心的眼泪，感觉往昔那个高大的汉子一夜之间便不再挺拔。他弯着腰，拄着拐杖，踉踉跄跄地穿梭在前来吊唁的人群中。我抬起头仔细地端详着他，才发现岁月的痕迹其实早已爬满了他的额头，而这样的沧桑似乎也遮掩不住他的泪眼婆娑、老泪横流。

自那以后，外祖父的身体便一日不如一日，大小便失禁。母亲总是隔三岔五地去帮他收拾那些乱七八糟的东西，除了洗那些衣服，还总是带一些外祖父喜欢吃的东西。而外祖父却总是像个孩子一样，常常老泪横流，虽然不会像年轻时一样，但是倔强似乎是外祖父这一辈子都改变不了的脾气。每次见到母亲,总是说一些泄气的话,然后自己流泪,身边的人也跟着流泪,母亲也为此常常责备外祖父的消极,但又能怎样,正如他自己所说的一样:“我知道我快不行了。”

终究,外祖父在去年离开了人世。外祖父葬礼的那天刚刚下完一场大雪,天气异常寒冷,我见到他的最后一面竟是他的遗像。舅母说,给外祖父照相的那天,外祖父大哭了一场,他哭闹着说不想照,因为他明白,身边的每一个人都明白,那也许就是外祖父的遗像了。外祖父活了大半辈子,没有照过几张照片,照片少得甚是可怜。临走前,母亲在外祖父的房间里找到他的身份证,她一个人看着身份证上外祖父的照片,默念着,又好像在对我说:你看你姥爷那时候多年轻啊。我扫了一眼,那时候的外祖父的确英姿飒爽。母亲心疼地把它擦拭干净说:“留个念想吧。”

朋友听我讲完我的外祖父的时候,笑了笑说,也许我们老了也都一样吧。

的确是啊,我们活在这个世界上,都会有老了的那一天,只是在这个人间,我们的喜与悲是前人留给我们的,而我们也必将给后人留下喜与悲,谁让我们都曾经活在人间呢!

秋日的回想

■文/程国振

当一缕缕桂香飘入我的鼻中时，当一片片落叶进入我的视线时，当一阵阵凉风袭入我的胸怀时，我意识到：秋天来了。

今年的秋，对我来说，体会是不深刻的，因为我没有回家，没有回到农村，置身在繁华的都市，我感觉到的还是都市以往的喧闹，只不过早晨和晚上的时候，天气凉了一些。

不经意间，我回想起了家乡秋季的许多画面，那一幅幅画面如流水般在我的脑海里不停地铺展开来：

一株株挺拔的玉米秆被割倒后,站在广阔的土地上,我会觉得大地顿时敞亮了许多。那种秋的氛围便在割玉米秆的伟大举动中烘托出来,这里面融进了家乡父老无数的汗水与心血,然而秋风的凉意却能给家乡父老疲惫的身躯带来几分温馨。这种秋风的凉意,较之夏天的风有点寒,较之冬天的风有点暖,可谓恰到好处,多一分则多,少一分则少。在秋风的吹拂下,农忙进行得很快,一穗穗金黄的玉米会很快进入千家万户,如同燕子在春天瞬忽间飞向千家万户。那一束束金黄的玉米穗会被挂在墙上,挂在树上,挂在屋檐下。

当一阵阵秋风吹来,一片片杨树的叶子便簌簌地飘落,飘落到地面上,飘落到石头上,飘落到水面上。落到水面上的叶子,顺着流水匆匆漂走,一条小鱼从下面钻过,和树叶玩耍了一会,又游向水草较多的地方。河里的鹅卵石,大多清晰可见,虽看不见纹理,但上面那绿绿的苔藓却直映眼球,看上去着实可爱。小鱼儿在那快乐地摇摇尾巴,然后飞快地游走。

看着落在河边的一片片树叶,我心中会生出对树叶的无限敬意之情,它们用昔日的苍翠欲滴给大地带来几分绿意,而如今着一身发黄的戎装从容走向属于自己的终结,也许这不是生命的结束,而是来年另一种更深绿意的酝酿。作为一片树叶,历经属于自己的繁华与平淡,那是怎样的一种感受?秋风吹来,看着那漫天飞舞的场面,我无法说出什么,只能静静地看着。在安静里,我听见了它们的低声私语,听见了它们的打闹嬉戏……

漫步在家乡坡间小道,满是泥土碎石和一片片落叶,我感叹秋天,更感叹秋风。秋风一吹,便吹来了枝与叶的离别:枝有枝的留恋,叶有叶的不舍;秋风一吹,也吹来了漫山遍野草儿的渐渐变黄,统统穿上了统一服装。我不明白是风儿的无情,还是草儿的有意。

在山坡低处,小路边都是梯田,此时只剩下有些坑洼的泥土。在泥土的气息中,我常常体会到的是一种踏实与质感。我无法形容生活在农村的我,泥土对我的巨大影响。我用泥土捏过小汽车、小兔子;我也曾踩在泥土上面拉绳子,帮助父母种小麦;我也曾玩过干的泥土面……

在山坡高处,则是杂乱的野草与大大小小的石头,野草在石缝中生长,也在石缝中枯黄变老,然而陪伴它的永远是无声的石头。也许好的伙伴,往往是沉默寡言的,却始终伴你左右。

家乡秋季的一幕幕在我脑海里不停地闪现,我是多么的怀念家乡的秋季。家乡的秋季啊!置身于繁华的城市间,我不敢忘却你,也难以忘却你。

忽视也是一种爱

■文/慈琪

我的一个朋友对我说:“当我很伤心、很狼狈的时候,请忽视我,让我独自待着。这是对我最大的安慰。”

我想,她是个极聪明的人,懂得如何使自己的伤愈合得最快。

一般情形下,我们看到自己的好友在伤心时,会认为他或她很脆弱,很需要一个充满爱的拥抱和许许多多安慰的话语,但有时候,这样的同情,只会在别人的伤口上狠狠洒下一把新盐。也许,直到好友疏离了你很久,你都不知这是为什么。

当一个人失意的时候,他不喜欢看到太阳。夜幕是最令人安心的屏障,因为在那里没有人看到他自己舔舐伤口的模样。忧伤不是一种适合公之于众的情感,真正的忧伤不会哗众取宠地招摇于大庭广众之下,它只会安静地与孤独为伴。

有时候,忽视也是一种爱。时间治疗伤口的最好方法,是使人在孤独中习惯、愈合和遗忘。侠义小说中,那些受了内伤的人,往往会找一个僻静无人的处所,潜心修养,等到出关之时,功力更盛,心中的坚强也更加牢固。热闹与过多的泪水,会让一个人更加感到不知所措,心乱而无法理清自己的思绪,更别谈疗伤了。

曾经听说过一个关于爱的错误的小故事:一群猴子生活在一起,有一天,两只猴子在不同的地方受了伤,一只猴子地默默找了个山洞,养了几日便好了;另一只猴子哀叫着回到群体中,哭诉自己的不幸。众猴连忙围上来问候,对它的伤势表示关心。每只猴子都伸出爪子拨弄那个伤口,时不时观察一下它的伤势,渐渐把伤口弄得越来越大。没几天,这只猴子因为伤口感染而死去了,众猴唏嘘不已。

也许有人以为自己不可能犯这样可笑的错误,但事实上,很多错误在发生期间与发生后,错误的主角往往不会注意到。

去年,在参加一次活动时,我遇到一个小女孩。那天,她被某个男孩子打了一拳,这本不是件大不了的事情,但当她告诉我们这件事时,所有人都围上去,有的斥责那个男孩,有的询问她是否感觉哪里不舒服,问着问着,她由一开始的小声低泣变成了面容扭曲、泪流满面,到最后连路好像都走不了了,大家全都紧张起来,张罗着叫两个人扶着她去了医务室,折腾了大半夜,什么也没有查出。而原本,她是自己捂着肚子走过来告诉我们这件事的。也许是感觉委屈,或者是心理作用,不管怎么说,在我们过分的关心下,她显得更加虚弱是不争的事实。

我们犯了一群猴子的错误。

有时候,忽视也是一种爱。独自承担痛苦并不是一件毫无利益的事情。痛苦是人生的必修课,能够教会一个人很多东西,比如勇气,比如坚强,比如学会体谅别人的心。学会了这些,也将学会如何在不伤害的情况下,去爱别人。

太多的同情与关怀,只能将一株幼苗呵护成柔弱的小花小草,永远不知道在更高的天空中除了凛冽的风之外,还有敞开胸怀迎着风雨霜雪,与命运搏击一场的幸福。

忽视别人的痛苦,并不是冷漠,那是一种更迂回、更深刻的爱。因此,如果有一天,你的好友黯然神伤,却又躲避着你,不愿剖开自己的伤口,请悄悄别开目光,忽视那对颤抖的羽翼吧。

作者简介:慈琪,1992年出生,浙江省作家协会会员。被评为2008年第二届浙江省少年文学之星,曾获第二届冰心作文奖一等奖。作品散见于《儿童文学》《诗选刊》《课堂内外》《中学生天地》《语文报》等。出版长篇童话《漫画世界传奇》和诗集《梦游的孩子》。

灯屋

■文/慈琪

（一） 屋里的影子

很显然，一盏灯对于一座房子的意义绝不仅仅在于照明。

一座没有灯的房子是黑夜宏大布景中的一部分，那些因为月光而微明的瓦片、房梁、门槛就像铅笔在素描纸上勾勒出的断续线条，银亮且朦胧。没有人声，虫鸣是角落中的背景。

但当你，点亮一间房屋中的灯时……

那是人类对黑暗的一种无声反抗,比熔岩平静温润,但更加浩荡,繁星点点地覆满山谷与高地。

夜色冰凉,丝绸般披上屋顶,那是一种保护,也是一种威胁,一种暗示,让人不敢走出大门,领教黑夜中深藏的秘密。躲在灯光中是如此温暖,令人眷念不舍,但没有一盏灯能照亮世界的所有角落。就像一间屋子,没有一盏灯能照亮屋子的所有角落,只要你在这间屋子里,就必然有一块黑影跟随,因光线的移动而悄然变化。如果你转头望向它,这黑影就会立刻蒙住你的面容,比风更快,正如它蒙住那些未知的地方。

所以心灵的迷茫正如影子一样,是确实存在的。

只要我们依然在屋子里。

(二)屋外的洪流

有灯的地方必然有暗,这是无可否认的。灯存在的原因就是因为有暗,因此有时候,代表光明的某些事物,会很尴尬地思考是否要对邪恶致谢。在某些书本里正邪不两立,分明极了,但在另一些书本里,以及在我们的生活中,我们通常会迷惑于这两者的界限。

那么,是先有光才有暗,还是因为暗,我们才得以需要光、制造额外的光?

在白天,这个问题退居幕后,静静憩息,黑夜则会将它扑头盖脑地揪出来,汹涌地灌进我们的脑海。中世纪以及其他一些时代的统治阶级们,管这种思想叫做邪教,因为他们恐惧于斯,生怕正推动着沉重大车前行的人们会走出大车的阴影,并坐上迎接阳光的座位。我想,托尔斯泰借聂赫留朵夫之口,已在《复活》里反反复复地说过多次。这个观点是支撑一本厚厚的书的车轴,让他的思想得以顺畅地沿着路哐当哐当地走下去。

自由地呼吸和思考,在很多时代都是奢侈的梦想。但以理被丢进狮子窝,却毫无惧色地继续向上帝祷告,这实在是宗教统治年代的人们的幸福。他们坐在一间有灯光的屋子里,感到安全、满足与惬意,感到自己处在保护之下，全世界都毁灭，这间屋子仍会安详地亮着它的灯。

而洪流已经逼近山谷，这间屋子即将遭受灭顶之灾。

对此一无所知的人们，继续在灯光下祷告，面色安详而幸福，充满梦寐与茫然。

若是那脱离被毁房屋的灯盏未灭，它将沉在水底，被黑暗淹没，还是浮出水面，继续点燃这荒凉的人世？

（三）门槛上，擎灯的人

读《理想国》时，曾遇到一个洞穴比喻：那些坐在洞穴里的人，背对着洞口，只能看到洞外的光和真实事物投在洞穴内壁上的影子。他们将这影子当作真实的事物。

当一个人终于走出洞穴，看到那些比影子更真实的存在时，他受到了一种痛苦的洗礼。应该清醒地活在洞穴之外么？还是回到他的族群中去，告诉他们这个世界的真相？

他们会毫不犹豫地杀死他。因为他破坏了他们的世界。

而我的灯屋里，也是这样的一群人吗？

我看到他们虔诚的形体，弯曲成一种神秘诡谲的姿态。不知持续了多久，不知从时光的哪一个刹那开始，不知他们为何如此。

在第几个世纪，门槛上站了一个擎灯的人。

“……”

他说了一些话，起初带着不确定的语气，后来便坚信起来。他不时回头，遥望门外蒙蒙的黑夜。

“你们都出来啊，看看这真实的世界。虽然它还在天黑……但，我们有了新的灯，它照得更广、更远，我们可以照亮屋子以外的地方。”

屋子里的人们盯着他,愤怒而感到羞辱。

随后,他们扑上去,杀死了他,将他连同他的提灯一起丢出了门,再紧紧关住门。

守在门外的黑夜,迅速吞噬了这个片段。

(四) 屋门开了

灯屋继续亮着,在这黑寂的夜里。每一点土黄色的光芒,都紧绷着防范的木弓。

不知从什么时候起,一些年轻的声音逐渐嗡鸣起来。亮着灯的窗前,开始有人张望。

更有人大胆地开了一丝窗缝,山谷中的罡风,震慑了屋内颤抖的灯光。

风声已经呼号如暴雨,声色俱厉,逼近房屋。灯光畏惧地内敛,屋内一时间昏暗下来,有惊慌失措声、叫骂声,还有重物击打之声。

门锁哐啷一声,掉落了。

一盏灯的光芒,静静地走了出来。那微光,足能照清门前长满荒草的路。

花是风的影子

■文/董明辉

住处临窗是一条合欢夹道的小路，偶尔从窗口向外望去，只能隐约看到树丛中散落的三两点路的斑黄，大多数时候，满眼都是浓郁的合欢。扁平的对生鱼刺型枝叶层层叠叠，拢散有韵，苍翠多姿，一直延伸到我们三楼的阳台。

学习间隙，我喜欢张望那片可爱的绿。那绿不像春天田野里翻滚咆哮朝你涌来的麦浪，也不像松林随风回环的阵阵松涛，更不像密林中泻出的幽深苍茫，尽管都是绿，但合欢的绿却绿得别具一格，出类拔萃。不为别的，只是因为风吹过麦地、松林和密林的时候，只是蜻蜓点水般地轻触，风过无痕,但是,风吹过合欢,便在合欢上投下了它的影子,写下了它不朽的诗篇。

那状如冠羽,轻柔似锦,绒毛纤细,又似含羞的少女绽开的红唇,又如腼腆的新娘潮出的红晕,令人悦目心动,烦怒顿消的花就是初夏的罡风散尽人间暑土气,一改冬春劲北风的崭新姿态。严冬早春那冷酷强劲的北风行走已远,温润柔和的暖风换掉悲怆的灰格调。于是,一夜之间泛黄蔓延成新绿,又在一夜之间深绿继而笼盖四野。

风和日丽晴方好的初夏时节,到处是翠碧摇曳的光景,合欢却独因风的吹拂,欣欣然晕出绯红一片,像既驾的东曦,如西坠的金乌,在泛滥的绿灾里摇曳出新的不屈。风是不羁的,任性漂游,花是它的影子,却有着开落有时的规限,也许这正是风有迹可循的一个重要切入点。庄子自任逍遥,笑谈风物无依,然而这只是他本心的虚无,没看到风无形,却以花的形式留下香踪,只是他狂热迷陷于虚无,对现实留心不足而已。尽管如此,后世依然为他的逍遥一生津津乐道,但那些经世致用的文人们已不再仅仅幻想看到风,而是从它的影子了解它。看不到风,就看它的影子吧,由此同理:看不到本质,就看现象吧;看不到本身,就看与之相关的东西吧,正所谓"一枝一叶总关情"。

合欢花期短短两月,风留下的经典却早已在人世流传:叶似含羞草,花如锦绣团。见之烦恼无,闻之沁心脾。合欢因其昼开夜合而得名,更因其娇美深寓而得人垂青,终因其为风留影,供风驻足而颇得我浓墨加以渲染。然而,拘束于市井之外的闲人或者懵懂不谙红尘琐碎的童稚所见有限,不比芸芸,虽对合欢大加勾勒,却犹不敢言风之为影唯合欢而已,譬如沾露的新荷,带雨的梨花,翻卷的枫叶,傲雪的红梅,雨打的芭蕉,春晓的梧桐,深秋的黄菊,燃烧的杜鹃,月下的芍药,不眠的海棠,独醒的月季……只要是有风吹过的地方,花都一般绽放,只是花开千朵,各有不同,但都或多或少,或深或浅地烙下了岁月的印记,风的影子。

花是风的影子,花在有风的季节里开落,就像时光在岁月的长河里流淌,风无形,花弄影,时光匆匆,岁月无痕。夏夜无眠,于微风中,就着外面映入的暗淡光芒,谄道:天苍茫,月昏黄,纱灯斜映入西墙。西墙无语夜生凉,蛩音响,风过云丛夜来香。

草堆里长大的孩子

■文/范宇

每到一个城市，安定下来后，最先找寻的一定不是游乐园、KTV、特色餐厅，也不是服饰店、电影院、标志性建筑，而是草地。在乡下长大的孩子，一旦离开草，便随即生出一种难言的失落感。草是岁月，是纯洁，是温暖，是我走在城市的砖瓦繁华之间不可或缺的底气。

中学时代，我曾写过一篇关于草的作文。结尾我写着这样一句话：倘若，心可以安放在少年的草堆里，我愿折断翱翔蓝天的翅膀。老师用红笔写下冰冷的点评：思想晦涩，胸无大志。那年，我十五岁；那夜，我悄悄流泪。多年过去,我依然把那句染上“鲜血”的结尾放在心灵最纯净的地方,义无反顾地坚持着最初的青涩与执拗。

少年的草堆是我在凡尘俗世里流浪心灵永远的港湾。

前不久的一个夜里,和家乡的一位朋友聊天。我说:“有些想家了。”她和我一起长大,她明白,我说的家,便是少年的乡村。她回复说:“再等几阵秋风吹过,山坡上,田野里,池塘边的青草就彻底枯萎了。”她的言语平淡无奇,却像一个深水里的漩涡把我卷进少年流淌在草香里的温馨时光。今夜,愿以满地的枯草为床,满天的星星为被,少年的乡村为境,做一个温暖而清远的梦。

乡村的孩子是枝头的鸟儿,稠密如丝的天空,从来捆不住飞翔的翅膀。在父母对我的严密封锁里,从破了一个洞的篱笆门钻出去,没有一点声响,以最快的速度跑到山头和小伙伴们集合,是我最常做的事情。春天的山头,除了树,便是花草的世界。在只能没过脚背的草地上,每个人都裁剪着一段属于自己的纯真时光,做着幼稚而不厌的游戏。累了,就静静地躺下,把天真的梦想悄悄地告诉给嘴边的青草听。在我们稚嫩的小心房里,小草是有生命的,每一个梦想都将被它们牢牢记住。

惠风和畅,秋日的田野,是我们这群孩子最痴迷的乐园。勤劳的父辈们早已把稻谷收进了粮仓,田野里只剩下一个又一个的稻草堆。隔几米一个,一排过去,竟像图画书上表情严肃的站岗哨兵。那个年岁,除了父亲偶尔严肃的脸,几乎再也没有什么能够让一颗像一张干净白纸的心严肃起来。一人一个稻草堆,一声令下,比赛谁先爬上顶端,这是我们最喜欢的游戏。最慢的人免不了受惩罚,而惩罚总是千篇一律,唱那首大家都烂熟于胸的歌曲——《听妈妈讲过去的事情》。“我们坐在高高的谷堆旁边,听妈妈讲那过去的事情”,每每唱到此处,我们总会不约而同地和上。爽朗的天空下,田野空旷,一群孩子粗糙却唯美的歌声是一道最亮丽的风景,镶嵌在每一个人的脑海里,不曾忘记,也永不会忘记。

再大一些，我常跟着祖父一道去山上放羊。窄窄的山间小径，祖父走在最后面，前面是可爱的羊群，而走在羊群前面的是比它们还可爱的我。坐在青草上的祖父，会点燃一袋旱烟，青烟袅袅，弯弯曲曲地飘过他一脸的沧桑。我读不懂岁月的无情，总是怀着游戏的心态拨弄祖父花白的胡须，他从不会生气，只咯咯咯地笑上几声。趁着青草茂盛的季节，祖父用吐青烟的时间给我讲了许多动听的故事。在祖父的故事里，乡村变得立体，变得多姿，变得深刻。

再后来……

草堆里长大的孩子，总有一段说不尽、忆不完的少年时光。深夜，泡一杯清茶，细数与草有关的少年片段，就如数天上的繁星，越数越迷幻，怎么也数不到尽头。茶香一点点浸润着无尽的黑夜，而草淡淡的芳香却滋润着我记忆深处的灵魂。

离开我的乡村，第一个到达的城市是上海。上海的繁华与堂皇时刻冲击着我乡下的质朴，少年行走在草间的脚步开始有些踉跄。深深的落寞，让我刚安顿下来的躯壳，迫不及待去寻找一片草地。上海的繁华似乎与草地无缘，我穿街走巷，寻寻觅觅，也没有发现半点草的踪迹。或许，在冰冷而坚硬的钢筋水泥间，原本就长不出一棵青草。但我错了。几天后，在一栋正拆迁老屋边的一块空地上，我发现了草的影子。草地不大，大概只有两三平方米，乱七八糟地散落着不少水泥块。我小心翼翼地靠近它，近一点，再近一点的时候，熟悉的味道就飘进了我的鼻孔，散向我的脑海，流入我的心里。我心里明白，这种味道，城市长大的孩子读不懂它，青草一直期待着乡下的岁月在城市重逢而得以延续。看着凌乱的水泥块压在它们身上，我的心里似乎有了另外一种解读：它们在乱石堆里，依然顽强地活着，这是乡村走向城市的草散发出来的坚韧与不屈，是一种抗争，也是一种伟岸。站在它们的身旁，闻着少年的草香，我似乎找到了从农村走向城市的勇气。

草地总是默默地藏在城市最不起眼的地方，但从乡下来的孩子总是能够找寻到。它是乡下孩子安放在城市的心灵最深刻的抚慰，也是最有力的鼓舞。如今，身在兰州的我，一有空闲，总会沿着草的芳香，向隐匿着草地的方向寻去。或许,只要把心安放在少年的草堆里,翱翔蓝天的翅膀便永远不会被城市的狂风折断。

作者简介:范宇,1991 年 4 月生,中国散文家协会会员,中国青少年作家网专栏作家。文学作品散见于《散文选刊》《当代小说》《华夏散文》《中华活页选文》《特别关注》《中外文艺》《东方散文》《当代教育》《青年文学家》《青春美文》《散文诗》《西部散文家》《东方教育时报》《羊城晚报》《北京师范大学》等报刊。多次获得各级文学奖项。散文《水磨镇的微笑》被用作 2011 年四川省资阳市中考语文卷阅读题,并入选近百家中学教辅。

旧物的风情

■文/方蕾

还没到秋雨拾藏的时节，缩起头发捯饬旧物，将屋子弄得一派凌乱样的原因，我想，除了变故，便是搬家了。搬家的况味，凡是出身平凡、在异乡拼事业的人都懂得。都市里的我们有创意、有手段、够吃得开、够fashion，唯独不够巢。有人说，搬一次家，就是离自己的房子更近一步。我在接近自己房子的过程里，忙碌并享受着，而这享受并不是来自于对未来更进一步的憧憬，而是来自于几番摩挲着陈年旧物后的触动与感怀。有些旧物件的存在，也许就是为了一段旧时光的被怀念，而打动人心、让人遗怀的，往往正是，一些已经逝去和正在逝去的光景。

靠窗的书桌上，被我用来盛香的白瓷小盏，原是外公家用来盛酒的。因为喜爱它的古朴和小巧，我便讨来做了香盏。我不善饮酒，超市买的檀香盒又过于流俗，总不能满足我的小资情结。这小盏杯，是老家瓦屋下面，晚饭时用来盛自家酿的米酒的，老人、小孩皆可一杯复一杯地饮。米酒养生，甘醇而有后劲，适合简居之人，撑不起都市里的纸醉金迷。我小时候村镇里的怡情，对于现在的人，已是很难再得。从来风月无主，闲者可得，闲，对于都市的人，亦是一件难事。

在抽屉里再看到木兰发簪时，依旧被那抹依约的鹅黄打动。这是我在去年三四月份，从淘宝上一家古代发饰店里淘得的，后来就一并鄙弃了各式发绳、发卡，索性只用一根簪子，打发了两个季度。我执意要留住一点腐朽的古风，在网上定制了仿汉襟和襦裙的纯棉布衣。月白色打底，手绘的竹叶和锦鲤皆是寥落勾勒而成，生动清幽，不过青色、深红和墨黑三色，尺寸量身，花样也是我自己选的。第一次穿罢对镜而立时，竟觉得模样古典生动，与周遭种种格格不入。

那是段迷恋自己的时光，我常常着布衣长裙走在学校的路上，乌黑的蓬松发髻上斜插着那支木兰发簪，偶尔有风吹过，仿佛闻至芳香。风里有路人流连的眼神，让我自矜。我便因此觉得，女为悦己者容显得谦苦，女为自己容，才真止甘之若饴，这大概也就是因为年轻的勇气吧。

离校上班后，那件青竹红鲤的布衣就只穿过寥寥几次，写字楼的办公桌前、上下班的公共电梯里，实在侍奉不了这样的风情。此类缱绻情结，只合宜净手焚香、临摹诗词，或与赏心人，煮茶闲谈。现在那件布衣，就安静地挂于衣橱，一派碧绿粉绿、胭红浅玫、藕白蓝色的衣服里，她缀于其中，亭亭独立。

整理家居，除了一些基本的电器、被褥衣服、小物件外，就只剩书纸了。想起曾经在董桥的书里读过的一句话，“爱书爱纸的人等于迷恋天上的月亮——只是我们迷恋的是纸月亮”，顿时觉得贴切无比。日子不忙碌的时候，我便不乏看书写字的“闲情雅致”，这样的生活状态让我在同龄人中多了层寡淡的代言。挎包里总是随身带一本读物，坐车或会友的过程中，若是无趣了，就掏出来读几行字，不用心，只当打发时间。逛书店的时候总喜欢买信纸，爱挑古朴的、泛点黄而糙面的纸，拿回家写写画画。给故友写信、抄写诗词、信笺上涂点离落梅花、落款盖印章，这些老套的事我总是做得乐乎。故友也心喜我这样附庸风雅，无外乎是因为那一次次的盈掌小书上都写着“致友：× ×”这四字。

也有提笔无事可写的时候，但“书生瘾”犯了，我就抄句子。抄一句“山中何事，松花酿酒，春水煎茶”，剪剪折折粘成书签，拿在手里说不出的熨帖。这些自己写的丑字我都已经珍惜得不得了，就更别说得到真正名家的墨宝了。我这个书法圈子的门外汉，有幸承蒙诸位老师青睐，先后得到祈少龙老先生与王家楼老先生的墨宝，分别为“宁静致远”横幅与“质若幽兰”扇面，内心几次想及都十分狂喜。这两句四字赠言都是我一直以来所追求的境界，如今有物件的勉励，更让我觉得，人生自有一番指引和妙味。

因为搬家，我清点陪伴我度日的物件，几次把玩着旧物，思绪沉浸入回忆，缓缓回神。生活里哪有那么多的时间来贴近自己走过的时光，问候一声自己的心？留恋旧物，其实把玩的不过是一点旧日的心情，物件有时也只是为了衬托人的气质风华，但有时，人曾有过的流转气质夺目风华，没了旧物件的提醒，连人自己都会忘却。

我们在成长，他们在老去

■文/高源

我从小就把外公、外婆喊作爷爷、婆婆。

叫一声爷爷，我忽然想起《边城》里翠翠的爷爷，想起他开朗的笑和单薄的渡船；想起《呼兰河传》里的祖父，在后园里蹲着拔草，任他可爱的孙女给他的帽子插上花。也许，世界上所有的老人都是一样的——不管他们的孙女喊他们"爷爷"还是"祖父"，一样爽朗的笑声，一样坚挺的身子，一样慈祥又不会过于柔软的面容，就像一棵风中的树，给人安定、依赖和干净有力的温暖。

记得小时候他带我去看烟花和爆竹。夜空下的街道那么挤,所有人都那么陌生。他用大手紧紧地拉着我,我知道,他不会把我弄丢。记得有栋楼仿佛都被爆破的烟花崩上了黑色粉末,人声鼎沸,世界乱得不可收拾。他让我学着他的样子,双手捂住耳朵,张大嘴巴——避免爆竹声把耳朵震坏。我也确实感到新奇并认真地那样做了。已经记不得烟花是什么颜色,记不得爆竹的震耳,记不得那天过节的欣喜和激动……但这些细碎平凡的场景和动作固执地留了下来,抓紧我的心,不被时间的水流冲走,并在每个夜晚熠熠生辉,真切生动,把我带到那个小女孩的世界,带到爷爷身边。

想起五六岁时和表弟偷偷跑出去玩,却在过马路时被满脸焦急又心疼的他追上,极不情愿地被拖回家去;想起他从幼儿园接我回来,自行车撞了前面的车子,他笑着把呆坐在地上的我抱起来,平静地笑着,像什么也没有发生;想起他把一盆盆精心侍弄的花搬到我的窗前,相信我能照顾好它们;想起他身为退休的中学数学教师,给上小学的我单独讲题,而我总是盯着数字走神;想起他会认真地听小时候的我讲稀奇古怪的笑话,然后张大嘴巴,微仰头颅,发出有节奏的笑声……

他的车子和他一样,硬朗坚实,被漫长风雨洗涤但也不显苍老。它的朴实亲切,是爷爷给的。走近它,和走近爷爷是一样的感觉。小时候觉得这车子那么高,我总要很费劲地跳上去之后他才慢慢地骑。他骑得很稳,稳得让人可以安心地闭上眼睛,即使加速,我也只是感觉到风大了些,而不是摇摇晃晃的惊恐。那时我总是扭来扭去看两边的风景,或是毫无感觉地盯着他的后脑勺,看着他短短的白得透明的头发——我那时还不懂得白头发意味着什么,看不到时间刻下的痕迹,还不会为之伤感流泪。这是遗憾,还是幸福?

我喜欢看小时候的照片,那时的我是年幼的,爷爷还算年轻。那张浅绿色的照片被过了塑,保存得很好。我三岁,男孩一样的头发,穿着红白相间的连衣裙,在爷爷怀里。身后是青葡萄和葡萄藤手掌般的叶子。青绿色的世界,青得正好,绿得正好,浓淡相宜。还有两张笑得阳光一样明亮的脸——也许他当时并没有笑出声,而现在我却能清楚地听到他明朗的笑,宽厚、慈祥,像风中摇动的树清晰的声音。照片里的我,正捏着一粒青硬的葡萄皱着眉头,笑得龇牙咧嘴。那时我太小了,还不懂得把记忆描深、把幸福收藏,以至于今天我已忘了靠在他肩头的感觉,忘了那粒葡萄的酸涩,忘了他年轻时是怎样有力地把我抱起。

写着写着就哭了,我发觉泪滴,并诧异地看看镜子。小时候所有的事,所有从指缝里随随便便漏出的记忆,现在都听了召唤般从远方归来,用无声的平淡,把泪滴击落。不是忧伤,是幸福,是感动。泪珠砸在纸上,轻微地颤抖,好像在轻声说话。这么轻,却被我听见了。我不去擦它们,只觉得这样流淌内心莫名的湿润,很舒服,很畅然。

最琐碎的细节,每个人都拥有却常常忘记的细节,稍稍一泡就会茶香四溢,幸福弥漫。可是为什么会落泪呢?是因为酸楚吧,毕竟我长大了,毕竟他们老了。

几个月前我们在婆婆家吃饭,爷爷一见大家终于聚在了一起,就很高兴地说要出去买些饮料和牛肉。我们都说不想要,菜已经很多了,而他还是坚持出门了,并去了很久。回来时大家都埋怨他太晚,我们已经吃了一半了。他毫不介意,把买来的东西放在桌上。他记得我爱喝果汁,记得表弟爱喝可乐,就两种都买了。他每次都买牛肉,而这次的似乎质量很不好,很多白色的肥肉。他一边喘着气换衣服一边得意地说,这次买的牛肉很好,人家说多给我弄点筋,好吃。妈妈皱着眉头埋怨着说,这哪儿是筋呀,筋是透明的,这些白色的都是脂肪呀!爷爷有些不好意思地笑笑,笑声还是那么平静温和,让人不忍心责备。我和表弟为了不辜负他的心,尽管不喜欢吃,还是摆出一副吃得很香的样子。

回家的时候,我问妈妈,爷爷以前经常买牛肉,怎么会连筋和肥肉都分不清呢?妈妈说,你爷爷老糊涂了。我们是笑着说的,很轻松地开玩笑的样子,而心里却被划过一道伤痛,尽管转过头尽量逃避,却无法掩饰时间的残忍和真实。我们,都不是自己的主人,都在时间面前无可奈何。

他真的老了吗?有一段时间,爷爷的听力特别不好,我对他说话,他总是一副迷茫的表情,侧着耳朵探过头来,大声问着:“啊?什么?”我害怕看到他那时的样子!心一下子被无可阻挡的恐惧感淹没,不知所措。

我只能无助地、心痛地把声音提高，并用力点头或摇头，好让他更明白我的意思。最后，我甚至避免远距离地与他对话，是因为害怕被刺痛，害怕他的样子证实了时间已经走了很远，害怕事实告诉我他真的老了。

这么快就老了？什么时候开始的呢？我怎么没有注意过呢？

跟着他拔草，为他养的鸡们做鸡食；看着他的字，工整端正，每一笔都用了很大的力量；他把我撕破的书页粘起来，没有一点痕迹；和他在操场上跑，散步；他的宽大衬衣，他的印章，他的毛笔、算盘，他的厚重字典，他的两本纸页已发黄的《四世同堂》……童年里的故事，好像还在昨天。可是，这么快，我长大了，爷爷却老了。说不出的凄凉。

婆婆是家里最忙的，却也是最容易被遗忘的。小时候她经常在我和表弟上学前往我们手里塞几枚硬币，而她自己却从来没有用过零花钱。家里生活还好，至少她没有必要天天到操场上弯腰捡拾学生们扔掉的瓶子。小时候看到她在风中站立，微微转动身子用手轮流捶腰，我都没有太多的感觉，只是叫一声"婆婆"，便跑去一边玩了。而现在想起，心里柔软的地方便又开始颤动。

我们总是把她忽略。她总是在厨房里弯腰忙碌，又从热闹的餐桌旁悄然隐退。她习惯了，大家也都习惯了。只一次我和表弟无意中发现她独自在阳台上端着碗，便一人盛了一小碟菜给她送去，她很惊讶又欣慰地笑笑拒绝了，说她吃不了这么多。最后还是挡不住我们的热情，留下了一碗。

每次去婆婆家，见她的次数最多，而和她说的话却最少。大多是准备离开时，才注意到她坐在客厅的边缘，或是门后，安静地看着吵吵嚷嚷的我们。

"这么快就走啊？"她不舍地说，眼睛里流露出一种特别的柔软，疼痛且怅然地看着我们，关心地微笑着，让我的心猛地一酸。我不是故意的，可我总是忽略她，是因为她的退场，还是因为她的安静？

一个星期天早上，我被不断的敲门声叫醒。她掂着刚买的温热的水煎包和蛋糕让我吃早饭，并强调必须亲眼看着我把它们吃下去。她唠唠叨叨地说着琐碎的话，全部关于我，而从不提到她自己。她来看我，有时会摸摸我的被子说太薄，要给我换条厚的新被子；有时惦记着我爱吃青菜，在桌上留下一袋自己种的新鲜的小青菜；有时悄悄地在我的床边放一双绣花的鞋垫……她总会抓住我过生日之类的时机给我零花钱，这也是我比较怕的，因为我不需要这么多，而她更需要为自己买些必备的东西。如果我不要，她总是生气地说："别说我没钱，没钱的话我就不给了。听话，快拿着！"

婆婆的心里有家里所有人，独没有她自己。她操心所有人的身体，谁感冒谁发烧都关心备至，却很少管过她自己的胃病。如果妈妈有事，几天不在家，她会一天好几个电话打来，问我在哪里吃饭，问我什么时候到家，晚上要不要人陪。我在忙碌中，曾对这些过于琐碎的话厌烦，常常不耐烦地应付着"没事没事"，"不用不用"。而静下心来的时候，又会后悔自己刚才的态度有点过分，会不会让她伤心？

我十岁左右时，一个表弟八岁，另一个表弟六岁，我们在家里办了一场"演唱会"，并且收门票，一张两元。我们用第一次挣来的钱，给婆婆买了一件夏天的薄短袖，给爷爷买了一把小水果刀。婆婆拿到衣服，一边埋怨地说："买什么买呀，你们才多大，挺浪费的，应该留着钱买你们喜欢的东西……"一边幸福地微笑，眼睛眯成线，爱怜地抚摸着衣襟。她笑得眼角的皱纹很深，但很好看。爷爷拿着小水果刀走向我们，无声地笑，想说什么，又不知怎么说，只是不停地摩挲着刀柄，翻来覆去地看，好像是举世的珍宝，舍不得放下，直到它浑身都被暖上他手心的温度。后来很多次见到我们，他总是不厌其烦地提起这件我们早已忘记的事。仅仅是件小小的礼物，他说了一遍又一遍，乐此不疲。

我们送的，仿佛永远都"正好"是他们喜欢的东西。他们的生活很平淡、很简朴，而大家聚会时会变得特别"大方"，会买任何平时想买又舍不得买的东西。

很多事，那些因为太平凡而让我们习惯的事，那些太熟悉却被我们忘记的事，那些因为我们匆忙的成长而从指缝间漏掉的事，比任何惊天动地的壮举更容易深入心灵最脆弱的地方，让人心甘情愿地用整整一个晚上虔诚地回忆、忏悔，并为此流着眼泪写下湿润的文字。

他们的沉默，他们从不张扬的爱，他们长久陪伴的身影……他们看着我们从童年走向青春，给我们比时间更绵长的关怀。他们总是"什么也不缺"，总是笑呵呵地迎接我们回家的疲惫，总是在我们拒绝他们的爱的时候愠怒，总是体贴到一颗纽扣的距离……他们把付出的都忘了，他们把收到的点滴都看作珍宝。

很久没有看到爷爷在风里穿着宽大简单的衬衣、手里握着蒲扇散步的样子了，因为我很久没有陪过他；很久没有在婆婆面前自以为是地讲一个道听途说的故事了，因为我总是匆匆地从她身边走过，嘴里重复着，我很忙……

孩子们都回家吧，回到婆婆爷爷的膝头，感受深沉久远的温暖，品品那些默不作声的细节，想想自己是不是忙得忘记了最初的幸福，听听他们随意的问话，听听唠叨，和他们聊几句他们喜欢的东西。细碎的生活，像星星，原来会比阳光更明亮、更温暖。

有老人的地方，就有家的气息，就可以停下疲惫的脚步安心地休息。

是的，在他们面前，我们永远是孩子。可惜，我们在成长，他们在老去。

离别长安，在火车鸣笛的秋天

■文/顾彼曦

我遇见子义，是在火车鸣笛的秋天。

在这之前，我们早已认识，只是山高水远，阻隔重重，未曾谋面。我们一直都在用短信安慰着对方。每天的欢乐与痛楚都是通过这仅仅几十个字来传达的。我觉得这几十个字是有温度的，温暖着我们的心，陪我们走过了多少个春秋和冬夏，在时间飞快的流逝中，不断地加深了我们之间那份纯朴的友谊。我们一直都坚信，总会有那么一天，我们会在人海中遇见，只是人海茫茫，我能否一下子从人群中认出可爱的他呢？

我想这都不是我们考虑的问题,我们拥有的只是一个梦,一个仅仅属于两个住在城市里的农村孩子的梦。

在一朵秋菊静静开放的风雨中,我来到了繁华的古都长安。一切都显得那么平淡、自然。对这座城市我依然保持着那份最初的神秘。

长安我来了,子义我来了。

记得遇见子义的那天,我的心情像浪花一样涌动,至少我清晰地明白我们从前一直期待的遇见,终于可以在这一刻实现了。怎么能不让人的心儿怒放呢?

对于这座城市,我有一种莫名的亲切,尽管从前我只能在地图上触摸它的轮廓和模样。可是我就是喜欢这座城市,喜欢这里的一花一草,或许是因为城里一直有我的一个梦吧。

我所住的宾馆在火车站附近,比较方便。我给子义打电话,跟他说了我所住的地点,让他来接我。我想这座城市,对于他来说再熟悉不过了。我能做的就是在宾馆里等他的到来。他说四十分钟后到。当时的我懵了:文理学院有这么远吗?坐车都要四十分钟?或许从小就习惯了小城的便捷吧。在时间的距离上,总是有些不习惯,也情有可原了。

我是一个喜欢等待的人。尤其是等待一个人的时候,静静地听飘雨的声音,让我听见时间的流逝如玻璃般破碎。凑巧那天长安下着雨,是那种细细如丝的。天空中还弥漫着薄雾。其实我也不敢肯定那就是雨带来的雾,因为以前经常听别人说长安的天空,有太阳的时候也是灰蒙蒙的!这倒更加使长安这座古城平添了一份神秘。烟雨朦胧,是江南小镇才有的诗情画意,在长安大街原来也可以看到,这样的景象使我倍加欣慰。

在人群中,我真的一眼就认出了子义。

他匆匆赶来时,脸上洋溢着憨笑。他的文字中透露着一个男人的成熟,如今再也掩饰不住孩子般的天真。头发都被雨浸透了,像被上帝遗弃的乞儿,显得那么让人心疼,加之眉目清秀,身材挺拔,真是一年少俊才呀！站在他身边，都会给人压力。

“尚子义，我在这里。”

他憨头憨脑地摸着头，激动得不知道说些什么。带着那说了十八年的陕北口音回应着我：“我看到你了，路上还顺利吧？你怎么住这里呀？火车站附近很贵的。”

“没事，我已经和同学订好房间了，这里也比较方便安全，等下次吧！你们离这里有这么远吗？”

“是啊，我们学校离这里挺远的，不过比起长安大学和其他一些学校，我们算近的了。我接到电话就立马赶过来了。”

随后他带我去吃饭，走进了加州牛肉面馆。子义和我一样，都是农民的孩子，所以我能理解，关于大餐就算了。我也不会介意，或许吃面最适合不过了。在清淡的饭菜中总是伴随着醇醇的情。他去买单，他不知道我提前支付了。在某种意义上说，我是他哥，理所当然是我买单了。

出了面馆，他带我逛了很多地方。

在公交车上，他给我讲了很多关于“90 后”重庆南川会议，陕西农民诗歌大奖赛颁奖的故事。他还给我讲了长安的街道，甚至每天街道上有多少公交车来回轮流，听得我惊呆了。我倒觉得他更像一名职业导游，不急不忙地给我介绍沿路遇到的钟鼓楼、长安城墙、护城河，一切值得讲述的历史景物，他都不曾放过，他给我讲述的时候，我能感受到属于一个陕西人的骄傲与自豪。而他眼神里的亲切和细心让我感动。

下公交车后，他带我参观了西部电子商城和西部书城。在书店里，我们看着那些书，刚刚摆上青春架的书籍，那么多熟悉的名字，心里总是充满着羡慕。他说：“什么时候，我的书也会在这里上架啊？”我回答他：“很快就会的，我们一起努力，或许多年后，在这里再次遇见的时候，我们彼此的书就上架了吧！”他看着我淡淡地笑了！他说他以后改写散文诗了，我说我也是。后来，他真的遵循着自己的意愿，写散文诗了，在很多刊物上，我看到的都是他的散文诗,而我什么都写,只是什么都写得不够好!

出了书店,我们坐在长安的石街上,看着放得很高的风筝。他问我能看见那个飞得最高的风筝吗,我说那不是风筝吧,应该是飞机,怎么有飞得那么高的风筝呢?他坚信是风筝。他说在没有雨的时候,还有比这飞得更高的风筝呢!是啊,还有比这飞得更高的风筝呢!我们两个何尝不是两只风筝呢?有一天,是不是会比这风筝飞得还要高呢?

他问我还想去哪些地方,我说:“去你学校吧”,因为在高考前夕,我们都希望在同一所大学读书。只怪自己太不争气,现在看一看,就算是弥补我心中的遗憾吧!走进这所大学,他一一给我介绍了体育馆、泳池、操场、白桦林、健身房,还有文理学院的大门。他说文理学院的大门可以算是西安所有高校里面最雄伟的,出自著名建筑学家张景秋之手。那时候,我仰视着那高高的大学门,对自己未知的大学充满了无限的憧憬,我的大学,是不是也有像文理学院这样雄伟的大门,这样美丽的校园呢?直到后来,我来到东北,来到学校,我才发现,那其实是一个无法实现的梦。

我普通话很差,我想一般人是听不懂的。还好子义在电话里听习惯了,我问他能听懂吗?我不爱说普通话,这他是知道的。他说还行。后来,我才知道,我说的什么,他几乎听不懂,只是他能弄懂我想表达什么样的意思。我问过他,听不懂为何不早说呢?他说没有关系,能听懂一些。其实我明白,他是不想为难我。我们很难想象,两个语言方面有障碍的人交流,本是一件痛苦的事情,可是我们却谈得很舒畅。只是时间太仓促,转眼间到了晚上,我该回宾馆了。他要送我回去,我坚持自己一个人回去,看着外面下的大雨,我又怎么能忍心看他被雨淋湿的样子呢!他身体状况一直不好,年年都会发几次很严重的烧,或许风一吹,他就感冒了,又怎么能经得起这雨长时间地淋呢?

他把我送上公交车后,我隐隐约约还能透过薄薄的玻璃窗,看到不远处挥手的他,水珠沿着玻璃滑落下来,落到了我心里,甜甜的,苦涩的。

晚上他发来短信,问我是否安全到宾馆了,他说明天早晨送我,累了就早点睡觉。我回复他:“嗯嗯嗯,明天早晨我走的时候给你打电话。”

第二天终于到了，天还是灰蒙蒙的，雨依然下着，我准备不辞而别，我不喜欢站台，站台上的人会流泪的，而我不希望流泪的是他，或者他很坚强，不会流泪，可是我会流的！

坐在火车上，我给他发了一条短信，告诉他，我已经走了，让他注意身体，期待下一次我们在长安大街的再次遇见。

看着窗外往后倒退的背景，我心里默默地读着：

“我遇见你，在火车鸣笛的秋天，也在这个季节，离开了你。我只想告诉你，和你在一起的日子我很开心，祝福你幸福。子义别了，长安别了。”

我独南行

■文/顾杰军

南有乔木，不可休思；汉有游女，不可求思。

汉之广矣，不可永矣；江之永矣，不可方思。

年轻的时候总有那么多追逐不到的美好，近在眼前却难以企及的目标，就像南山的乔木，高大却不能为行人荫蔽；就像汉水对岸的姑娘，笑靥如花，灼灼其华，只可惜江水滔滔，隔绝了此岸青年的念想抑或彼岸伊人遥遥而不可期的等待。

年轻的时候总会有那么多遗憾，近在眼前时不知把握，翩然远去后才恍然大悟，那些我所想要的，我所想遇见的都曾在我的身旁，是自己不甚明了罢了。年轻的时候也会有那么多成叠成叠的青春，让我们足以鼓足勇气对所有的失意和遗憾辩解抑或安慰：那时，我还年轻！

《诗经·邶风·击鼓》中“死生契阔，与子成说。执子之手，与子偕老”的爱情宣言至今仍让世上无数的男女痴迷，你喜欢我，你爱我，那你的喜欢，你的爱到底有多深呢？男方多会深情地望着身边的心上人，“死生契阔，与子成说。执子之手，与子偕老”，然后彼此陷入短暂的沉默。最后，女孩热泪盈眶地扑到男人怀里。一个女孩，一辈子，能得到一次如此的承诺那此生真是何等幸运了。如胶似漆，如鱼入水，他们以后的一段日子一定是快乐的，快乐得以为还未到来的以后他们也将一如既往地快乐下去，没有悲伤，没有离别，甚至连偶尔的吵架赌气都没有。那个时候，两个人，当真是心有灵犀一点通的，你要什么，你想什么，只要一个眼神我就全明白了。于是，天空变得格外的蓝，树叶变得格外的绿，连阳光也熏染上了玫瑰的香味。那个时候，我们开始相信，一个人的青春总要有两次奋不顾身，一次为说走就走的旅行，一次为因爱而爱的爱情；那个时候，我们开始相信，爱情的力量是无坚不摧的，可以打败时间，打败现实，打败一切他们认为我们打不败的东西。

……

可是当时间真在四季变换里逐渐老去，我们的容颜还未曾有太多改变的时候，两个人的感情却悄无声息地改变了，离开了预定的轨道。那时候，我们开始怀念，怀念初见的光阴，那个时候我们多么开心啊，为什么现在非要这么彼此折磨呢？为什么现在你变得如此不可理喻了呢？你真是不懂我，一点都不懂。

纳兰容若说：“人生若只如初见，何事秋风悲画扇。”

安意如说，那是道破天机的话。都让我们冷静一些，冷静的时日一久，我们也就真的冷静了，我们的感情，并非浅薄，只是太过深厚，给了彼此压力。那么，分手吧……不是不再爱了，是爱不起了。

转身,明明心里还有彼此,可谁也不愿回头,却生生期待着另一个人能够回头,跑过来,拉住自己的手,大声说:“说好了要一起走的,怎么能就这样分开了呢?”可一切都停留在了幻想里,大雪纷纷扬扬地落下,覆盖了世界,也覆盖了曾经灿若桃花的青春,你的背影在头顶孱弱的昏黄灯光的照耀下愈行愈远,雪片轻轻地落进瞳孔,融成水,冷漠地滑过你曾亲吻的脸庞。回忆是抓不住的月光,一握紧就成了黑暗,后来的后来我学会了勇敢,不再悲伤,不再轻易承诺,也不再轻易相信承诺,更不会咧开嘴肆无忌惮地放声大笑了。他们说我长大了,其实我只是不再年轻。深秋三寸的日光,落叶般飘进图书馆的窗子里,偶然间翻开《诗经》我才明白:“死生契阔,与子成说。执子之手,与子偕老”原来并不是我曾想象的样子。朔北的寒风呼啸,旌旗猎猎作响;落日低沉,勾勒出笔直单调的地平线。我握着业已被岁月侵蚀生锈的宝剑,想起那一日我离开家乡时曾拉着你的手告诉你:生死都要和你在一起,白头到老情不移。

于嗟阔兮,不我活兮。于嗟洵兮,不我信兮。

可叹相隔太过遥远,和心爱的人再见难如登天;可叹相别的时间太长,往日誓言都成空谈。离家的男人,白发爬上了双鬓,身披积满了风霜的盔甲,双眼深情地望着南方,眼眶有些凹陷,他曾许下诺言的地方,他怎么能够忘记?如果可以,他多想独行南方,多想,多想。

原来,有些如“死生契阔,与子成说。执子之手,与子偕老”般美好的承诺,只是回忆的种子,时过境迁之后在遗憾的深谷下,开出的不知名的花。

听流年用嘶哑的曲调暗唱欢歌

■文/顾芸逐

（一）

凌晨4:30，我跌跌撞撞地爬起来喝水。在黑暗中摸索着端起临睡前准备在桌子上的水，一饮而尽。冰凉的水在滑过喉咙时发出“咕咚咕咚”的声响，在空荡荡的身体里发出清灵的回荡声。宿舍的姑娘们都还在安睡，我在黑暗中摸索着穿上外套，轻轻地拉开门出了宿舍。

整个校园都还是一片朦胧。篮球和树影在朦胧中幻化成一个个鬼魅的影子，似动又不动。不远处食堂的惨白的白炽灯已经亮起来，隐约可以看见几个在里面来回走动的身影。侧头看见武汉长江三桥的灯光,暖黄一片,却感觉不到丝毫的温暖。周围一片寂静无声,我可以毫不费力地听见自己的心跳声。舒缓而安宁。

很多时候我的感觉就像现在这么不真实,我甚至怀疑自己是真的清醒着还是在梦游。在一种完全沉寂的状态下,没有任何一个人见证你的存在,就像是原始社会里与同伙走散了的猿人,独自站在广袤的原野上,无法用任何讯号告知同伴自己正身在何方。这种不真实感会让我感到莫名的恐慌,一种不安全感在心底陡然突生,迫切地想要寻找一个可以供我容身的狭小却无比坚实的空间。我很讨厌太过空旷的空间,总是感觉只有狭小的空间才能给我足够的真实感与安全感。

我在天光将近大亮的时候去食堂吃了一碗热汤面,暖暖的。卖面的中年阿姨有些微微发福,她冲我一笑问:"妹伢子这么早就起来了啊?"阿姨的笑容并不倾国倾城,我甚至可以看见她牙齿上暗黄的牙垢痕迹,但是我明白,那个笑容里绝对全是善意,满含温暖。

回宿舍的路上我仰起头看着灰蒙蒙的天空想,嗯,这个清晨很美好。武汉的天空虽然很灰暗,但这个清晨真的很美好。

(二)

我时常无缘无故地陷入一场连自己也感到莫名其妙的恐慌与疲惫感中,还伴随着不安的压抑感,让我沉默着不知所措。我真切地感觉到自己就像一只已经被抽丝的茧,只剩下一个了无生气的空壳。无谓生死。

我似乎看见自己的灵魂已经脱离了沉重的躯壳,薄如轻烟淡雾般飘荡在半空中轻蔑地冲着我的躯壳冷笑。它嘲笑躯体的笨拙与陈朽。而我那奄奄一息的躯壳只是疲倦地抬起眼皮扫了它一眼。没有任何表情。

伴随着年月的增长,对于很多人与事我都失去了最初的热情与冲动。我明明感觉到我的身、我的心、我的眼,甚至是我全身的每一个细胞都已经耗尽了它们所有的精力,它们真的都累了。在这个时候我往往都会放下手里的所有事情,关掉一切通讯工具,把自己关在屋子里一个人沉沉地睡去。直至重新苏醒过来又恢复平日里的模样。

我总是努力地想要自己活得丰盛一些,更丰盛一些,为的是不至于有一天湮没于人群中庸碌一生。我害怕自己会因为太过平凡而在某个不经意的时刻失掉了自己的信仰,变成大人们口中那种一生都碌碌无为、活得如同行尸走肉的人。所以,我总是在努力着。

我自然也明白,想要活得丰盛,必须得付出足够的代偿。

上帝是个如此精明的商人,我们的每一分收获往往都是用一分甚至好几分付出换来的。偏偏这样的买卖我们依旧做得心甘情愿、毫无怨言。

(三)

我双手捧着新买的抹茶拿铁看向光线日渐柔软的秋阳,光线穿过孤独的树枝,打在地面上勾勒出宁静而柔软的画面。几个人在阳光里的微笑变得格外刺眼。光线消散掉所有浓重的色泽,将坚硬的轮廓打磨得柔软缓和,映在瞳孔里,渐渐融进心里变成最美的倒像。突然想起年少时的一些画面,莫名的难过。时间太尖锐,以致在每个回忆的时刻都会激起心底的一阵苦楚。

光景绵长,流年不返。

年少时的很多事都由浓变淡最后和白色融为一体,自己都搞不清楚是不是错过了时光才会落得那样多的陈年旧事。上课的时候喜欢坐在靠窗户的位置,以让自己更加接近蓝天。看见云朵以一副悠然自乐的姿势从苍穹的一端滑到另一端,心里羡慕得无以复加。只是云朵它并不知道在它往复的过程中光影转移过多少次,离散了多少人。

偶尔回想起旧时的欢乐或伤痛,都已变成淡尘轻烟。无关痛痒。

十六岁那年喜欢的第一个男生,英俊耀眼。年少的时候,心动也好,喜欢也好,或是害羞,或是自卑,终是不敢讲出来的,酝酿在心中最后慢慢滋生出独特的味道。那时候的我在害怕些什么呢?害怕在某个瞬间感情会从眼神中流露出来,害怕在一切都清楚明了的时候无法抑制自己的感情,害怕年少时青涩稚嫩的爱情敌不过时间的漫长。所以从懵懂过渡到成熟的过程中会偶尔想起那时候的自己,纯真是有的,但也愈发觉得自己幼稚。我们真正难忘的时间,也是真正难过的时间,就是寥寥的那几年的锦素时光。

时间这把刀

■文/鬼啸寒

又至深夜，难熬的是失眠后的幻觉。

每到深夜，寝室的走道里充斥着电流声，如果凭借细微的直觉倾听，还有昆虫的声音。我总感觉，不论乡间还是城市，只要细心地注意，都会听到小昆虫的声音，而且总是不停地、拼命地鸣叫，让人生厌。

寝室里，有一个人，他伏于床上，正在思考。他看着周遭的事物，内心荒芜，就像风卷起的那些干净的落叶，最终又停了下来。除此还有白色灯光、课桌、双人椅、专业书籍、文学书籍和空洞的双人床架。床架上面爬满灰尘,只有蜘蛛偶尔开辟出一点新的轨迹。窗外是一条刚竣工的柏油路,已允许通行。

他的朋友很少,就像他的兴趣很少一样,专注和矜持正在建设他的人生。他羡慕开车的那个人,每次车一路过,他都会抬起头来观看,像一只猎豹观看麦田里的物什。他看着这辆红皮大卡车,总会异样地兴奋,像是时光记忆里遇到了难舍的素材。而他将它涂抹成一种神圣的信仰。他关注着红色大卡车的速度,它是否又撞到了那排枇杷树的枝丫,而每次正如他所想,虽已是秋天,卡车都会轻微地碰撞柔软的枝丫,而后平安路过,有时会掉下宽大的树叶,静静飘落于一隅,而后像自闭的大雁停止了飞翔,安静地归属大地。

而红色大卡车不会停下,他会加足马力吃力地前行。爬到图书楼下的水平面,而后一个刹车停下,让轮胎冒着怨气。卸货的工作人员会按时等待它的抵达,而后卸载这些来自远方的实验器材,抑或煤、食品。

而这次返回的时候,他看见卡车充满兴奋,异常空旷的柏油路上,卡车像是原野里的壮汉,充满力量。疾速路过的时候,他没有听到一种熟悉的碰撞声,那是一种习惯里的久违的声音。而没多久,对面发出一声闷响,红卡车撞翻了一辆白色小车和一棵枇杷树。车辆间充斥着一种抱怨的气息,这种气息好像从麦秸秆里传出,长久不息。这辆白色小车的主人,内心空虚,刘海下面是一副巨大的黑色墨镜,主人一直在这条柏油路上按着喇叭,声音一起一伏长达十分钟。而后宿舍楼闻声欢呼、鼓舞、狂吼。直到传出车的主人已死,大家才陆续熄灯睡去。

我们睡去,醒来,又开始思考。醒来发现那辆卡车已经歪斜不堪,而那辆白色小车上面布满血迹,像是被带血的刀捅伤。注意观察,发现警戒线还在,而我们只有喟叹死亡的速度竟是如此之快,如此彻底,一分钟都要不了。

2011年深秋,他在同一地方,喝酒,看见了草木的摇晃。又至深夜,他醉后醒来,听见宿舍区有人惊叫,干吼。2011年入冬,在宿舍区,他看见有人半夜打乒乓球,叮咚之声断断续续。不远处,有人寒暄,他没在意。

他起来又躺下，醒来后感觉全身发冷，穿上衣服后，他开始抚摸一些自己的物品，水杯、牙刷、嘴唇，当然包括固有的水龙头，而后抱怨大学生活，蹲上马桶。出来关好门后，踢倒了一个秋天的啤酒瓶。没有碎，补上一脚，还是咣当一声没有碎，连续踢了两脚，依旧在瓷砖上窜来窜去，他不得不惊叹造物商的设计水平。但他更不得不惊叹造物主是天才。他双手拾起瓶子，往铁架上一扔，碎了。而后留下满地的玻璃碎片，有的像镜片形状，横亘在那里。

他没有多看一眼，而后在床上坐了下来。已是冬天，他在抓紧泡方便面，与女友昵语。尔后利用空壳将那些碎片装走，否则要是让宿管看见了，又会挨一顿臭骂。

时间一天一天地过去，临近期末，有的上网，有的复习，有的坚持背诵单词，而他除了保持安静、沉默、自我消解的臭脾气，更多的是保持内心里的叛逆和永久喧嚣。他走出宿舍楼，刚出来便看见一个美女从柳树林里消失了。短发，留着鼻涕的样子，是他熟知的那个女孩，她孤独、美丽、性格内向。他磨灭不了对她的印象，以及清浅的笑容里所特有的忧愁。

他顺道走到惜福楼，内心生疼。看到一个别着挎包的青年，他想到超市老板，超市老板高挑、偏瘦、面色灰暗，很难有正常的笑容，除了对现实不屑的笑容，更多的是沉默。老板喜欢重复一个动作，抚摸自己的头发。就在去年的那个冬季，老板走了极端，而在自杀的前一夜，还在与我们谈着哲学、黑格尔、纳什、诗歌、世界末日。当第二天超市传出老板失踪的消息时，天已经开始降着鹅毛大雪，雪花飞舞着，直到寻人启事掉落，直到凶器被覆盖（凶器指啤酒瓶，因为校园里流传：那晚深夜有难闻的焦味，老板可能是喝汽油自杀），人们才安心地沉湎于美好的事物，忘掉过去的伤害。

他进入超市，看见老板娘在柜台前忙来忙去，神情冷漠，饱受丧夫之痛。而后他买好东西离开了。他明白，时间的存在和流逝之疼，像一把刀的光亮和锈迹。

遥远的解放

■文/何骋

如果说过去的一年里有什么让我怀念，想想大概也就只有年初的那场雪了。去年年初，当那场雪纷纷扬扬地落在小城时，我和朋友在一起欢笑着，真切地感受着生活的美好。飘落在衣服上不舍得融化的雪花和那些若即若离的寒风带给我刻骨铭心的快乐。而今一年过去了，今年的第一场雪在一个雨夜悄悄到来又匆匆离去。我甚至都来不及仔细地望一望，来不及诉说衷肠，它就这样远去了。这使我感到失落，不由地怀念去年，却又在怀念中陷入更深的失落。

过去的一年是平淡的一年。尽管各种事件层出不穷，夺人耳目，但承认它的平淡确实是一种诚实。众生喧哗，难以掩盖其中的浮夸；浮夸世事，终究倒映内在的空虚。空虚的灵魂在这一年里局促不安地聚到一起，呈现出热闹纷繁的假象。无数的人张开无数只手，以为高擎火把，此火独大；其实都被世俗蒙蔽了双眼，在黑暗里拙劣地摸索。所谓的创造，所谓的改变，也不过是些无谓的重复罢了，了无新意。这听起来或许悲观，可事实就是这样残酷。忍受平淡毕竟是件痛苦的事，但也正因了这漫长的平淡和白夜所作的铺陈，一点星光便让我们对黎明向往不已，感叹不已。而这种感叹与向往，同样闪烁光辉，显得鲜艳美丽。

2011年末，我便欣喜地看到了天空上这点点的星光。

西方圣诞节前夕，中国公民韩寒在博客上连续发表三篇文章《谈革命》《说民主》《要自由》。这三篇文章是针对之前读者提问所做的回答，也较为全面地表达了韩寒对于革命、民主与自由的看法。或许是因为话题的敏感性，这三篇文章当即成为舆论的焦点，受到了高度关注。在各大论坛、博客，甚至诸多新闻媒体中都涌现出对于这三篇文章的讨论，并且将话题延伸到了意识形态领域。忽如一夜春风来，在当代中国沉睡许久的几个名词仿佛被唤醒般，又重新活跃在公众的视线中。“天鹅绒革命在中国永远是幻想”“民主只是一种感觉，它需要时间”“言论自由未必就是好的，其结果可能是不自由”，一场声势浩大的讨论就此展开，无论是贫穷还是富有，社会各阶层的人们纷纷加入进来。

仿佛时光在倒流，一个世纪以前的场景重现在中国。1919年，以胡适和李大钊为代表的两方围绕马克思主义中国化问题争论着，他们争论的焦点就在于要不要革命。现如今人们讨论的也正是这个问题。岁月消磨，时代变迁，中国的发展依循着曲线前进的轨迹，在某个偶然与必然间，似乎回到了初始线上。只是相比于五四时期的学术研究，辛卯年末的这场讨论有着无比坚实的群众基础。正如《华尔街日报》感叹的那样，这是一场“广泛且相对持久”的讨论，非比寻常，意义重大。

在这场讨论之外，当然也不乏江湖郎中式的批驳者，挂着廉价的招牌，打着莫名的旗号，从四面八方跳了出来。他们并未参与讨论，只是极尽嘲讽之能事,嘲笑韩寒。有的说韩寒缺乏文化素养,没读过几本书;也有的说韩寒的文章表现出无知与无能;各种各样的都有,千姿百态。旁观郎中们热火朝天地倒卖苦口劣药虽然十分有趣,但我还是觉得讨论文章本身比讨论作者更有意义。一味地批驳作者,不是出于嫉妒就是出于愤怒。它或许会带来片刻的快感,可在张牙舞爪的戏码结束后往往是持久的空虚。

革命,民主,自由。总体来说,韩寒对于这几个重大问题的看法是较为温和的。他反对暴力革命而主张渐进改革,他向往民主社会而怀疑公民意识,他要求更多的自由而进行着悲观的诉求。当看到这样的温和浸透着韩寒的文字,我想很多人会和我一样,感到深深的无奈——温和的事物总是这样,让人喜爱也让人无奈。孤身一人,走在青年意见领袖这条摇摇欲坠的铁索桥上,韩寒无从选择,更无法逃避。他不得不对群众与权力,少数与多数保持警惕。振臂一呼当然潇洒,落入江中被时代的洪流吞没又未免落魄。权贵与拥趸的尖利对立,终于形成了一阵无迹可寻的突转风,让韩寒举步维艰。针砭时弊,能够引来一片欢呼,却也容易被引入歧途;克制激进,归于温柔,又将陷入未知的泥沼。三篇文章之后的一些反应,便是例证。援引《纽约客》记者 Evan Osnos 的话:“他拉长了自己的战线,树立了更多的对手,其中包括曾一度对他钦佩有加的一帮人:中国最激情燃烧的民主主义者。”这些民主主义者以惊人的速度逆转了对韩寒的态度,他们对渐进改革嗤之以鼻,轻蔑地称韩寒为没有骨气的文人。另一些青年人则失望地表示,曾经让他热血沸腾的那个韩寒已经死了。

如果只是粗略地扫读那些文章,很容易得出韩寒已死的结论。然而,事实恰恰相反。如若沉静下来,仔细思索文章字里行间的意味,便不难发现,韩寒依然是我们的韩寒。也许他对于革命、民主、自由的观点确实显得浅薄,但从中流露出的真诚让人感动。我看到的是,一个勇敢的解放自我的青年在努力为社会贡献力量。克制激进的同时,尽己所能地推动变革,这种温和难能可贵,体现着当代青年所稀缺的理性。更重要的是,他让我从心里觉得,除却了世俗的繁杂和情绪的躁动后的中国青年,就应该是这个模样。

由此我想起一件往事。那是一个阳光温和的冬日午后,我在教室里坐着。上课了,历史老师走进来。他告诉我们今天的讨论课题是“春秋战国的大变革”。讨论分组进行,不同的组别有着不同的重点。我所在的组负责“春秋战国的思想文化”环节,同学们推选我为代表,作总结发言。走上讲台,大致介绍了一些春秋战国的文化概况后,我提出了一个问题:如果说春秋战国的百家争鸣是生产力发展的产物,那么为什么在当今中国迟迟没有出现思想解放运动。教室里嗡嗡一片,但很快安静下来。

这个问题萦绕在我心头很久了,也困扰了我很久。我把它在课上提出来,希望得到解答。和料想的一样,有同学开口就是制度差异、制度变化。我甚至都不愿去反驳什么,只是尴尬地笑笑。还有的同学说是时间未到,是因为生产力与生产关系的矛盾不够尖锐。对这样的回答,我也不认可,充满着怀疑。时机可以作为一种偶然因素,却不能成为事件发生的根源。于是我的疑惑就这样绵延着,看不到尽头。

而现在,答案似乎渐渐明朗了。生活在和平年代的我们,未曾经历过动荡也未曾感受过纷乱。隔着一段遥远的时空,我们对狼烟四起的荒野岁月有着天然的向往。而历史文献的闪烁其词又为我们展开了更多的想象画卷。百家争鸣,多么浪漫的一场运动啊。我们的向往逐渐变得狂热,终于蒸腾成了一朵幻美的云。它漂浮在我们的印象里,衬托着来来往往的风景,长久却不永恒,动人却不真实。我们从此便产生了一种错误的指代,以为思想解放运动一定是剧烈的、激进的,除此之外,便不是解放。在这个偏颇的标准下,我们轻视温和,膜拜愤怒。面对发生在身边点点滴滴的解放,我们选择性失明;我们的目光被牢牢地捆绑在那些遥远的解放上,坚定不移。

许知远先生在《那些忧伤的年轻人》的跋中这样回忆20世纪80年代的中国青年:“他们要么让自己依附于历史理想,要么陷入自我的狭隘情感。更重要的是,他们尚未有时间与条件构造出自己的知识结构,让激情变为思想,让情感富有韧性。”

用这样的话来评价当代青年同样适用。年代的划分总是显得潦草空泛,那些忧伤的年轻人至今还在大雾中行走,找寻着根本就不存在的灯光。令人惋惜的是,他们还将这样一直走下去,他们注定要漂泊在每一个年代。在此刻的中国,多少年轻人依然激昂地喊着,挣脱束缚,赢来解放。听到这些慷慨的陈词,我承认自己的心中也曾喷涌着理想的火焰。然而终有一天,我发现现实是一口深井,井上再怎么喧哗,井下也只有倒影。这些呐喊是徒劳的,甚至是可笑的。当雾霭散尽,年轻人从梦中醒来,舒眠在物质的温床上,他们早已忘记精神在何处寄居。挣脱束缚实在是简单,因为束缚他们的不是别的,正是轻轻柔柔盖在身上的那层薄被。但他们无论如何也不会揭去;在接下来的梦中,他们会把赢来解放的口号喊得更加响亮。

我并不是冷落解放,只是在热情高涨之余,保留着一份思索:我们究竟需要怎样的解放?

从十一届三中全会提出"解放思想,实事求是"的方针到20世纪90年代市场经济浪潮冲击社会主义中国,从微博无形中融入千万百姓的生活到韩寒的三篇文章引发社会大讨论,这些其实都是不容忽视的解放,它改变着我们的思维方式,也深刻地影响着我们的生活。虽然不如期待的那样浪漫,甚至过于平淡,解放的意义却始终是无价的。在解放的带领下,我们必定走向幸福的大道。

新年伊始,平淡的第一场雪让我感到失落。在失落中,我怀念去年的时光。那些浪漫的雪花纷纷扬扬落在小城的场景,是那么遥远,那么陌生。但我又渐渐觉得,它们是如此亲近,如此熟悉。

作者简介:何骋,字延之,1995年11月生于江西临川。曾获得第十一届新作文大赛高中组一等奖,第三届小诗人奖。诗文散见于《少年文艺》《诗江南》《东方散文》及一些民刊。现为江西民刊《华夏诗刊》选稿编辑。

张爱玲：一朵冷艳的花

■文/何培周

文人，像是一只毛毛虫，衔着思想的种子在你心房轻轻地爬，惹得你心痒痒的，好想抓住它仔细看一看，品一品。女子，像是一滴露珠，从你指间缓缓滑落，融入泥土，不留一丝叹息。当毛毛虫蜕变为蝶，当露珠魂化成泪，两者完美地融合，就会开出足以惊世骇俗的花！

张爱玲就是这样的花。

一袭华丽的碎花蓝旗袍，发丝高高挽起，手撑细腰，倨傲地仰着头。

相信无论谁遇见她，都会在刹那间迷上这个女子，从她冷艳的神情里读出脱俗的传奇吧！

有人说，在旧上海的斑驳沉香里，张爱玲永远是第一炉香。这是多么温暖的赞扬。

泛黄的纸张，模糊的黑白印刷品，一代奇女子带着她精致、圆熟、充满情趣的小说站在世俗面前，不食人间烟火。她说："你死了，我的故事就结束了；而我死了，你的故事还长得很。"男子与女子之间有多少繁杂美丽的谎言啊，就这样冷冷地被她拆穿，让人心生苍凉，不得不感叹人世无常。她说："生命是一袭华美的袍，爬满了蚤子。"尘世间又是多么繁华纷乱，她随手轻轻一揭，就能让我们看见繁花似锦的幕布后凄冷的人生荒漠。

一件穿了很久的蓝旗袍，是她感到多年难以平息的"憎恨与羞耻"。衣着上的大胆出位，使她被称为"那个爱奇装炫人的张爱玲"，她从头到脚，都在领导着三四十年代上海的新潮流。她的衣柜里，有太多时尚衣物，只是她在历经沧桑后，顿悟人生之道，便不再买衣，更拒绝见人，结束了她的"乱世摩登"。

张爱玲，天生就带有一种高贵的气质。她未必孤傲，未必目空一切，只是举手投足间都充溢着忧伤的高调华丽。她无须说话，只站在你面前，默默与你对视，本身已是一首隽永的诗，等到启唇，未知又会是怎样如唐诗宋词一样的字字句句，带几分优雅，带几分大度，带几分调侃，还带几分天真。

她，容不得走近细看，只能仰望，只有仰望才能彰显她的价值。她就像一朵开在云端的花，高傲地散发出淡淡的芬芳，高傲地灿烂绽放。

但又有几人能读懂这高傲背后的孤独？人们在沉浸于她脱俗的传奇时，又有几人能看到她冷艳背后的痛苦？

又有谁知道没有其他缤纷繁杂的璀璨颜色的花，恰是最华美富丽的花；又有谁知道简约的单色小花，有一种凄冷的落寞艳丽，有一种遗世独立的绝美。

冷艳的花，从不会开就衰微的花，只是在心中悄悄地热切地企盼开一朵空前绝后、惊世骇俗的花，开一朵不肯屈服、不肯妥协的花。

冷艳的花，就开一朵沉郁孤傲的花。

而绝品女子，亦是如花般寂寞、冷艳！

沿柳寻春却已春

■文/何晓

寥落青山，茂林不识路。惨淡愁云，雾湿不知处。隐弃悲情，沿柳寻春去。

当身心俱已疲惫的时候，我还是早早起床，毫不犹豫地选择了像比目鱼一样踏上拥挤的公交车，去生活在同一个城市的好兄弟那里看看他们。总怀有一丝歉疚，觉得我并不是真正地在关心他们的好或者不好，而只是自私地为了寻求安慰，在毫无逻辑的闲扯中给予一份精神寄托，释放积压许久的烦闷和寂寞。其实，早年间，我以为自己能够忍受这些寂寞与空虚，只要给我在故纸堆里潜心向学的自由，再无聊的时光也会充满理想意义和焕发现实光芒。因此,我绝情地疏远了很多爱我的朋友,独自一人肆意畅游在中国传统文学和古典文化的汪洋大海中,抑或驾一叶扁舟,秋水天光共一色,落霞孤鹜齐南飞,忘却了个体生命的存在。可是,当我在压迫下开始学会逆来顺受的时候,我发现世界已经不是那个"邻国相望,鸡犬之声相闻,民至老死不相往来"的洪荒时代,精神价值已经阻挡不住物质享乐的凶猛洪波。而我自身也陷入了强烈的思想矛盾中难以退出。当佛儒道法的理论体系相互驳斥时,我无能为力、无可奈何,只得残忍地虐待自己,像《沉沦》里的留学生,绝望地以亵渎来毁灭一息尚存苟延残喘的梦。想到郁达夫,这个三十岁就开始写遗书的忧郁文人,终究惨死在异国他乡的小树林里无人收尸。想到"长太息以掩涕兮,哀民生之多艰"的屈原,终究沉溺江底。我还想到了很多很多人:"坐观垂钓者,独有羡鱼情"的孟浩然,终究食鲜而亡;"十步杀一人,千里不留行"的李太白,终究醉死当涂;"致君尧舜上,再使风俗淳"的杜子美,终究病卒孤舟……胸襟博大、海纳百川的盛唐都不过如此,更何况我还远远不配做他们中的一员。记得曾经狂妄地跟人说我的命运:怀才不遇,报国无门。可中华五千年,这八个字适用于多少默默无名的英雄,他们都最终像细小的泥沙一样,被滔滔河水冲进了烟波浩渺、浩瀚无穷的海洋,了无踪迹可寻。青衫正薄时,策马行千里,路遇黑煞风,慌散千万意。于是,我不再坚持,我选择了放弃。我只能在虚无的深夜里欣赏"而今而后,庶几无愧"的文天祥,可以"人生自古谁无死,留取丹心照汗青";羡慕"城亡与亡,碎尸万段"的史可法,可以"千里过师从席枕,一身报国托文章";赞叹"死得其所,快哉快哉"的谭嗣同,可以"手掷欧刀仰天笑,去留肝胆两昆仑";钦佩"经此世变,义无再辱"的王国维,可以"轻骑今朝绝大漠,楼川明日下洋河"……

无边落木,化雪陪青树。一番风雨,百花黯黯妒。梦散情去,无计留春驻。

穿越城市的东西,路途如此遥远,仅为见上一面,以抚相思。看到徐腾和方明的时候,已经是中午的十一点钟。那一刻,我心头所有的阴霾都烟消云散,红日万丈,拔节生长的轻松和快乐席卷苍穹,并穿透我的内心深处,直入骨髓。一年多来,因为有他们,我不再只是在乎大成一个人,我开始从冷酷无情的自我世界里清醒,将一颗赤诚之心渐渐交出,拿来关心更多的人。曾几何时,我向着壁立千仞无欲则刚迈进,但一直没有跨出艰难的第一步,我庆幸在对未来失去追求和向往勇气的时候,认识了这样一群朝气蓬勃的人,让我也开始幻想那个温暖的梦。我以自己的方式做着最无用的准备,全力以赴地在空旷的原野唱响这支嘹亮的歌,因此我一度明媚得像春日的阳光,神采飞扬。可是,大成轻描淡写的一句话,还是让我猝不及防,这场原本虚构的美好,仿佛在刹那间坍塌,顿时慌乱了我所有的思绪。我瘫倒在地,看着成群结队的黑蚂蚁在辽阔厚重的大地上无所畏惧地攀爬,竟也心生嫉妒。想到"吾所以有大患者,为吾有身,及吾无身,吾有何患",不免顿感失却了生活的意义,一双扼住命运咽喉的无形之手令我几近窒息,昏昏然恍若隔世。当信仰都在妥协,虔诚的教徒便没有了膜拜的方向,我佝偻着寻觅生存的资本,潦倒在一片废墟之上。回首向来萧瑟处,哪堪风雨更凄凉,天地尚不能久,而况于人乎。或许,我真的应该学会做一片飘荡的浮萍,随波逐流,随遇而安。

岱宗荼靡,凋落半山秋。大江枯槁,涸断一东流。人心泯定,绝学以忘忧。

总归不是同一个生命体,只能够群聚,终不能合一,我必须从叱咤风云的战场悄然撤退,回到属于自己的山顶洞或桃花源。我跟腾摆摆手作告别,向着长河落日远去。西天沉沉坠落的光线平行地洒下来,它们穿过眼镜片,照到我的脸上。恍惚间,我看到七彩斑斓的光虚幻着世界的缤纷,而我傲然地独立于这个世界之外。曾经以为腹有诗书气自华,但是一直以来,我却依旧生活得很卑微,连同信仰,一起丢失在遥远的南国。我把新买的书一页一页地撕碎,并将他们彻彻底底地烧毁。我看见我的灵魂在跳跃的火焰里一点点地消失,最后终于灰飞烟灭。这是我为自己举行的一场声势浩大的"葬礼",鞭炮震天,乐鼓齐鸣,我在祭文的歌颂下灿烂地朝南方祈祷,轻蔑地向太阳微笑。我并没有因为扼杀了天国的骏马而心虚,反觉得这是一次大张旗鼓的宣战。我要从无理的挑衅出发,回归到昂扬的搏斗之中,运筹帷幄,决胜千里,将世界毁灭,将宇宙毁灭,将我自己毁灭。

掩卷无意,帘外夜未深。三更无雨,销断月下魂。娇燕无伴,此时却已春。

别了,我的韶光年华。别了,我的无颜青春。

树木繁生

■文/胡匿

(一)

小时候我做过一个噩梦，在感冒发烧的状态下，梦见父亲举起庞大的石块朝自己砸过来。半夜惊醒过后，脖颈及后背一片濡湿。

我并不常梦见父母，那是在少年时期唯一出现的和父母有关的梦境。或许是和父亲的严苛有关。

小学时有一次考完试回家，老师规定试卷要给家长签字，模糊记得那一次的成绩并不优秀,晚上刚好家里来了客人,父亲看了成绩后大发雷霆:“你好好听着别人家的孩子是怎么受罚的,拜家仙,跪地上摆一盆水放在头上给我顶着,一滴不许掉出来,跪一个小时。”听着那一句粗犷暴躁的恐吓我完全被震住了,不禁流出眼泪来,不发出任何声音。客人看到后也只是在一旁打着圆场说:“这成绩已经很好了,只要他努力,肯定会有出息的。”

第二天,学校举行考试典礼,我却意外领到了“优秀奖”的奖状。回到家理直气壮地给父亲看,仿佛是想还自己受的委屈一个公道,心里满满的自信,与父亲对峙,结果只得到一句:“你了不起吗? 考了几分? 拿个优秀奖就上得了天是吧?”

等到小学毕业,半上不下的成绩自然没有考上省城的重点中学。父亲决定就在当地读初中,完了直接去沿海打工,或者跟他学做木具手艺。母亲却坚持送我去省城私立中学。为了这件事他们甚至吵过架,母亲总是说:“别人家的孩子可以去省城读书,为什么我的孩子就不行? 他又不笨,我相信他以后会有出息的,在本地读初中读什么鬼,浪费钱。”

最后是我母亲亲自送13岁的我到省城的,路途中由于晕车她数次想呕吐,伏在窗口,蹲在地上,一边捂着嘴一边拍打自己的背。之后我开始了独自一人在外的寄宿制生活,成为镇上为数不多在省城读书的,被视为将来会考上大学的孩子。

那时我心中的父亲是暴躁的。没有柔情,没有慈爱。

(二)

父亲的左右手均因为制作木具被机器弄伤,大拇指、食指被锋利的齿轮切下大半截,留下光秃秃的疤痕。他着装朴素且不注重整洁,通常是邋遢模样,头发里掺着木屑,衣角沾了油漆,这些都是我司空见惯的事情。他有一双格外大的眼睛,生气时鼓起来直直地射出一种残暴的眼神,让人不寒而栗。

中学时期父亲来给我开家长会,学校照了优秀学生的相片,做成一面墙摆在学校走廊的门口。我在照相时故意笑得很开心，其实看起来并不自然。父亲穿了件淡紫色的衬衣，头发依然是油油的样子。等了一个清早才看到他缓缓从小街道走出来。之后带我去学校对面的餐厅吃了牛肉粉，那是一件在封闭式寄宿学校难得实现的事情。常年被关押在破旧教学楼的我，终于走在阳光明媚的街道上。

他准备去车站坐车回家时记起我的生日，问我想要什么生日礼物。我犹豫了很久才缓缓说道："可以去买些资料书吗？"父亲听了之后完全不相信地说："如果是想要钱的话，可以直接说。还是想要拿钱买鞋子、衣服？"我们走在大街上，一家样样20元的店铺正在放着大音响"走过路过不要错过，厂家直销只要20元……"父亲说："进去看看？"我跟着进去，走了一圈，他问我有喜欢的吗，我不回答。出来，他给我拿了钱，之后让我回学校，他便不回头地走掉了。看着他离开，觉得整个世界又只能由自己来承担似的感到伤心。

周末与同学请假一起去书店，我买了物理的大本资料书，晚自习时用圆珠笔小心翼翼地在上面写小个儿的字。

又一次，母亲、弟弟和父亲一齐来了学校，买了橘子、爆花糖，带了自己家做的地瓜干，一起到宿舍，将东西放进我的木衣柜里，锁好，然后我送他们去校门口。送走后继续回教室上课。那是我的生活，简单，无声，却有深刻的哀痛。只是在尚不懂人事的年纪，总是有着强大的勇气与单薄的领悟力，这让我的生活一如既往的平淡、快乐和伤悲。

（三）

高中我考到了一所省城新办不久的私立学校，封闭式的寄宿生活，整个高中处在一个完全不知窗外事的状态。高一还是勤恳地学习，高二渐渐遇到生活的麻烦事，分散了精力，到高三已经完全对自己失去了信心，浑浑噩噩地过日子。高考落榜，整个暑假无比漫长。

那时我最喜欢做的一件事情是走到门前那棵樟树下面，那是我童年时亲手种植的树木，彼此之间有微妙的感情。我依赖它，阳光风雨有它阻挡，在它的繁盛的枝条下我感到安定。

在我印象中父母有一段时间很频繁地吵架,放月假回家,每次听到母亲说“去告诉你爸,吃饭”,我就会猜想他们是不是又闹了嘴皮子。我所真实看到的,有一次晚上,父亲和母亲从家里吵到街上,相隔不远的外婆和舅母也急忙过来劝架。母亲披散着头发,对着在夜色中越走越远、背影模糊的父亲谩骂,声音嘶哑而浑厚。

那时他们已经快要渐渐变老了吗?那他们是在什么时候的最后一场吵骂后就开始真正苍老起来了呢?

高二的时候,一天父母突然出现在教室外边,接近寒冬了,父母还是一如往常,眼中充斥着市井小民特有的愧疚般的潮湿,和班主任在走廊上说话。之后我送他们到校门口,他们告诉我,他们即将去外省,因为家里的一些事故需要去外地躲过风头,弟弟借住在外婆家。

我记起某一次由于赶不上最后一趟回镇上的汽车,父亲和我借住在亲戚家,睡同一张床。在尚且和父母同床的年纪,我有一个非常不好的习惯,总是在夜晚翻床,翻来覆去睡不着,木板床被翻动得吱吱响。一次父亲在半夜吼骂了一句“还不睡觉,动来动去动什么鬼”,之后我整晚强忍着身体上的难受一动不动地躺着。晚上还是难以睡着,况且又是这些年来再一次和父亲同床。次日清晨猝醒,发现自己离父亲很远,整张被子盖在自己身上。

春节时在外婆家给父母打电话,声音艰涩,说:“新年快乐。”

(四)

复读的一年,高考后第二天父亲来接我,骑着自己的摩托车,风和日丽,我在摩托车后座心情明媚。阳光照在我们身上,那是我第一次感受到父亲的温暖,如阳光一样暖人心肺。它从黑暗的大地深处破土而出,形态傲然。

考上大学,独自生活在另一个城市,一些生活的细节轻重在这时才渐渐显示出来,学习、生活、人情世故通通来得汹涌,让人措手不及。

父亲生日那天给他打电话，语言生硬，我木讷地问道："今天生日，你感到快乐吗？"他用着这几年来难以听到的欢快语气，我仿佛可以看见他的笑容，他说："你能考上大学更让爸爸快乐啊。"

可是我心里还是愧疚的，学业上并没有用什么精力去认真应对，一些情感上的问题也都茫然而受挫，生活起来总是神情黯淡，失去平衡。和父亲打电话，寒暄过后他突兀而精确地说："一个人在外边生活要快乐一点，没什么好担忧的，快快乐乐，男孩子最重要的就是开朗。"

这是最简单朴素的劝告或是祝福。如同是我一个最好的朋友，在言语间察觉到某些地方出了问题而善言引导，让我温暖。

后来父母回了家乡，父亲托亲戚在省城找了工作，母亲和弟弟在家。新学期开学前需要坐省城清早的汽车，我们一家人便提前去了父亲租住的房间，破败的墙垣，杂草丛生的小路，光线非常暗的房间。一张床、一张桌子、一张椅子，房间的角落拉起绳子晾衣服，风扇摆在正中央。

晚上我们步行去了广场，巨大的新建乐园，人潮拥挤。家长带着孩子玩沙子、玩具垂钓、太空船、卡通车，还有两元唱一首的街边 KTV，小吃更是到处都有，但那些玩乐和我们有距离。我们穿过整个广场，走累了大家买冰棒吃，母亲买了一瓶矿泉水，她说："我什么都不想吃，只要一瓶冰的矿泉水。"

那是我们全家人第一次一齐逛街，在没有月光的晚上，风吹过来让人觉得寒冷，但心里还是温暖的。

在大学的日子我时常想起往事，我的父亲过分的普通，站在人群中毫不显眼。但是对于我来说不一样，我记得自己在初中家长会那天急切期盼他出现的样子，仿若在期待超人拯救地球，他是我生命中最闪耀的一道光芒，虽然我的父母清贫、朴素。岁月无声，人生苦短，而我只希望我的父母健康安好，他们是我的依赖，如同大树繁生。

作者简介：胡匿，出生于1991年，现就读于湖南某工科大学。热爱写作，处女作小说《距离》发表于《萌芽》2012年7月刊。

牵挂累人亦养人

■文/黄晨洋

清晨，每当我睁开眼看到头枕边照片里妈妈的微笑时，心里就有了暖暖的踏实。那是去年二月会时，爸爸、妈妈、姥姥、妹妹和我在淮阳龙湖边热闹的广场上留下的那一瞬间的美丽，从那以后，我就一直带在身边，每当我想家、牵挂他们时，我都会小心翼翼地拿出它，坐在那里静静看着它，看着妈妈对我的笑，有时还惬意地点点头。

生活多么美好，我感谢妈妈，她给我的一个微笑，已胜过这个世界给我的任何名与利。

又一年过去了,我又长大了一岁,妈妈又老了一岁。有人说尽孝要趁早,我觉得也是,父母的岁数一年比一年的大了,下一刻会发生什么,谁也不知道。有时间多陪陪父母,花最多的时间跟父母待在一块,陪父母一起感受家的感觉,我们可以等到有出息了、有钱了,让父母过上好日子,但是父母不能等,也等不了……父母最需要的还是天下最朴实的情,往往父母的心挂在我们的身上。寒暑假过完开学的时候,妈妈都会亲自送我到学校,为我整理床铺、衣物等,虽然每次都告诉妈妈不用帮我整理了,我自己会整理,可是妈妈总是笑笑,还是会一如既往地帮我整理。整理完后,对我嘱咐又嘱咐,一定要好好学习;唠叨又唠叨说,要学会照顾好自己。由于上学而寄住在学校不能常常回家,每当我想妈妈来学校看我的时候,也许是母子连心吧,妈妈不仅来看我了,而且还会在家里做好了鸡汤带来给我喝,妈妈总是说怕我舍不得花钱吃,挂念我吃不好。当我听到这些琐碎的家常话时,看着眼下碗里热腾腾的鸡汤,不仅散发着香味,还带着妈妈对我无私的爱。我再次将可怜天下父母心体会得更加透彻了,就再也听不下去别的话了,任性的眼泪就在眼中打转转,而我不能让它流下来,因为我是男生。

家务事中最透彻的东西——牵挂。牵挂虽然累人,但亦养人,养心,养德,养一种责任心与感恩情怀。以拍摄《俺爹俺娘》而蜚声海内外的记者焦波为例,他在父母都去世之后,痛苦地说了一句刻骨铭心的话:“人,什么都可以没有,但不能没有牵挂啊!”我能体会到,牵挂是种压住生命不漂浮、不轻佻的沉沉的东西。有牵挂,人活得才实在,才充盈;牵挂累,牵挂苦,因此才会生出满足感和幸福感;一个没有牵挂、没有苦的人,看似幸福,但是,他自己会感到茫然和苍白,没有了牵挂也就没有了寄托。

于是,我感谢妈妈,感谢她带给我的牵挂,使我由此陪护着人性中最珍贵的东西——感恩、报恩、仁心、爱心,有牵挂才会永存敬畏,永持呵护,永戒放肆与自私,永戒心中只有自己。心中有他人,才是幸福,牵挂累人亦养人,诚哉斯言。

伸出故乡的轨迹

■文/黄宇

我离开家前往邻市的火车站时,稠密的牛毛雨搅拌着城市空气里的沸扬尘土,零零散散地散落在沿途的路面上。呼啸而过的车轮,缓步或快步路过的脚步,从天上继续飘落的雨,时刻在改变着路面上绘着复杂笔调的雨景图。雨水淋湿了那棵在我家门前安居了十几年岁月的槐树。

看着天空里的阴沉,乌云总在倾盆暴雨来临的那一刻,占据了天空舞台的主角位置,却将泪水遗留在大地,润湿了幸福与艰辛的人心,渗透进大地的根。

我是南方人，虽然绵雨天在一些唯美主义者眼里颇具几分浪漫色彩：青天色的江南小镇，情似轻盈流淌溪水边的小家碧玉女子，依山傍水的千年楼台，沿着楼台溪边的绿水一直流向远处不知名的蜿蜒地段。而现实的南国小镇终归与繁华都市并无两样，只是人与车的数量的增或减。

田说：生活终究是热闹的，世俗，喧嚣，甚至肮脏，但这就是我所眷恋的生活，我不该拒绝它真实的面目。现实便是这样的，而我却喜欢在现实里绘着一方安宁。

虽然生活在南方，我却始终弄不清楚自己是北方人还是南方人。因为南北国都在下雪，只是它们的形态不同，一个淅沥得轻盈，另一个飘落得厚重。两者都是我的最爱，终也无法割舍。我喜欢吃北方的水饺，亦喜欢吃南方的玉米面，只是北方那种豪爽的热辣让我稍微无法忍受。

因此时常听到人们说，南方人习惯在轻盈平稳的生活里走着碎步，北方人却喜欢在豪情的刺激山路上跨步。但我始终是南方人，脑海中关于南方的记忆多于北方。虽然很向往北方纯白的雪花，至今却还没有勇气，或者说还没机会与它共舞一场。

不知道北国那漫天飘絮的雪是否和课本上余秋雨先生笔下的阳光雪一样。天与地之间只回荡着《渭城曲》：“劝君更进一杯酒，西出阳关无故人。”两年前的秋天，我静坐在高三的教室里，看着课桌上一本本如雪花般厚重的复习资料，上面印满了密密麻麻的习题，我需要做的只是不停地在上面提笔书写，不知道该写多久，月的微笑、阳灿烂的微笑里都有我在那里书写的身影。

事实上与我同坐在教室里的其他同学也有同样的迷茫，唯一知道的是明年的六月天便是结束这种生活的时日，也是另一个人生开端的诞生之日。于是，在那个学期寒冷的冬天，我没有感觉到寒风冷雨的侵袭，拼命掩饰着不安分的心，做英语、数学习题，尽管它们并不青睐于我。

而第一年的高考我却落榜了，而且输得很惨。经一位友人的介绍，他的学校可以收容一批高考失意者。那时的我正沉浸在后高考时代的落榜的惊恐不安与对大学生活的无比向往中，只想着如何收拾这场由自己造成的残局。最终跟随友人踏上了北上的列车,虽然那里还不算北国的区域,仅是距离自己家乡两千多千米的一个外省小城。

那是我第一次乘坐火车,一次行程让我这个终日只看到复习资料上密密麻麻字迹的人终也能亲眼目睹书本之外的另一个世界:稻田、高山、草原、农家。我好奇地看着,满心的疑问,一节开动的火车头竟能让二十多节车厢从容平稳地在铁轨上奔跑,带着有节奏的咔嚓声,似一位长者在低诉岁月里那些轻重的故事。

我走到车厢与车厢的连接处,只见脚下是一条时隐时现的缝隙,若干个螺母整齐地排列在上面,伴随着晃动的起伏却纹丝不动,它们若动摇了,又该有多少场梦境在这漫长的轨迹上彻底破灭。

透过厚重的车厢玻璃,外面沿途的风景在视线中飞快后退着,似在流年里奔走的日子,无法仔细凝望某个聚点,匆匆地被时光带过。铁轨成了一条无终点的银色铁条,承载着我以及几十节车厢里的人们向着前方漫漫的目的地奔进。火车的车厢设计得简单实用,空气中透着微寒的干燥,但是飘浮着灰尘的颗粒。阳光从对面的高山斜射进来,辉映着那一张张疲惫与精神的脸。在这小小的空间里,发丝里的肮脏与干净并重,车厢里的尘埃附着在过道上来回走动的人身上,在阳光的投影中调皮地荡来荡去。

月光从沉睡的建筑物的缝隙里照过来,仿佛是夜精灵在空气中游荡。火车在夜里疾驰,我靠在座位的一处玻璃窗上与这夜一同沉沉睡去,额头伴着有节奏的晃动与呼吸对话。

一次见到火车,觉得它像一个神秘的怪兽一样蹲踞在那里,给我一种神圣伟大的敬畏感,每每火车拖着长啸的汽笛经过时,我总会想到在它身后远远地跟随着一群孩童,那里也有我幸福的身影。这火车,这铁轨,从故乡的起点一直通向远方的目的地。

铁轨穿过繁华与寂寞的城市,穿过无数山岭与隧道,经过平原的绿野。漆黑的夜晚,我看着青春的时光缓慢地绕过岁月的山头。只是还没来得及在那里与它们亲密接触时,却很突然地返回了高三。或许在现实面前我还没资格做一个流浪的艺术家，就像我还不够了解江南的绵雨与北国的绒雪是不同的概念。

第一次走出故乡，我在漫漫的沿途中，担忧地看着窗外世界的瞬息变化，以至于到了新环境的校园，还总感觉那里终不是我所眷恋的地方，尽管曾一度梦想在这陌生的校园起航，于我却如羞愧者般再次乘上了返程的列车。心里却在自责，还带着那么一丝骨气，伸出故乡的铁轨所带

给我的没有梦想的期盼，却遗留下异乡的陌生遭遇与自嘲的内心，还有无缘无故被浪费了的钱财。看着光明和黑暗掠过我的额头，想起艰辛的母亲所给予我的无私的爱与关怀，那光阴却在一天天无情地剥夺着她有限的年月，繁杂忙碌的日常生活压在她并不厚实的肩膀上。于我却没有能力替母亲分担一些琐事，还在毫无知觉中给她增加负担。

高四的那段日子，我继续任重道远地行走在青春的边缘，与密密麻麻的复习题打交道，紧张而平静的内心在时光中荡漾。在母校中学里，时常会看到那些艺术生的身影，想着他们的心里一定有着非凡的梦想，为了踏上伸出故乡的轨迹，在高考前他们不得不日日月月在画室里执笔重复那些僵硬的石膏画，一次次地将调制好的水彩与油墨重新调制，擦拭，又绘着不同神情的人物像，直到符合考试的要求。那些亮丽的颜色在眼睛里失去了光泽。

我只希望那些怀揣崇高梦想的艺术生们在六月天过后都能踏上伸出故乡的轨迹，不要连做流浪艺术家的资格都没有。

同年的九月，我再次走出故乡，同样的轨迹，不同的路线，只是这一次承载我的梦想的不是列车，而是笨重而高大的长途汽车。在离开故乡的那个夜晚，我看着汽车沿着高速路进入隧道的那一瞬间，光明与黑暗的分界线上，那些逝去的年华，那些停留在我脑海里的记忆却永远弥留在始发地——故乡。

夜幕降临以后，长途车上的人们都在疲惫的行程中沉沉睡去，繁世的喧哗在此时便也褪去了它华丽的外衣。只是当深夜的汽车经过灯火通明的城市时，我不能入睡。会梦到第一次踏在伸出故乡的轨迹上，我不能在

远方目的地找到自己想要的愿景。

清晨醒来,我的第二次求学轨迹已到终点,那里的阳光与故乡的一样灿烂,草叶上还淌着羞涩的露珠,那仿佛是轨迹流下的泪,不曾伤痛,却铭记冒芽时激动茫然的心情。

伸出故乡的轨迹,铺到了目的地,铺进了我心。

生，叹兮；命，悲兮

■文/金涛

生命，多么泛泛而谈。是物种起源的追溯，还是生命哲学的诞生？这些我无从，亦无心回答。我只想明了，我生的意义，我命的归宿。是哪天，称之为生日，我不可抗拒地拥有了生命，也不可抗拒地背负起了所谓的责任。白驹过隙，一片荏苒之后，我已成年，但在计划好的路上，我走得并不欢畅。不断把希望击幻成失望。而那份责任亦越来越沉重，让我举步艰难。

我开始无助，甚至惶惶。但我并不渴望廉价的怜悯。我蹒跚地寻找着自己的支点。于是我迷恋上了握笔的触感,我开始试图用诗表达我的心情,也许它并不被理解,抑或接受。而我却执着地书写着。一篇又一篇,是诗,是我的心情;又不是诗,是我的生命。

被耻笑,被怀疑,我却无所畏惧。我只是想让纸与笔分享我的喜怒哀乐、我的孤寂、我的梦,很单纯,却又似有些可悲。

生命如春,歌者甚多,是希望又是渴望,似朝阳又似新生。而唯我叹矣,花开终是落,流芳几日终是散,几次日落等到的花却终是抵不过枯烂枝头。那种花落的碎声,亦如心碎,又似离开的脚步。

生命如夏,一分狂野一分骄躁。生命盛放,却奔不出灼热。榆阴树下的独弈,雷雨倚窗的品茗。因为孤寂,所以孤寂。

生命如秋,一个春秋终得硕果,而我要度几番才可释然?叶黄而离枝,鸟倦始归南,天与地,怎话凄凉?

生命如冬,奔波一世终是倦,是死还是隐名休止?而我又怎甘如此?于是我只能裹紧冬衣苟过寒冬。期待下一个春不再是简单的轮回。

四季如此,生命如此。

我走了太多你们要我走的路,我说了太多你们想听的话,而最终我依然一无是处,该哭,该叹,我不会。是的,我不会乞天求人。我会用笔和一片纯白沟通,那里有我的世界,我的生命。

一行一行,偶尔的留白,是你的身影我的诗。一首一首,是我的心情,一份梦。在这自成一个世界,没人来也没人走,我畅晓其中,笑也好泪也罢。一分洒脱一分释然。天地之间也唯有此可容吾身。

一瓢弱水三千愁,滚滚弱水三千里,换得万世忧。万世过矣,一世足休。而一笔一纸的伤忧又怎止万世?当笔已枯尽纸成土,千万愁苦化棺木,那曾经让我刻骨铭心的记忆可否就此朽去?

生命,人生,命运。我不想刻意诋毁生命,也不会因此放下我的责任。

该走的路我还是要走,不该有的梦我会藏得很好。且行且休也是一生,路已被计划又何须再想?

生之可叹,命之可怜。他们歌之美丽,我不言。而我却叹之悲兮,我不驳。如此如之,梦也似。

青春是本仓促的书

■文/李柏林

年华是棵树，时光扯着树叶哗啦啦地落下，那些关于灼灼年华里的人和事，都随着飘下的落叶，被人拾起又被人忘记。

我拾一片记忆的落叶，挡在眼睛上，有谁能看到我记忆背处的忧伤，而向着阳光，是否可以忘记曾经，清醒地成长？

记忆深处，高中的那个时节总是枝繁叶茂，一些人、一些事把青春的天空挡得格外严密。

记得高中时候我在班里挺招人喜欢的，高挑的个头，成绩又好，而且还有点文采可以卖弄，不管是男生还是女生都喜欢跟我玩耍。

那个时候他们和我开玩笑，说有个男生在寝室提及班里女生时说就我比较不错，准是喜欢上我了。我听了大声否决，却在暗地里观察那个男生。他比较内向，既不属于帅哥型，又不属于才子型，如果硬要说优点，那就是地理出奇的好。我对他并没有很大的兴趣，可是也许是为了满足自己的虚荣心吧，我竟想试探一下这个谣言是不是真的。

他坐在我的斜对面，整天对着一堆地图看得入神，和我的生活截然不同。有时候发现我向他的位置看去，他也冲我不好意思地笑笑，我也笑，但他不知道我在心里打着小算盘。

愚人节快到了，虽然愚人节是专门为捉弄人而准备的节日，但是随着我们过惯了这个节日，已很少有人会在这一天被愚弄。但这一天并没有失去它的价值，反而成了我们的表白日。经常有一些男生、女生在这一天表白，若同意了便在一起，若没有成便可以把它当作一个玩笑而已。

愚人节那天我趁他下课出去后，把三张情书一样的信纸放在了他的桌子上，第一张上写着，你愿意做我男朋友吗？第二张上写着，如果愿意就帮我补习地理吧。第三张上写着，呵呵，愚人节，和你开个玩笑。

当我放上之后就坐在自己的位置上偷偷地笑，并暗地里佩服自己的高明。就在上课铃声响起的时候，窗外来了一阵莫名的风，把其中的一张吹落到我的脚边，我捡起它发现正好是那第三张纸。我正思索着如何把它放回去时，却发现他已走进教室。

我捏着那张纸不知道该如何是好，上课纠结了半天。万一他误会了怎么办，那我跳进黄河都洗不清了。我心急如焚，希望他啥都没看到，或者当作废纸扔了。我上课不住回头看他在干吗，我的回头只是想让自己平静下来，不想他却误以为我在等他的答案。他托人传来一张纸条，上面写着，以后不管你遇到哪方面的问题，我都会尽力帮你。我看后当场崩溃。

我经常中午很早就去教室看书，平常教室也就我一个人，可是那天他也去得很早。他递给我一本地理资料，说你其他成绩都好，若是在地理上吃亏，多不值得。

他开始帮我检查地理作业，给我讲解，甚至开始在生活上也帮助我。身边的人都在开玩笑问我和他的进展，我纠结得不知道该如何是好。我想告诉他，关于那张不小心被吹掉的第三张纸的故事，告诉他一切都是误会，却又害怕伤害他，认为我是在捉弄他。

这些不能吐露的心事，都被我记到了日记本里。在那里我问上天该怎么办，我只是一句玩笑却被别人当成了承诺。我若挑明原因又害怕伤害了他，无论我做什么都理亏，我真希望有一天他能发现我的不好，甚至讨厌我，然后远离我，结束这个玩笑给我带来的纠结。

我每天这样盼望着，甚至成了每天早上起床的祷告，但到后来我的反应不再那么强烈了，日子一天一天地前行，我甚至觉得，如果结束了这个玩笑，我们做普通朋友挺好的。

但是那天我刚到教室，他就走到我跟前递给我一摞资料，说，诺，这是近几年地理高考的模拟题，你多看看，会有帮助，估计以后我也帮不了你什么了。

我并不知道他这句话是什么意思，只是“嗯”了一声。

从那天后，他再也没有那么早来到教室，再也没有跑到我面前问我有没有不会做的地理题，再也没有陪在我旁边做作业。

没有了他在身边的日子，我突然感觉到像生命中有种东西被抽空了一样。没有人再去关注我，没有人再在我身边嘘寒问暖，这甚至是一种孤独，一种寂寞。曾经我满心欢喜想得到的结果，现在实现了，我为什么反倒更不安？我开始怀疑，我是不是喜欢上他了。

他的地理依旧是那么好，而且人仿佛也变开朗了。我经常看到有女生跑去问他地理题，他给别人讲解，甚至闲聊，后来还听到他和别人的笑声，我感觉他的笑声像是在我心上种下的刺，一声一根，一根一伤。

我开始承认我是喜欢上他了，我会在上课的时候不自觉地看看他在干吗，我会在写作业的时候听听他在和别人说着什么话，我会从同学的口中注意关于他的故事。可是他再也不往我这边看一眼，我每次的目光都被他冰冷的身影击退。

我不知缘由地，莫名其妙地，和他成了陌生人，甚至在后来的排座位上，他选择了坐在后面。时光让我们的距离渐行渐远，却让他成了我心上永远拔不掉的刺。

高考后，我们都来到了学校报志愿，离开时我们碰到了一起。他礼貌性地问了我的志愿，我说我报考了北方，他说他要去南方。到后来他说，其实有件事情挺对不起你的，我有次不小心看了你的日记。我当时惊讶地看着他，他不好意思地说道，那天我看你桌子有点乱，所以想帮你整理下，不巧看到了你压在书下面的日记本。我只是随手翻了下，看到你写的，你不喜欢我，却不知道该如何拒绝我。我想我不该拿我的喜欢去难为你，所以就对你冷淡了。不过还是很感谢你，让我的初恋没有那么快夭折。

我当时低下头问，怎么当时不和我说清楚呢？

他说，怕你为难，毕竟你不喜欢我。

我笑着说，或许一切都有转机呢，一切事情过去了就不要遗憾了。回到家后，我把那年写的日记本打开，一页页慢慢地翻，看着那些关于他的纠结往事，眼泪不自觉地往下流。也许青春就如同一本日记，翻得太快会错过童话，翻得太慢会流干眼泪。或许我们都不知道，互相喜欢着对方，或许我们认为，对方是自己难以启齿的青春。

这算爱恋吗？就这样草草地开始，粗糙地终结，甚至少了情节，少了场景。而青春也在那个季节戛然而止，时光向前，即使错失了真的不需要遗憾吗？又一片叶子落下，我终于明白，青春，是一本太仓促的书。

山居巴图

■文/李景泽

(一)

公鸡又打起架来,仿佛大将军决战沙场,只一刻就吸引了众多的看客。黑奔便在一处不住地叫唤,这直吓得花猫一个机灵,跃下墙头,溜进屋子。将军还在格斗着,丝毫没有住手的样子。鸡群于四周概或也闻到了浓重的火药味,看来再不阻止就必然要血溅当场了。我手一扬,两大将军随之撤开各守各家,说到底还是我这个统帅管大事啊!

雪依旧静静地躺着,只不过上面多了些鸡爪子印。天刚刚放晴,可雪已经停了一夜了。公路上长长的车辄直通远方,慢慢地消逝,如神龙见首不见尾……山是更漂亮了,这一打扮还真宛如要结婚的汉子。这可羞了我那黑河妹子,然一袭冰衣勇往直前的模样,直叫得巴图大桥躬身相望,便足可看出黑河一领风骚数百年的魅力了!

“山无棱,天地合”,这已然成为一段佳话。门前柳枯枝干虬,一副老态龙钟的模样,你说它是否也有一段惊天地泣鬼神的爱情故事呢?“今人不见古时月,今月曾经照古人”,它会不会也见证了一段千古神话呢?也许它没有感情吧,所谓悲欢离合,它又怎么能懂呢?

花猫正趴在大门前探望,见我回来赶忙缩了进去。黑奔又开始叫唤起来,我眉头一皱,看样子我那公鸡属下又打起架来了。然而我最终默然了,原来,公鸡正轻轻地招呼着,母鸡则撒娇似地跑到了他的身旁……

(二)

黑奔不住摇尾望着我,眼睛里尽是忠诚的神色。现在它安静多了,朋友们都已经回家了,院子里又恢复了以往的面孔。花猫踱步于墙头,还在强化它的舞姿;公鸡将军呢,则带着它的将后嫔妃们在园子里寻食踏青……

立春已经有些日子了,然而天气却并没有明显地好转。也就我的鸡群属下总是不住地徘徊。我最多就是出去视察一下,公路上的雪化了,没了长长的车辄,唯有空车从近到远,由大变小,最后消失得无影无踪。我那黑河妹子还在静静地流淌着,一侧是巍峨的山峦,在阳光的照耀下露出了黝黑的皮肤;另一侧则是巴图营这个坐落于112国道旁边的小村子。巴图大桥横空水上,如初生的新月又如谦逊的诗人,不,应该说是吟着新月的诗人。

古桥颓了啊,这座自我生下来就已工作不知多少年的拱桥现在只静静地在一旁展望,使命对它来说已经无足轻重了,能够于垂暮之年乘载偶来的行人,就显然是最大的快乐。时代是立交桥的,时代是年轻人的,“长江后浪推前浪”,能够看新一辈们实现鸿鹄之志,就是他们最大的愿望!

花猫像累了的样子,趴在墙头上打起盹来;黑奔突地一叫把它以及正在觅食的鸡群都吓了一跳。我赶忙停下笔隔窗探望,大门外,邻居小孩们正在欢欢嚷嚷地嬉闹呐……

（三）

花猫一颠一颠地尾随母亲从里院直到门口，黑奔受了绳索的束缚只能在原地饶有秩序地殷情打转。鸡群还在觅食，一会儿走到院子里，一会儿踱到园子里，一会儿又走到院子里……似乎永远不知道疲倦！寒风正起，黑奔一溜子钻回窝里，只留下一对炯炯有神的眼睛“深情”地望着我！

巴图营的山是真正的铁骨铮铮，峰峦起伏，苍松挺立，青石嶙峋。黑河怀抱脚下，千百年来不离不弃，随岁月的年轮于苍天之下、大地之上不断辗转。这里是鱼虾的天堂，虽算不上所谓档次，吃起来却格外鲜嫩可口。大鱼有大鱼的好，这种拇指见粗、食指过长的小鱼确有小鱼的美。大哥是捕鱼的高手，每次出马必定小有收获，我则对此一窍不通，但饭桌上就肯定有我这个“等吃兄弟”的身影！

黑河也是鹅鸭的不二天堂，早阳而出，夕落而归。它们爱它，他们更爱它。正是“一方水土养育一方人”，生活就像这河水一样，渴求恬然平静，洁净清澈。生命之魂来自水，然生命之意义也应该似水。“浪花淘尽英雄”，能如水源远流长一样流名万世，受各代敬仰就是无上的价值，真正的英雄精神永不死！

风终于稍停，鸡群正在享受美味佳肴，花猫似乎也想分一杯羹，但碍于畏惧还是缩到了一边。黑奔突然从窝里冲了出来，但马上摇起尾巴来，我不禁疑惑。这时候大门开了，原来是母亲从外面回来了……

（四）

巴图营的夏季有一样是石家庄永远也比不了的，那就是凉快。刚下客车，这舒惬感便迎面而来，沁入肺脾。石家庄呢，是个有个性的城市，其他地方一年四季从不或缺，唯独它只有冬季还有夏季。而夏季那个热啊，我都无法用字眼来形容，简直一彻天彻地的巨大锅炉，里面滚烧的则是汗水！恰逢我一个要好的朋友在苏丹生活过，我便对她抱怨说，石家庄这个热啊，每天都高温橙色预警，三十七八摄氏度。然而她的一席话让我彻底感受到什么叫“身在福中不知福”的道理,原来她那里的温度要比石家庄高二十多摄氏度。

我很幸运,刚回来不久天上便掉起了毛毛雨,缠绵的细雨轻轻地敲落在碧绿的枝叶上,使我突然有一种想淋雨的冲动。不过,我倒是不舍得啊,青山依旧,碧河长清,杨柳翠挺,更有小雨嗒嗒啉啉,冷不仿冒出个人来岂不大煞风景。这一幅清幽的山水画,鬼斧神工般好似天造地设的一样,我即便入了画了,但少个牵手的姑娘又怎么行呢!

算起来,我已有四个月的时间没有和我的老朋友们见面了。花猫些许瘦了,怪乎想我想的还是有了心上人了呢?我不好意思问它,不过我却把我的故事告诉它了,还分享给它一截火腿肠。这小丫头这时候倒欢快起来,不一会便把美味吃完了。我笑了笑,看样子它也是在为我高兴呢!黑奔就吵嚷个不停了,从进门开始直到现在。看到我对花猫的偏爱后,计较声此起彼伏。我就说,一个堂堂的男子汉大丈夫为了点吃的至于大吵大闹吗?没想到,这小子竟变本加厉起来,不过这倒是提醒了我,我们家黑奔可是个不折不扣的“计较狂”哦!

鸡群是最不欢迎我回来的,因为进院子好久了也没看到它们的身影,就只看到大笨鸭在那里愣着一动不动。我到左边看看,它们就把头向左边转转;我去右边转转,它们又把头向右边看看。我干脆也愣那不动了,没想到它们一扭头,摇摇尾巴向左边转转,接着又向右边转转……

我这些朋友们啊,总能够给我带来些意想不到的喜悦。有时候我甚至也想变成一只小动物。那样快乐自在地生活,真是一件无与伦比的享受。也许下辈子就会吧,这可真说不准!

园子里的黄瓜熟了,我一听母亲说完,立马垂涎欲滴。完全无污染的施农家肥小绿黄瓜,别说吃了,想想都让人不知肉味。我立马向园子冲去……打开园门,园子里种了不少青菜,我也顾不得认识它们,悉心摘起小黄瓜来。突然,一阵“咕咕”的声音引起了我的注意,我定睛一看不禁大笑起来,原来园门忘关了,鸡群属下们一个个雄赳赳气昂昂地进园子里向我报到来了……

少年，我等不了你了

■文/林薇娜

距离高考还有 17 天。

我手抓着公车的吊环,听见自己的心跳触摸着夏天的味道,天亮得特别早,起来的时候还会有些许凉意。10 点以后天气开始燥热起来,空气中到处弥漫着慵懒的气息,连路边的树都开始闭眼午睡了。鼻尖滑落一滴汗水,氤氲开了。好像回到了渐行渐远中那不知何去何从的高三!

早晨就开始奋战在铺天盖地的试卷丛中,吃完午饭就回教室内继续做各种试卷:语文、数学、英语、理综。渐渐困得趴在桌上熟睡过去,醒来时笔水在试卷上留下了一小块阴影,还有自己的口水。接着迷迷糊糊地跑到卫生间里洗脸,然后去水房接水冲咖啡,日复一日。到现在还是弄不明白,那么燥热的天气里,怎么能穿着现在看都不会看一眼的长袖和牛仔裤,还有洗得发黄的帆布鞋走过了那么多个夏季?

是因为年少轻狂以及自己不可一世的自尊心?如今愈发想不起来,慢慢模糊和苍白,甚至觉得那时候的自己是个不折不扣的傻子。只是记忆里总有一些片段在岁月的流逝中越来越清晰。

每年五月的运动会,高三是不允许参加的。可是大操场的激烈早已把心吸引走了,那些欢腾的呐喊声,如同潮水般一波又一波地袭来。想起自己曾也是其中的一员,看向未来的眼神里多了一丝追忆和留恋。

每个中午路过操场,总能看见顶着太阳打篮球的男生大汗淋漓,树荫下天真懵懂的女生三五成群,或独自站成一道风景。这些在我的记忆片段中如同一股凉风,从我炙热的心上一掠而过。

每次模拟考试的时候,大堆大堆的书籍搬来搬去,同学们都说,大考大玩,小考小玩,不考不玩。夏天的晚上教室内都特别闷热,下课的时候都去操场纳凉、散步;聊天的人特别多,他们都在用各种方式排解自己内在的压力。特别怀念那个夜晚在操场看烟火的情景。无数的人在欢呼、尖叫。而此生,那种激动的情绪也许只这一次。

在那样午后的日子里,都是听着蝉鸣和篮球声睡去的。晚自习老师为了排解同学们的压力,7点的时候给我们看新闻,可是我们总三三两两地逃出去到操场聊天,或者去图书室后边的天台看星星,路灯下总有很多虫子。那时候总嫌学校的环境不好,总觉得学校太小。当来到人人向往的大学时,却越来越怀念学校路旁的玉兰树和水杉。还有那个只有在夏季才茂盛娇艳的荷花池。很多同学在路上漫步,在树下乘凉、嬉戏、欢笑。它们见证了我们青春里不平凡的过去。

模拟考退步了,我会找个没人的地儿大哭一场。那时候绝望、恐惧、抑郁、抓狂。最后欲哭无泪,然后在心里暗暗打气,过了这个六月就会好起来了。

最后的最后是和试卷一般漫天飞舞的同学录,整个班都活跃起来,四下传递。每人手里都有一沓,还会交换彼此的照片。而大头贴贴得同学录里都是。想留个属于自己的合影。拍毕业证书的照片时,班上的女生都要精心打扮一番;还有那次的集体照片;我算是调皮的,在班主任后边站着,在他头上摆了两个剪刀手。而高中时代喜欢过的那个人,无数次在集体照上用手指滑过他的小头像。

最后终于到考试了,再没有班主任经常走到你跟前催促。抬头还会看见监考老师冲你笑。整个考场,都听见笔尖跟试卷摩擦的声音。抬头看见窗外,门口有警察,还有医生、休息站。突然意识到,我要离开这所待了三年、烦了三年、腻了三年的高中了。那时是一种什么样的情绪呢?走过的人,眼中总是简单而又透着复杂。

最后一场结束的那个下午,下起了小雨。可是不影响我们激动的情绪。我们回到自己的班级疯狂地撕掉书本和试卷。激动的情绪掩盖了离别的情绪。大声地喊:“我终于解放了。”

接下来几天里不停地聚会,不停地吃饭喝酒,不停地唱 K,不停地在班级群里吼着,大学好好混,我们不忘彼此的誓言。而那时候的好多小暧昧也变成了明恋。

高考之后各奔东西:有人去了海南,有人去了云台山,有人去了香港。属于高中的记忆便是课桌上成堆成堆的书和漫天飞舞的卷子。那时候还高喊着这么多的试卷要浪费国家多少树木的感慨。高考后,就像拼劲全身力气在跑道上奔跑的接力赛选手把接力棒递了出去,整个人逐渐放松下来。

一年过去了,又是盛夏时节,在大学里终于过上了自己期盼已久的生活。也随大流地谈了场恋爱。可是再没有高中那样怦然心动的感觉。后来好多人的动态逐渐写着“人生若只如初见”。起初我不懂,现在我懂了,以后我会更懂。

到了大学的第二个夏天,几乎觉得这样的生活很腐烂,逐渐腐烂到绝望。忽然想起来,高考百天前的宣誓大会。如今那些高考学子喊着我当年喊过的口号,走着我走过的路,经历着我经历过的曾经。我看得见他们灼灼发光的眼神,他们却看不见我沧桑的眼神就要生出了皱纹。

一直觉得四年前的自己没有如今的沉着、安稳,做着如今再也提不起兴趣的事情。那时候的自己是动态的,有骄傲,有感动,有一丝如同音乐的明快节奏,所以很多情景在日后想起来还印象深刻,会有大梦初醒的感觉,就觉得这四年都是一个冗长的梦,记忆里还有零星的场景。

谁说的时光是刻在体内的时钟,我走在奔三的路上了。

我还记得D说,以后每天咱们一起回家。那条路承载了我们多少的脚步,我再也数不清楚。还有大一冬天回来的时候,我们手牵手走在黑暗里一直到晨露未晞。

还记得我们在天台留下的眼泪,还有那里无比漂亮的月亮,这一直是我们的小秘密。

还有那个冬天,你们点燃蜡烛,给我拥抱,那些片段温暖过我那么多的时节。还有那个六月我们吃遍的小吃街,如今再找不到那样的味道。

走过了那么多的路,我突然觉得身后的他们怎么都不在我身边了,我是不是失忆了啊?

小M说,下辈子就做一棵树吧!至少,在人群里看到相似的背影不会再有莫名的悲伤。

这一刻我感到前所未有的恐惧和孤独。我曾经可以依靠的肩膀都不在了。或许是我足以应对所有的状况。可是我还是想祈愿:时光时光,慢些吧!再慢一些吧!

这个春天过得那么快。我已经不打游戏了,不爱逛街了,也不常和朋友出去厮混了。但为什么日子还是过得这么快,醒来之后转瞬就是黑天?为什么我觉得这些年像是黄粱美梦一场,醒来再也看不清我来时的路?

就好像又到了一年的高考时。

可是,少年美梦,我都等不了你了。

很远,不可触及。我看向北方,用眼神将距离拉近。不知道将会有什么样的梦,在某个夜晚惊醒。那里,有一个我没有写完的故事,关于你。

梦想何必都要实现

■文/刘冠琦

小学的老师，经常问我们，你们的梦想是什么呢？我们马上就将手举得如同一片小树林，梦想被我们这群小麻雀叽叽喳喳地说个不停。工程师、作家、大富翁、宇航员、画家……一个接一个的美好想象，我们这群孩子不假思索就能够脱口而出，仿佛我们生下来就是为梦想而活的。当然我们这群孩子的梦想也像风中的气球，虽然美丽却也摇摆不定。

狗狗的梦想是当一名足球运动员，他每天在操场上跑呀跑，他相信不久就可以在一场比赛中脱颖而出，迅速成为贝利或者罗纳尔多第二，可是就在他发现那个举着扑克牌大小彩色纸片的男人,可以让伟大的贝利和罗纳尔多迅速滚蛋之后,他的梦想就变为掌握足球运动员生杀大权的裁判员。还有刘啰唆,在小学四年级查出色盲症之后,他无奈地和翱翔蓝天的梦想说拜拜。小成的梦想是当长跑运动员,可是在小学三年级的运动会上,长期潜伏在他身体里的哮喘病猛然兴风作浪。我们手忙脚乱地将他送往医院。后来他拿着一纸医院诊断,每逢体育课都在田径跑道四十米外的观众席和我们用很伤心的眼神交流,他再也不能如同往日在赛场上一展雄姿。这样的故事,非常普遍也非常广泛地在我们周围滋生着,我们这群孩子的梦想刚刚见到一点亮光,老天爷打了个喷嚏,我们小心脏摇曳的火焰就熄灭了。那段时间,雨季特别长,教体育的小韦老师总爱以三十度的视角,打量着似乎不准备放晴的天空,自言自语这雨咋这么长。我们许多人都说,老天被我们骂得眼泪鼻涕流得一塌糊涂。

骂归骂,我们忧伤的保质期也很短暂,似乎就是遵循时令的花朵,凋残的速度不亚于如今让人跌破眼镜的股票。你有再多的忧伤,在熙熙攘攘的生活里就如股票被套死后一点点在贬值,最后能剩下多少,你自己都懒得问了。何况自己给自己找忧伤,就不止是忧伤逆流成河了,简直就是太平洋倒灌到你家,肯定够你忙活一辈子的了。那年,小希拿了一本关于忧伤的书,看得泪流满面,旁边的大瓶子受不了小希哭哭啼啼,直接把书抢过来从四楼扔了下去。后来小希的忧伤病倒好了,大瓶子倒了霉,他把书扔到了教导主任的脑袋上,后果是被罚写一篇五千字的深刻检讨,还要清扫一礼拜走廊。那时据说大瓶子的梦想变了:原先想当工程师,被罚后想当教导主任;原来特想整机器,被罚后的他特想整人。

我一直怀疑,有没有人把一个梦想延续整整一生。当然,你把梦想延续了整整一生,你的梦想必然没能实现。就好比你的梦想是拿奥运会金牌,如果拿到了金牌,实现了梦想,你是不是觉得生活突然失去激情而变得无聊乏味了呢。当然你可以说自己要夺更多的金牌,可那是你的另一个梦想,你第一个梦想的新鲜感早就不存在了。真正懂得做梦的人,一定不刻意希望梦能实现。一个好的梦想,是不能实现的梦想。于是我明白了,曾经我们孜孜不倦追求的,顶多算是一个时期的目标而已,和真正梦想的意义还隔了十万八千里,顶多是梦想头顶上的一根毛发而已。真正的梦想,是你一生都到达不了的海市蜃楼,可我们依旧还要无悔追求。没有梦想的人,只知道吃喝拉撒睡。物质世界如同富翁,精神世界却是世界上最贫穷的人。

说到目标,自然能够说很多。尤其是我们这一代人,生于二十世纪末的“90后”,似乎都患有目标强迫症。特别希望别人和自己的目标一模一样,这样做自然无可厚非,谁不希望有一群人或者一些人和自己努力的方向一样,都朝一个地点前进。但是夸大自己的目标来实现这样的目的,就会让人感到腻歪讨厌了。比如你想考一所大学,比如你想进中文系当个小有名气的作家,比如你想出国留学定居国外,那么你就默默努力好了,不必喋喋不休地给别人说东道西,把你的目标说得美如天仙,说得天花乱坠,说得让人精神崩溃。你想出国就出呗,又没人拦也没人挡,何必把自己的祖国骂得体无完肤,证明自己有多高的智慧,好像我们谁都欠他的,好像他生在中国憋屈了。还有人想当作家,典型的文科男,你当你的作家好了,可是他非要把学理科的糟蹋一顿,好像天底下只有他活得最明白,其他人每天起床一睁眼就两眼摸黑。还有人要考大学,牟足了劲宣传不上大学就不行,觉得考个大专技校就低人一等。你自己觉得大学好就上呗,何必要作践别人,而且还是和你在一起同窗几年的朋友。

我们总把目标想象得十分美好,但是这都是遥望目标时所看见的假象,就如古人以为月亮上铺的都是多厚一层黄金,堆的都是馒头大的夜明珠,还有数不清的水池,里边全是白花花的银子。可真情实景,相信二十一世纪的每个地球人都知道,这就说明面对目标最好不要太乐观。钱钟书的《围城》里有句话说得多好:“好像有个进口,背后藏着深宫大厦,引得人进去了,原来什么也没有。”世间的许多目标,大概都是如此这般,你根本犯不上和自己为难。人的期望有时越高,失望往往就越大,就像一个很大的气球,它一爆炸后也就剩下指头般大小的胶皮。有些目标之所以看着很大、看着完美无缺,完全是一些人“吹”出来的。

梦想和目标的残酷性相比,给人心理上的感觉就很牢靠。梦想给你的永远是希望,给你使不完、用不尽的力气。人能享受无法得到的东西带给自己的美好才算是种本事。

在流光溢彩的岁月里，有谁记得你我曾经的苦苦坚持？当夜已深，谁会为一个并不存在的美好想象而辗转无眠？我好几次在火车上，看着黑墨水浸透的世界里那几点倔强的灯火而默默流泪。

一个人，一辈子，什么都在离你越来越远，只有一个不实际的梦想还在身边，陪着你，伴着你，为你擦泪，为你洗掉身上的灰。

小希，你问我有没有忘掉儿时的风筝和纸飞机。我想回答你，我没有忘，时间只会让我们对彼此的梦想加深印象。我不知道我能活多久，能不能像许多人一样高寿，但对于我为了梦想忙忙碌碌失去的时间，我从来就不后悔。不论时间的风怎样吹，我眼里的你依旧是一年级六班时的模样，很天真地对我说，我们要有一个大大的花园，种一季百合，种一季玫瑰，请看不见的小朋友感受花香和蜜蜂的歌唱，让听不见的小朋友看花开的美丽、和我们一起舞蹈。

好梦何必都要实现，好梦何必都要成真。

许多年后，我才明白，梦想就是为了使茫茫人海中的我们，各自都在心间营造一片净地，各自都能保留一份纯真。是的，最好的梦想何必都要实现。

作者简介：刘冠琦，中国散文学会会员，陕西省作家协会会员，陕西青年作家学会秘书长，《华商报》专栏作者，在《西安晚报》《西湖》《小溪流》《散文》《华商报》《解放日报》《少年文艺》等刊物发表作品共一百余篇，著有散文作品集《年华像风一样自由》。

念那年夏天

■文/刘景城

一滴太阳雨落在了掌心里。恍惚之间，仿佛看到了什么，闭上了眼，鼻翼轻轻地抖动着，从那泥土中飘散上来的清香，悄然地击打着记忆的门环。我半仰起头来，丝丝柔雨化作阳光下那一痕痕的记忆，轻轻地牵扯住了我的思绪，将我带回那年的夏天。那年，追风的少年，追逐着的夏天。

那年的我，依旧是个少年，拥有着自己心底迷茫的少年，我伸出双手接住了来自窗外的梅雨。我站在江阴的土地上。这是一季属于江南时节的夏天。我绕过繁杂的长廊，穿过浓郁的蔓藤，驻足在那眼清泉岸边。雨伞下那抹消失涟漪的水面,成为了鱼儿的聚集地,宛若怕雨般游来的尾尾鱼儿,是那水中绝妙的舞者。

我信步走开,在这个几近完全陌生的城市里,我紧跟着风的足迹、雨的气息。

那间小小的咖啡店便坐落在那个街角,记忆有些许模糊地缠绕着我,忆不起那家小店的名字,只记得那简单温馨的门匾上绽放着一串雨中风铃。很少接触这些被我认为是享受品的我,竟轻轻地推开了那扇悬挂着风铃的玻璃门。“叮叮当”,清脆的声音夹杂在雨声中,仿佛门匾上的那个风铃也在摇摆起舞。

现在恰巧是店里冷清的时刻,只有一个清秀的女生抱着一本小巧的书,端坐在吧台的后面。小小的咖啡店里,摆设异常的简单。听到风铃声,女孩抬起头望着我,微微扬起的嘴角里,并没有寻常的招呼声,只是轻轻地点头,仿佛是已经熟识许久一般。吧台上有一层并不算厚的玻璃,轻轻地覆在一张手写的价格单上面,娟秀的字体,装饰着哪怕连外行的我都能看出来略显单薄的价格。

“Mocha”,这是我第一眼便选定的咖啡。在女孩熟练地制作咖啡时,我选了一个在窗边的位置坐下。窗外的雨幕遮映着一个个匆忙的行人。

“您的Mocha。”在如雨般轻柔的声音里,女孩把咖啡放在了我的面前。

有时候,你会做出一些连你自己都不清楚是何目的的举动,就像现在的我,竟然忍不住地问了一句:“请问,这里有没有书可以看?”

“散文诗集可以吗?”更让我意料不到的,便是她的反应了吧,轻声的回答,没有丝毫的惊诧。仿佛只是在静谧的图书馆里给你指明前去的方向,“在吧台的后面,有一些我的收藏,你可以看一下,但请不要损坏。”

我顺着她手指的方向望去,掩在吧台后面的书橱,淡雅且古朴。手指尖轻轻地触碰着那一本本的散文,不由地感到一丝陶醉,我随意地挑起一本,端坐在窗前的位置上,细细地品读着 Mocha 散发的香气,聆听着文字间传递给我的温柔,雨声为我做伴奏,静静地寻找着我的方向。在那个时间里面,我感受到了一个完全放松的我,享受着来自这个夏天清晨的问候。对未来迷茫的我似乎看到了自己的选择:选择自己喜欢的事情,做到让别人满意的程度;对得起自己,能够给对我充满期待的人一个结果。

雨依然如同初始时的不紧不缓,放下最后包袱的我,心情也依旧晴朗。当我离开的时候,轻轻地把散文放回了原处。

吧台里的那个女生笑容依旧温煦,她向我推荐:“试一下这里的雨季吧,会有不同的感觉在你的身边云绕的,”俏皮的眼里充满了向往,“我想,你会是一个懂得体会夏雨的人。”

是的,我是一个懂得体会夏雨的人,在夏天的梅雨中,总会有能够享受到的美丽与温柔,总会有一种让你放下心中的包袱,放开一切,勇敢地用属于自己的步伐去探索的魅力。走下去,用平淡的心情好奇地看着这个美好的时节,美好的世界。

黄叶风光无限好

■文/刘景南

香山，对于北京这个平原城市来说，还是颇有些高度的。在香山脚下，坐落着北京市植物园。据老人们说，这里原先是一个巨大的农村，四周颇显得有些荒凉。如今的建设，已经让这里改变了面貌，与过去有很大的不同，繁花掩映中，是2008年北京奥运会的标志，显得十分耀眼，每一种植物，都可以找到自己的位置。然而，最吸引我的，还是万绿丛中的黄叶村曹雪芹故居。

走过一簇簇花圃，眼前出现了一片木制栅栏和一个小小的草棚，上面用绿色的字体写着“曹雪芹纪念馆”。我想,这里就是今天的目的地了。整个曹雪芹纪念馆,不过是由这样的木栅栏围成的小院子,加上里面几间农家屋舍组成的;也许是我看过的建筑最为简单的纪念馆了,也只有这样的纪念馆,才是对这位文学巨匠的最好注解。伟大的孤独感造就了伟大的作品,古今中外的文学发展史无不证明了这样的真理。当然,只有命运是创造人生的一切的最终魔术师,这位魔术师的表演,带给我们一段又一段的传奇经历与非凡智慧。

在这个纪念馆内,陈列着曹雪芹生活的足迹,许多人认为这个地方就是当年的曹公生活与写作的场所,所以,人们在这里凭吊他从早年的金陵遗梦,到后来的著书黄叶的全部传奇——一段悲情的罗曼史。当然,我们也要感谢距离我们生活时代两三百年的那些文人们,是他们的诗句,让我们窥探出了这里非同一般的气息。当年那些与曹雪芹相交的文人,用诗歌留下了关于那一段文章岁月的痕迹,再加上郑板桥的文字,让人们通过哑谜般的作品,幻想着黄叶村的传奇,了解到曹公原来就生活在这方圆数里的宝地之内。后来,人们在这个院落中的小屋里发现了曹雪芹的朋友留下的题字,所以,一些人大胆地认为,这几间老屋就是当年的悼红轩。虽然,时间已经过去三十多年,但学术界对于曹雪芹晚年的真正生活地点还是众说纷纭,这是学问家之间常有的事情,也从一个侧面反映出了红学的独特魅力。然而,不管处于什么样的争论当中,人们还是一致主张在黄叶村建立曹雪芹纪念馆,来纪念这位伟大的红学巨匠。

孟子曾经说:“夫子之学,学问之集大成者也。”孔子的学问,囊括了从上古一直到春秋时期的上下数千年,是先秦文化的大总结。孔子对于周朝礼仪的了解,对于易经的注释,以及对于春秋历史的记述,都表明他的学问已经在春秋时期的百家之上了。春秋时期的学术氛围,造就了许多伟大的思想家,他们的道德理想都代表了中华民族文化精神的一部分,最终,儒家思想在中国历史的长河里脱颖而出,原因就在于广博的学问带来的无限包容性更符合中国人的审美价值,这一点是百家学说难以企及的。在《红楼梦》诞生之初,中国的文化人就敏锐地觉察到了这本书的无限价值,并且有了“开谈不讲《红楼梦》,纵读诗书也枉然”的说法。后世的学者,更是将这本名著捧得越来越高,无论是旅居台湾的胡适还是卫道献身的王国维，甚至是教育家蔡元培先生，都曾经把《红楼梦》研究作为自己学术生涯的一部分，对这部名著提出了自己的见解。尤其值得一提的是，胡适先生认为《红楼梦》是曹雪芹真实家庭生活的写照，这在今天仍然是受到很多人的认可的，而王国维先生从美学的角度关照人生哲学，认为《红楼梦》告诉人们只有艺术才可以帮助人类摆脱精神的痛苦，这种观点表明他已经跳出了"索引"的怪圈，开始独自探寻《红楼梦》的精神内涵与人文气质了。后来，鲁迅先生更是一针见血地指出"《红楼梦》出现后，传统的写法都改变了"。民国时期的巴金与曹禺都曾经把封建大家庭作为自己文学创作的对象，可见多少有些受《红楼梦》的影响。新中国成立以后，随着"文化大革命"的到来，一些专家引入马克思关于人类社会发展阶段的学说，以及阶级斗争的观点，由此提出了新的观点，认为《红楼梦》是中国封建社会的阶级矛盾和阶级斗争的写照，认为贾宝玉无力补天就是不敢背叛自己的阶级造成的结果。但是毫无疑问，《红楼梦》囊括了中国两千多年的封建文化，是继孔子之后对中国文化的又一次总结，把曹雪芹与孔子相比，正是因为曹公可以像孔子那样集文化的大成。这一点让《红楼梦》成为了不朽的名著。反观先秦以后中国古代的人文著作，就思想高度、文学成就、语言魅力及研究价值等多方面分开考察，比肩《红楼梦》者有之，但是从多方面综合考察，《红楼梦》是前无古人的。所以，欣赏这一部作品，必须从不同的角度进行，才能明白它的真正奥妙。

学创作需要一种状态，文学创作更是一个艰苦的过程，任何的浮躁与懈怠都会消磨作家的创作激情。当时的社会环境与宝贵的人生体验，加上良好的文学修养，让曹公得以完成伟大的文学作品，这是历史带给我们的宝贵精神财富。

如今，我选择了在三年之后重游曹雪芹纪念馆，再一次瞻仰这位伟大的文学家，顺便写一点东西，也算是表达对文豪的崇敬之意吧。

作者简介：刘景南，重庆市作家协会会员，现就读于香港中文大学研究生院。十七岁出版散文集《跳荡与远古的烈火》，十八岁获重庆市团委颁发的"重庆市十佳中学生"称号。在大学期间创作了长篇小说《我的北大梦》（拟投拍电视剧）和《穿越茫茫的古国》，出版长篇小说《柏拉图的时空隧道》。

秋日情怀

■文/刘鹏

时间在艰难的追求和超越的喜悦中顺理成章的流沿，去者正去，来者正来。百帆之外，千林之内一种安逸而又充满诗意的季节正怜惜地相伴左右。

秋，总是在不经意间拨动了我的心弦，令我怀想起那岁月之河中流淌而去的一个个秋和那秋中的故人、秋中的往事。

秋是多情的，秋水依依，满山的红枫夹杂着淡黄色的野菊，闲时听风吹动树叶的声音，淡看天上云卷云舒，静待秋叶随风秋菊落败，是个适合怀旧、相思的季节。秋日风情醉人更泪人。秋是个适合恋爱的季节。秋雨蒙蒙,淡淡的大雾,一把淡蓝色的绘有竹子的雨伞,两个人,惬意而宁静,就像三四月的水乡,抚琴浅唱的怨女,而雨水就像是眼泪,只是年少的爱恋是让人神伤的,我想也只有这样的秋日风情才会有真真的爱情吧。可惜的是秋风吹起,菊花在九月的风中娇艳欲滴。零星的落叶都飘入天际,这个季节注定是让人神伤的。

秋日灿烂的阳光,高远的碧空,淡淡的浮云,和煦的微风,金黄的梧桐,还有空中掠过的飞鸟,这一切涌成我心中温暖的潮水,使我久久不能平息那份对秋的热爱。

秋日的风吹在身上,全身便涌起无限的凉意。那感觉就像失恋的少年寂寞的心语。阳光照在已黄透了的树叶上似有游丝般细微的响声,若有若无,就像是在身边窃窃私语。可是又抓不住,隐约感觉那是一种召唤,唤着心中沉睡已久的感觉。在这样的秋日中,不管是萧瑟,还是别的什么,都有一种幸福的感觉。

不知道为什么,我总是喜欢一个人漫步在无人的旷野,独享寂静的天幕下孤独的感觉,从萧瑟的秋风中理解生命的飘零,用一颗傲世的心去追寻生命的真谛。也许是有一颗永远奋进的心,秋的多彩和丰富才显得那么壮丽而实在。在每一个漫长而又宁静的秋日午后,我的心都会跟南归的大雁一起去追逐一个个虚无缥缈却给予了我温暖的梦。

有时,一个人漫步于无人的旷野,耳边响起最流行的歌曲,看着路边或匆匆或悠闲走过的人,我静静地体味着自己的梦。

有时,百般无聊地坐在窗前。窗外的热闹隐约传来,使我更加真切地感受到内心的宁静。走在路边倾听金黄的梧桐叶在空中沙沙作响,看着秋风吹过池水泛起的阵阵涟漪,心中有种莫名的感动。我知道,秋天已经来了。

时光流转,我看到远处的山上光秃秃的一片;校园里的梧桐叶子早已掉光,三叶草蜷缩在角落里,有被霜打过的痕迹;田野里冬小麦青翠得迷人;柿子树上是一个个红红的柿子,与漆黑的大树干对比得那么明显。傍晚的天空被风吹落了云霞,单调得可怕。继而是长久阴冷,时而飞落的枯叶如梦如画,山乡农家屋后飘起的缕缕炊烟仿佛要醉倒整个秋日风光,融掉整个秋日暮野。而门前的那棵老柿子树早已丢掉了柿子,把自己包在了厚厚的枯皮当中。

而当这一切凋零,我知道秋已经深了。她就像是江南烟雨中着淡妆等归人的女子,韶华易逝。

有哲人说:"诗情画意不仅是生活的点缀,还是生命的来源。"岁月如流水,不断逝去,却又源源而来,小径曲幽,满是枯黄。也许一年过得很快,但是却如流水,旧的去了新的再来,没有人会在意那些滚动的树叶,犹如没有人在意谁有一颗流浪的心,匆匆而来又匆匆而去。

北风起了,天凉了,秋天也走了。

作者简介:刘鹏,男,笔名柳柳,甘肃省诗词协会会员,康县诗词协会会员,爱好古诗词创作。作品在《中国诗赋》《诗词月刊》《香港诗词》《甘肃诗词》《南英诗刊》《安徽诗词》《赤峰诗词》《通辽诗词》《内蒙古诗词》《江西诗词》《鸣弦诗词》《雅韵》《雅风》《盘锦诗词》《中州诗词》《碣阳诗词》《阳春诗联》《跃龙诗词》等五十余家刊物发表。获第三届华鼎奖诗书画大赛金奖提名,并获中国杰出艺术家称号,获首届"长城杯"诗词大赛二等奖。散文作品入选《新燕啄春》一书。

最忆豆花饭

■文/鲁静

独自一人在异乡求学，其中滋味自是不用细说。所谓滋味，除却人情冷暖，自然还有饮食上。自从来到这个南方以南的小岛上求学，便早已是做好了吃清淡口味的准备。话虽如此，但常常还是觉得不仅是肚子里，连心里也是空空如也的，迫切地想要吃到家乡熟悉的味道。这味道，于四川人而言，自然莫过于辣了。

于是我不由地感叹，离开了家乡，叫我如何过得惯。这十八年来养成的嗜辣如命的口味，这辈子又如何能改得了。

一次惊喜地发现，本地居然有泸州豆花饭。小小的苍蝇馆子，里面挤满了人，一股熟悉的香味飘荡在门口，我不由地咽了咽口水。老板娘也是泸州人，我们用家乡话愉悦地交谈。我说："一天到晚吃这里少盐少油又不辣的菜，我感觉我肠子里的油水都要被刮干净了，真是好生难受。"老板娘和善地笑了笑，点头道："咱们这些在外漂泊的人，谁不怀念家乡的美食啊！"

我点了一份豆花饭，又点了几道诸如姜丝炒肉、炒空心菜等家常菜。老板娘手脚十分麻利，是四川女人的作风，不一会儿便陆陆续续地把菜都上齐了。豆花做得不错，很白很嫩，散发着一股令人垂涎欲滴的豆香。我迫不及待地把蘸碟端到面前，特意多加了些香油和葱，拌匀，然后夹了大块的豆花蘸上满满的辣椒，塞进嘴里。

但是我失落地发现，纵使老板依旧是四川人，厨师也是四川人，制作的方法未曾改变，蘸碟里的调料依旧是那些，但这豆花饭的味道，终究和家乡是不一样的——归根结底，这辣椒的味道，终究不是四川的味道啊。

众所周知，吃豆花饭，蘸碟绝对是其味道好坏的关键之处。四川天气潮湿，在那种环境下生长出来的辣椒，大都颇辣，味道无穷。四川人嗜辣，大多也是因为这潮湿的天气，需要以此驱逐体内的湿气，同时也兼具排毒养颜之效。这也就难怪每每有人听说我是四川人后，第一反应便是，你们四川美女很多，而且皮肤都非常好。究其原因，我想，除了这潮湿的天气滋养了川妹子们的皮肤外，这辣椒的排毒养颜的功劳也是必不可少的。

除了辣椒的辣味不同外，辣椒的制作方法也是极有一番学问在里头的。在四川，通常是用干辣椒放在锅里，加上纯正的菜油，以小火均匀翻炒，炒至香味四溢，然后将辣椒晾干，再打碎成辣椒面。在我看来，真正好吃的辣椒面，是不能打得太碎的，否则其中的味道都流散了。而这外地的辣椒面，因为多是用机器打的，所以通常都打得极碎，反倒让人食之无味。

说到这里，我就不得不提到，最好吃的豆花饭，其实是在乡间，做工原始且精细，原料新鲜，味道无穷。

乡间制作豆花，是提前大约一天把豆子用水泡好，然后用机器打碎，放入做豆花专用的一种布袋子里，不停地朝里面加水，过滤，只留下那乳白色的、散发着浓浓豆香的汁水。然后把这滤出来的汁水放入锅中，用大火烧开，再加入一种专门的、能使其凝固的胆水（这胆水究竟是由什么制成的，又为何叫作此名，我一直颇感纳闷，却又无从询问），然后慢慢地，便可以看见锅里原本的一锅白色豆浆，都凝固成了豆花，只有面上还有一层黄色的晶莹的水。

至今仍让我念念不忘的豆花饭，它的蘸碟是用新鲜的辣椒制成的。那时是盛夏，乡间的辣椒长得正好，我跟随着乡下的亲戚们去地里摘了些新鲜的青辣椒和红辣椒，洗净，一个个地放到火上烤至表皮略焦，然后放入容器里将其拌着新鲜的青花椒、大蒜等捣碎，盛在碗里，再加入香油、小葱、香菜、盐、味精、酱油等作料。那香味，真是让人垂涎欲滴。

蘸碟里除了加香油外，还可以加猪油。看起来似乎有些不可思议，但味道是极好的。将猪油放入锅中煎化，加入小葱，炒至香味四溢，再将其淋在辣椒上。用猪油调辣椒，我似乎只吃过一次。那时我年纪尚幼，在亲戚家做客，桌上除了有豆花外，还有新鲜的老母鸡炖笋片。那是一个寒冷的冬夜，大人们喝酒猜拳，谈笑风生，而我则埋头在一旁慢慢地吃饭。一顿饭吃了好几个小时，蘸碟里的猪油很快便凝固了，但人们的热情丝毫没有冷却。四川人吃饭，大多如此。细细想来，这饭，吃的不仅仅是食物，更是情谊与乐趣。

这原始的、原生态的制作方法，在如今的社会里早已是难以寻觅的了。而真正能带给我幸福感与饱足感、能让我回味无穷且遐想联翩的美食，大抵真是这种最普通却又最难以寻觅的。我的父辈们每每吃到这豆花饭，都会把眼睛望向远方，意味深长地说，真让人怀念以前的日子啊。

我想，美食对于人的意义，除了味觉上的刺激外，便在于此了。

古人云，江南忆，最忆是杭州。而我想说，巴蜀忆，最忆豆花饭。

作者简介：鲁静，女，1993年生，四川人，第十四届全国新概念作文大赛一等奖、第十二届中国少年作家大赛一等奖得主，现为海南师范大学文学院学生。

全是爱，又全是缘

■文/陆晓彤

时光慢慢走，慢慢走，我随着这缓缓沉沉的时光慢慢长大。但高中记忆里那段故事却永远在那，依旧在那静静地看着我，等着我回想，等着我感悟。

我还记得那个夜晚，我拿着寝室的公用电话，静静地听着话筒那边母亲的劝说，手紧紧握着话筒，满脸都是泪。我低着头，听着妈妈劝我不要去参加那个心心念念的作文赛，低着头，看着泪一滴一滴地掉在地上，砸在心里。挂了电话，蹲在地上，不管室友的安慰，号啕大哭。

我是多么想参加那个在上海举办的作文赛啊。高一元旦上来，我拿到了复赛通知书，厚厚的一封信，开心极了，跑到好朋友的教室，告诉她们这惊为天人的消息，然后马上跑到传达室打电话，颤颤抖抖地告诉父亲这个令人喜悦亢奋的消息，我要去上海参加复赛啦！父亲一开口就是怀疑，像一盆冰冷的水将我从头浇到了脚。在话筒里，我听到父亲旁边的同事说着，这是骗人的呀，小姑娘总是这么好骗。于是父亲的怀疑在旁人的煽风点火中变成了肯定，他阻止我参加作文大赛。我反抗，争得面红耳赤，可是父亲看不到话筒的这边，我眼里即将掉下的泪。

沮丧了一个晚自习回寝室后，母亲打来电话，劝我不要去参赛了。母亲说了很多，她说，你父亲今晚要跑长途，整夜都睡不了觉。你应该懂得体谅他些。比赛那天，家里人都要上班挣钱，没有人可以陪你去，你一人去，大家也不放心。母亲淡淡地劝说，却像一根针扎进了我的心里。对啊，我不知道父亲整夜长途的烦闷和苦累，我也从未特别体谅过父母的艰辛。母亲虽是淡淡地在说，在劝，却给了我压力，这是母亲在体谅父亲。可是，他们不知道我心里的渴望和期待，他们不知道这次比赛对当时的我来说意味着什么。我爱看书，也爱极了写作，我想要一个更好的机会展现、证明自己。

挂完电话。我哭啊哭，一直哭，却不知道哭什么。周围什么声都没有。静了一会，才听到室友劝我再争取一下。我缓缓起身，拿起回寝室后就藏在被褥下装着复赛通知书的信，走到卫生间，一狠心把它扔进了垃圾桶里。就这么盯着信，盯着盯着，觉得不甘心，又捡回了信，想，留封信作个纪念总是可以的吧？

上床，听 MP3，音量开到最大。听听，流点泪，然后才沉沉地睡去。是啊，那时候的我把这次机会看得多重啊，像一块陨石压在了心里，那块陨石还留着与大气层摩擦留下的热，烫着我的心。周六回校，父亲开车来接我。我提出那个比赛还是不去了吧。父亲说好，口气又有些缓和地说，你也可以再想想。我心一沉，看着眼前的父亲，想保护我又不想伤害我。想，就这么过去了吧，在父母面前就当什么都没发生过。

过了些天，和一位参赛者在网上聊天，落寞地说，比赛那天好好加油。

他约我比赛那天见。我说家里不同意,我去不了了。在他细问下,得知是我父亲没空陪我去上海。这位可爱的素未谋面的朋友生气了,他说父亲应当鼓励自己的女儿参赛,钱是挣不完的,而这么难得的机会可能只有一次。末了,他亮出了身份,他是和我同龄的参赛者的父亲,那天正好拿着自己儿子的QQ上网。对话框那头的“父亲”很生气,劝说我去争取自己想要的机会。我看着一条条不断跳出来的对话,在鼓励着我,又砸向我。

好巧,父亲正好下班回家,来房间正好看到愣愣的我。我一转头,已是满眼的泪,我说,我想去参加比赛。父亲对着电脑看完了聊天记录。之后,马上拿起手机,打给火车站,票卖完了。打给汽车站,春运前期,票早就订光了。手机这边父亲急切地说话,手机那边传出来票订完了的声音。脑子里嗡嗡嗡的,我又愣住了。父亲又打了几通电话,终于联系了人,约好比赛那天包车过去。然后马上和母亲定下,那天请假陪我一起去。破涕为笑。谢谢这边的父亲,也谢谢网络那边等着的“父亲”。

去比赛的路上,小汽车开啊开,一路开来上海的高楼林立,一路开来城市的繁华气息。准备去的决定下得太迟、太急,我来不及买好看的衣服,甚至连参赛的笔都没有好好预备。但一点都没有妨碍自己的好心情。一路手机短信联系着比我早到的那位参赛者的“父亲”,他宽慰着我,路上不熟悉的话及时联系他,有任何问题及时联系他。他儿子还说,向我致以革命的敬礼,欢迎我的到来呢!

到了比赛主办方指定的宾馆,去了大厅后被告知,已满员,要另换地方住。我盯着宾馆里通进去的道路,想是不能同这群参赛者一道住了。又望了望接待台旁边坐着的叔叔和一位男生,他们聊着什么,而我想我是参与不进去了。

出门,走到小车旁,突然又想起什么。我拿起手机,拨通了一直联系着的叔叔的电话。宾馆里那位叔叔接通了电话,站起身朝外面望着。我听着话筒里他说着:“原来刚刚就是你,小陆,欢迎来上海参加比赛!”

机缘巧合,一切都是缘啊。想着,我又差点落下泪来。那次,我如愿参加了比赛,和母亲逛了南京路,去了东方明珠塔,拿到了证书。那次之后,对自己也有了更多的肯定。

我想着这次经历,这次波波折折"追求"文字的道路。想着我的父亲,想着那位劝我参赛的"父亲"。想着话筒的这边和那边。想着全是爱,又全是缘。

作者简介:陆晓彤,1991年生,曾获第十届新概念作文大赛二等奖。以最低的姿态写出对这个世界最卑微的希望,没有无病呻吟,不会刻意为之,简单记录生活,表达自我。

一杯子

■文/陆晓彤

嘿,如果,如果有一个男生在你生日的时候送了一个小巧可爱的陶瓷杯给你,你的第一反应是什么?我知道你脑子里冒出来的想法应该是那个男生对自己有意思,杯子是一辈子的意思啊。我也希望是这样的,高中有次生日收到了男生送的杯子,一下子还是四个,可爱史努比图案的陶瓷杯。

当然,这些都是我处于青春期的幻想。事实上是生日的前段时间,正好和初中的朋友聊起自己生日的事。于是这位男生朋友就很“体贴”地送来了生日礼物。四个可爱的杯子,还一起装在了一个更可爱的大史努比的包装盒里,一排的,别提多好看了。我说送杯子是一辈子的意思噢。他说那我们就是四辈子……四辈子的朋友。

四杯子,四辈子,可惜后面加的词是“朋友”,不然就是多少让人羡慕的懵懂小爱情故事啦,这些杯子还可以当是信物呢。我回家小心取出这其中的一个杯子,带到学校当作喝水的小水杯,磨砂的陶瓷杯,又有可爱的史努比,用着顺心、贴心,还不用担心喝热水会吸收塑化剂。

想起初中的时候,特别想念小学的朋友,而当念高中时,换了一个地方,遇到了新环境新的陌生人后,又觉得初中的朋友和老师真好,真想回到初中的生活。是不是只有我这样喜旧厌新呢?我也不知道。总之,我想说的是那杯子虽然做不成信物,在当时却被我当成了信念,想着我有满满一杯子的初中的曾经,可用来熬过高一那新环境的不适。

杯子显然承担起了这样的使命。高中时候因为住校,在教室上着课上着课,小生活用品就逐渐多起来。什么整包的抽取式面纸啊,藏在抽屉里的小零食啊,某些爱臭美的男女生顺带还把梳子、镜子带到了教室。而我呢,你知道的,我有一杯子。小水杯就是我的生活必需品,上课上得晕乎了,下课泡点咖啡,又或者就倒点热水,暖暖的又提神。

不过,虽然杯子在我手,朋友却因为距离和时间的关系,渐渐成了别人的朋友。看到送我杯子的男生,站在我不熟悉的地方比着“耶”的手势跟我不认识的人合影的照片,就会突然有种陌生感。虽然彼此偶尔还会有着联络,虽然网上叫闹着、玩笑着,但是当初中同学会,和他一起坐下来聊聊的时候,又突然不知道从哪里聊起,共同点正在慢慢地变少,在被新的记忆取代后,也一下子想不起之前彼此的细枝末节。是不是都这样?是不是你也有这样的疑惑,这些一路同窗的朋友们,随着升学,慢慢走散,慢慢客套起来。不想这样却往往会这样。

杯子确实在我手里,我拿着它喝水、泡咖啡。我看着它,觉得它漂亮。但是杯子毕竟是脆弱的东西,你已经知道了,它终究怎样都会在我这样冒失的人手里碎掉的。那天我拿着杯子像往常一样在泡水,手不知怎么地一抖,如果你要问出个原因的话,那可能就是无意地被回忆撞了一下手吧,总之这么一抖,小水杯就掉在地上了。我第一反应是伸手捂住耳朵,于是那凄厉的破碎声没有特地钻入我的耳膜,倒是放下手时,身后的同学看着我不抢救杯子急忙捂着耳朵又颓然放下手的样子,笑成了一片。

杯子啊,杯子,那些承诺着、承载着的都还在吗?杯子啊,杯子,那些升学路上的伙伴都还在吗?那死掉的杯子生气,不告诉我,因为虽然我还有三个杯子,但是丢的正是一“辈子”。

单行道上，我与你牵手同行

■文/吕冰青

也许我在等一个人。

那是来不及止步的未来里，还未与我相逢的你，把此生托付。也许你已走进我的生命，在我多年的梦里徘徊不去。

人间四月芳菲尽，低眉暗许，你的温柔点燃了石榴裙上嫣然的火，像胭脂着色的红。

江山不老，人易相思。

我们终将牵手同行，相伴跨过那片海的时光。翻越三千里云崖，凡尘映泉，咏夜未眠，潮水染上新芽的绿，眼眸是不灭的星光。浪里涛声的惆怅，是鲛泪化作佛前舍下的明珠，拈花笑语，草木情深。

如果有一天，连岁月也孤独老去，天下间最独一无二的，就只有你的身影，陪着清风明月，看细水长流。灯火阑珊，此间最美的幻念，不若那一回首的眸光。衣袂翩飞，指尖跃出命若琴弦的曲诀，众生芸芸，唯你我两心不变，素手相牵。

杨柳莺声，叩响小径柴扉后的死水微澜，为你把栏杆拍遍。喜时相庆，病也相扶，寂寞与你相陪予留。我意同游似水华年，少时疏狂，老来笑谈，只叹心中坐守我佛如来，竟不舍执念，死生莫休，为你我夙愿。

有人说，人之一生，为这般爱也甘愿。我亲爱的你，也许我们许下的并非情人的亲昵，我们或是密友，或是亲人，或是陌路相遇的知己，只是为你。相守的，是黑日的背景，是白夜的狰狞，是青春里倾注的彩色光影。悲喜随心。

谁把蔷薇藏进了覆土，谁叫回忆在睡梦里复出，谁让流年在眼眸中停驻，谁害相思在两地间巡游？谁，错把冬雨误作了春风？纵然落花尽折，香雪枝头犹立，蜂蝶竞逐，风雨败不却无言的守候，乱世浮屠，是道不完的绝代风流。

谁是谁的行走间生似浮萍的全部？谁是谁的等待时心若磐石的顽守？谁是谁的契命中天荒地老的约定？谁是谁的想念里不离不弃的情意？全世界都是我凝望的你，是父母亲朋，是良缘将近。

仅此一生唯一的长途，我愿与你，一路同行。

默然相爱，寂静欢喜。

我们的爱情不及格

■文/孟祥宁

第一次见你，是在军训开营仪式上，那天天蓝得纯粹，没有一丝云彩，太阳在我们头顶散发着光芒，照得脸一阵阵火辣的疼。你坐在男生方队的第一排，用文学院的牌子挡着阳光，在一片阴影中坏笑着。我扭头看到你一脸得意洋洋地和后面的男生聊天，洁白的牙齿格外耀眼。白衬衣，黑裤子，还有那一双军绿鞋，穿在你的身上竟然显得那么合身、那么潇洒，那一瞬间我的脸不知怎么变得通红又通红，我赶紧扭向与你相反的方向，对着我的好友说，太阳好毒，晒得我脸都红了。

回宿舍的时候，无意中知道了你的手机号码，就这样认识了。你喜欢连续打三个叹号，你说这样多带劲儿；你喜欢开玩笑，每次都逗得我在床上笑到肚子痛；你和我有很多共同感兴趣的话题，都喜欢听周杰伦的歌，喜欢看散文,喜欢写东西。

训练的时候,我们两个方队离得很近,一个向北走一个向南走,擦肩而过的那一瞬间,我能感觉到我的眼神与你的眼神交汇的那种小心翼翼。站军姿时,看到你不小心走得顺拐了,忍不住“扑哧”一声笑得很大声,结果被教官训了,你看到我被罚,顾不上自己刚才的尴尬,冲我幸灾乐祸地笑,脸仰到了天上,额前的头发随风飘。

那个没有星星的夜晚,我们并肩坐在食堂前最高的台阶上,望着路灯下来来往往的人,聊着未来的路该如何走。你问我多高,我说我一米六五,约等于一米七,再约等于两米,所以我两米,然后我站直身子,踮起脚尖,试图超越你的身高,但最后还是被大笑的你打败了。你比我大两岁,上过预科,懂很多我从来不曾知道的事情,和你说话的时候,我就像一个幼稚园的小朋友,一直“嗯嗯”点着头,你看着我,依旧是那灿烂的笑。

你从男生方队中脱颖而出,顺利地成为了领队,你站在最前面,骄傲而又自豪。汗水顺着你的脸颊滑下,湿了你的发,我悄悄递过去纸巾,你摆摆手示意不用,我竟然很心疼,才明白那句话,台上一分钟台下十年功,作为领队,你必须非常出色。加训的时候,我在大树后面远远地看着努力踢正步的你,手上拿着买好的面包,想送给你却没有勇气前进。

你曾说大学的生活丰富多彩,要多参加社团,认识各种各样的人,好男生很多,找一个对我好的人,然后谈一段甜美的恋爱。我的心突然就紧了一下,然后又凉了一下,我知道好男生很多,可是你不知道,我只对你有感觉。我的手机有个软件可以测试两个人的爱情指数,我偷偷地打上了我们的名字,静静地屏住呼吸等待结果,看着最后只有五十九分的不及格的成绩,我有一点点失望,难道这就是宿命吗?被人写好了结局的故事,重新在我们身上演绎。

直到那天中午,我正在午睡,收到了你的短信,你让我以后不再理你,因为你不是好人,和你在一起我会学坏的。我愣了,泪水就顺着眼角流了下来,我一直在问为什么,你不回复,然后关了机。你总说你是坏人,可为什么你看到校园里的流浪猫还会将自己的早餐分给它?你总说你是坏人,可为什么同学练得晕倒在地你会奋不顾身地跑上前背他?你总说你是坏人,可为什么知道我想进模特社后却一直阻拦还告诉我进了之后就不会那么单纯可爱了?

肚子又剧烈地疼了起来,我的泪不可抑制地喷涌而出,我捂住嘴试着不让自己发出声音,却还是被闺蜜感受到了,她帮我请了假。那天下午我一个人望着天花板,想了很多很多。我一页页地翻看着我们的聊天记录,看着你的一张张照片,泪水就打湿了枕巾。

缘分是可遇不可求的东西,大学里的爱情如果真的遇到了,那就要好好珍惜,如果还没遇到,就静静地等待这段奇妙的缘分降临,而不能强求。正如张爱玲所说,缘分就是在正确的时间、正确的地点遇见正确的人。而我们恰如萍水相逢,擦肩而过后,再无任何交集。也许我并不想记挂,可是这份情却还在偶然间的抬头看云中触碰自己的心弦,迫使我总是不自觉地想起,想起你的每一次笑,每一次踢腿,每一个动作,每一颗你脸上挂着的汗珠。

是到了该放下的时候了,我不会再去问原因,也不愿知道结果,有时候糊涂些反而更快乐,活得太清醒,就会徒增许多烦恼。军训结束时看到你们在合影,你搂着教官的脖子,依旧面对阳光开心地大笑,仿佛回到了我们的初见,若能永远停留在这一刻多好。

我踅身,夕阳斜照,没有回头地一直往前走。

作者简介:孟祥宁,笔名落泪不哭。女,1993年12月生。现为河北省作家协会会员,河北散文学会会员。入选2010年度中国90后十佳少女作家。曾被中国教育电视台、石家庄电视台、长城网等新闻媒体采访报道,被媒体誉为"90后青春美少女作家"。著有文学作品集《我的初中生活》(内蒙古人民出版社),长篇小说《像向日葵一样成长》(敦煌文艺出版社),文学作品集《我的青春是首歌》(线装书局)。若干作品收入《温情的校园散文》《最具中学生人气的校园小小说》等畅销书,以及由中央电视台财经频道《开学第一课》编写的《如果时光也能折叠》等系列书。

保养美丽人生

■文/孟祥宁

没有哪一个女生不爱美，我也不例外，在一生中最宝贵的青春年华，我像一朵花一样迫不及待地想要绽放自己。和好友一起去理发店做了一个梨花烫，垂下来一个又一个弯曲的卷，层层叠叠挨在一起，真像名字所说的那样，像一朵又一朵可爱的梨花，在我的脖子边蓬勃生长着。

本以为烫完头发就没事了，后来才知道原来保养更为重要，把羊角梳换成了卷发专用梳子，洗发水和护发素全部都用烫染修复型，每天出门还要往发尾抹上弹力素，以保持卷发的柔韧性和持久性。原来保养美丽需要耐心、细心以及恒心，否则这份美好便是短暂的、稍纵即逝的。

都说世界上没有丑女人，只有懒女人。外在的美丽需要我们时刻保养，内在的美丽也是如此，即使拥有满腹诗书的才情，博古通今的阅历，也不能停止读书和学习。知识就像那些保养品，只有坚持使用，才能时时焕发魅力；只有不断地汲取新的知识，才能让饥渴的大脑获得充足的水分，更好地滋养我们的心灵世界，让我们由内而外保持一份从容与美丽。期颐之年的杨绛，在回首自己的百年人生时说道："时间跑，地球在转，即使同样的地点也没有一天是完全相同的，现在的我也是这样，感觉每一天都是新的。"正是怀着这样一颗充满了乐观童真的心，奉行从零开始之道，她才能笔耕不辍、佳作连连，每天不停地读书、写字，充实自己的人生，她的人生是完整而美丽的。

买车容易养车难，攻城容易守城难，成功后能否永远保持住当时奋斗的成果？太多太多一夜暴富又一夜倾家荡产的例子了，自己辛辛苦苦凭借体力或智力赚来的血汗钱被肆意地挥霍，豪宅、豪车、名牌、大餐……无数诱惑冲击着人们的意志，很少有人能够坚决抗拒。曾在《新周刊》上看过一个专题报道——中国腰围，走形的身体与委顿的精神。中国站起来了，中国富起来了，中国也胖起来了，和 1985 年相比，中国男人的平均腰围增加了 13 厘米，女人的腰围变化也同样惊天动地。我对书中的这句话印象最为深刻：腰围不是腰的粗细这么简单，腰围更像是一种跟人的精神状态相关的刻度，刻着放纵或节制、懒惰或勤劳。在当今社会，取得一番成就后仍然低调做事、默默无闻、埋头苦干的人太缺乏了，倒是多了许多半瓶子醋乱晃荡的例子，难免有一天瓶倒了醋洒了，还弄得一身酸臭气。

在中国首善陈光标眼里，一个人的生命只有一次，要在有限的生命里去做一些更有益于社会的事情，让更多的人幸福和快乐，这样才是有价值的人生。财富是什么？财富对于他来说就是水，是身外之物，生不带来，死不带去。他对待财富的态度如此从容淡定，以平和的心态在这个浮躁的社会立足，他的成功之路也会越走越远，这样的人生才是最美丽的。

可见，美丽需要保养，成功需要保持。时间是公平的，笑到最后的才是最好的，总有一份美好不被时光的沙漏漏下，总有一份成功能够在狂风暴雨中屹立不倒。美丽的人生需要我们时刻保养，用虔诚与真挚擦拭，用汗水与泪水洗礼，留下一份美好，在明媚而灿烂的阳光下微笑。

欧洲游记

■文/梦真

（一）与意大利邂逅

在走出罗马机场的那一刻，带着海洋味道的微风迎面扑来，柔媚的阳光轻轻地洒在我的脸上，仿佛罗马给予我这个异乡人最亲切的爱抚。在那一瞬间，我情不自禁地微笑了。一种强烈的满足感和幸福感填满了我的心。我就那样静静地站着，向来来往往的各国行人施以最真诚的注目礼。

在中餐馆里用了美味的晚餐后，我们来到这几日将要下榻的“罗马假日”酒店。尽管此时已是晚上七点半，意大利的天空仍是一片晴朗。风飞缱绻，云卷缠绵。见到如斯美景，我决定扛着七个小时的时差，沿着不知名的小路散散步。

或许因为是在盛夏，又或许是欧洲人天生便对花朵有着极致的喜爱，沿路所见之处皆是树木林立，花草繁茂。那些本该只生长在热带的植物虽然因为酷暑有些打蔫，但依旧绿油油的，让人不由得心情大好。

我站在花丛中照相时摆出了抚摸花朵的姿势，忽然就很想顺手摘下一朵，转瞬却又收回了手。因为我想起了张九龄的一句诗，“草木有本心，何求美人折”。何况我也不是什么大美人，就让这娇艳的花朵继续停留在这里与群芳争妍斗艳吧。

也许是因为旅途的疲倦，也许是因为身心的放松，这一夜我睡得格外香甜。翌日清晨，梦幻般的晨曦伴着清脆的鸟鸣和孩子们隐隐约约的嬉笑声透过厚重而古朴的窗帘温柔地将我唤醒。我爬起身来拉开窗帘，朝阳还没有挣脱绮丽的云层，天空却是蓝得像意大利油画上质感纯正的颜料。

乘大巴从新城区进入旧城区，沿途看到了许多艺术的涂鸦和写着“ROME”的指示牌，果真是“条条大路通罗马”。在古城区里看到一堆宏大的乱瓦，听了导游解释才知道原来这些就是赫赫有名的罗马公共浴池和斗兽场。我突然就很佩服那些描写公共浴池和斗兽场的作家，他们怎么能把这堆砖瓦描写得那么活灵活现？还是只凭他们光辉的想象力便完成了情感那么丰富的文学作品？心中隐存敬畏。

来到威尼斯这一日恰逢大雨。虽然欧洲大陆轮廓破碎使得海洋深入内陆，但平日里还是很少见这种淋漓的大雨。

威尼斯无疑是美的，但这种美，竟使我心里生出一丝悲痛来。准确地说，那是一种怜惜。我感叹于古时候威尼斯人造陆定居的执着，亦悲叹于今日威尼斯即将被淹没之说。威尼斯人已经决定，将于 2015 年关闭小城，就连意大利本国的人也无法进入。今日来到这里，于我是一种幸运，却也是一种初见即是永别的不幸。

当我穿过拜占庭风格的圣马可广场，我便理解了拿破仑对这小城的痴迷。

当我乘上贡多拉小船，穿梭于威尼斯千千百百个小巷子遍览水都风华，我便明白了世人千年来对威尼斯的迷恋。

离开威尼斯的时候，天空已然放晴。海鸥肆无忌惮地飞过，一派悠然，又好似是在与我们告别。

（二）与瑞士相识

隐约记得听谁说过，在瑞士照的每一张照片都是明信片。怀着这种期待，我踏上了瑞士的土地——看到的却是一片狼藉。我立马就傻眼了，怀疑面前这垃圾纵横的地方究竟是不是那个从未被战火摧残过的国家。

导游见状哈哈大笑着解释，原来昨天正好是瑞士的狂欢节，人们玩闹到下半夜，此时刚刚入睡，以欧洲人的办事效率，这垃圾怕是还得收拾个几天。

就这样，我以纯蓝色的天空和满地的垃圾为背景，在世界上最大的花钟面前照了一张相，倒是颇有几分垃圾女王的气势。

日内瓦是安静的。无论是万国宫前时高时低的喷泉，还是为了纪念二战而伫立的缺腿高凳子，或是随风飘扬着的那鲜艳的五星红旗，这一切都让我觉得此刻是如此静好，心里有一种说不出的安谧和恬然。

一路来到铁力士山脚下的因特拉肯小镇，我还从未呼吸过如此清新的空气，从未见过如此蔚蓝明媚的天。真是恍若人间仙境，世外桃源。

那清澈的溪水，用瓶子一拦，便能得到一壶最新鲜可口的冰水。含在口中冰冰凉凉的，隐约含着一丝若有若无的清香，令人神清气爽。岸边有几个当地人在钓鱼，安闲自得。

在这里，道路两边绝少看见高大的楼房，倒是随处可见一排排精致的小楼。几乎是每处院落都会带着一块洋溢着鲜草芳香的草坪。每片草地都带着各式各样的装饰，有的是白雪公主和七个小矮人，有的是小蘑菇和小国旗，足可以看出主人的用心。

瑞士人似乎格外喜欢种花，而且特别钟爱各色成簇的花朵组合在一起的花团。粉色、白色、紫色的繁茂花朵组合在一起，显得分外和谐。他们总是将花种在窗外，将这份美丽也送给过路的人，与他们共同分享美与愉悦。

（三）与法国谈笑

站在卢浮宫一层的我，久久不能言语。

实在是震撼于这个文化宝库。栩栩如生的雕像，精美绝伦的图画，华贵精致的水晶灯，我按快门的手早已酸涩，却只照下了这些宝藏的一小片剪影。我想如果可以，我还会再来到这里，看遍每一个令人惊叹的角落。

游轮平稳地行驶在塞纳河上，清爽的风吹到脸上，带出一阵阵清凉湿润的气息，让人感到格外舒爽。

塞纳河泛着柔波，将两岸的名胜不着痕迹地隔开。油轮的行驶引出水波一片，使得船尾处泛着微微的金黄色泽，鱼鳞一般闪耀。

我无声地咧嘴大笑着，同对面船上素昧平生的人招手。

在我的臆想中，塞纳河该是一条放浪的河流。它喜欢肆无忌惮地欢笑。会有美丽的姑娘和青年男子，在河的两岸高调地向彼此表白。

都说法国是个浪漫的国度。

我看到的法国，却不尽是如此。

有一句话是这么说的："浪漫是一袭美丽的晚礼服，但你不能一天到晚都穿着它。"

如今的法国，自有她的风情，也有她的含蓄。起码这份沉甸甸的文化，便是一种深沉。

她自有一份庄严。

走在著名的香榭舍利大街上,想着《基度山伯爵》里的情节,心中闪过恍如隔世之感。仿佛千百年前,我也是这般走在这条幽深的路上。四周种植着高大的梧桐树,有如梦似幻的月光透过树枝射下来,在路边上留下一片片斑驳的光圈。或许,也会落在我的脸上。然后,便这样轻轻地醉了。

我静静地站在埃菲尔铁塔对面,直到十点,她绽放美丽的那一刻。我张大了嘴巴,和所有人一起发出"哇"的声音,惊艳于她的光辉与璀璨。

乘电梯登上埃菲尔铁塔俯视整个巴黎,看着夜里的灯火通明,心里有一种难以言喻的安适感。电梯上的女招待很美丽。由于语言不通,我们不知该如何表达与她合照的意思,她却像明白我们似的对镜头露出了迷人的笑容。我看到她长长的睫毛轻轻地颤抖着,美丽如蝴蝶翩飞,令人迷恋。

(四)与欧洲告别

那段旅欧的日子,真的是令我终生难忘的。

忘不了那个世界上国土面积最小的国家梵蒂冈,却统治着世界上最多的人——二十亿教徒。

忘不了富裕到极致的摩纳哥大公国,蔚蓝的海边停靠着纯白色的巨大油轮,有大片大片繁茂的花朵微笑着、开放着。

也忘不了佛罗伦萨、硫森、戛纳、尼斯等我亲身走过的城市。那里或许不会留下我的痕迹,但我已经走过。

和巴黎圣母院、凯旋门、凡尔赛宫说一声再见。

与戛纳的红地毯、威尼斯的海滩道一句告别。

再见,我相信还可再见。

作者简介:梦真,1994年天蝎女,晋江签约作者,曾出版长篇小说《清秋万代》,发表短篇《自是年少倾韶华》等。

谈谈恋爱，谈谈人生

■文/牛冲

在高中谈恋爱叫作偷偷摸摸，大学谈恋爱叫作大摇大摆，这也显示了中国教育的极端性。人这一辈子，为了自身的成功不惜一切代价。在悬崖峭壁上去争取金钱和名声，活着并不是为了生命本身，而是为了别人的评价。为了身外之物拼命地努力，导致身心疲劳。时下，人不拜上帝，不拜父母，不拜老师，只拜财神爷，比干地下有知也便十分欣慰了。当你从繁华的都市，尔虞我诈的商场中走回自己的家中，和老婆孩子一起吃饭的时候，你便会感到心灵的宁静。这就是活出了生命本身，人这一辈子都脱不了生老病死、谈恋爱和结婚生子，这是自然的规律，这样活的才是生命的本真。

谈恋爱是非常自然的一件事情，不是靠计划，靠谋略才能谈上恋爱。脱去身上隐藏的面具，你就是一个活生生的人，你需要温暖，需要爱，需要安全，这是人最最基本的需要，假如没有这些，你就没有精力去完成人的高级需求——自我实现。其实自我实现已经在根基上损害了你的基本需求，你去外面拼搏，和各种人打交道，你陪家人的时间便少了，甚至连陪自己的时间也没有了。他们是你爱的源泉，而你因为自我实现的要求而渐渐忽视了这个源泉，这样造成的悲剧是你的生命本真在不断地丧失直至消失。所以在适当的年龄去做生命交代的事情便是最明智的。

在这个湿答答的年龄里，就像某句诗一样，“如何在我最美的季节里遇见你”。我们需要把那颗躁动的心寄托在某个魂牵梦绕的人身上，这是生命的交代，这是内心的呼喊，所以不要克制自己内心的呼喊，不要刻意去阻止这样的心声，否则你只能在最美的雨季里，宁肯心中下成汪洋，最后只能孤苦伶仃地“望洋兴叹”了。我想大部分高中生都会有自己暗恋的对象，不管对方长得怎么样，总会有一个人让你做梦还在痴痴地笑。这种美好的感情是发自内心的，因为你根本不知道为什么会有那种感觉？那个时候，你不知道欲望是什么，也不知道爱情是什么。正因为你不知道爱情是什么，那才是真正的爱情。

谈恋爱就像谈人生。当你遇见第一个爱人时，你没有坚持下去，于是你把你的爱人献给了他人，于是她便成了那个坚持下来的男人的，而你便这样失去了一次机遇。就像你在人生的道路上，当你遇见了第一个机遇时，你没有坚持下去，于是这个机遇便找到了另一个男人，这个男人坚持了下去，便成功了。

当夜晚还没有降临的时候，你在这个年纪便应该放下一切包袱，去找到她，你们共度月色撩人的夜晚，即使匆匆地诀别，即使匆匆地结束，你也曾活出生命的本真。何必在这个湿答答的雨季里背上残酷的命运，何必在这个懵懂的季节里明白太多的真理，也许轻松地去做生命交代你的事情，才是活出生命的本真。

有很多人为了名和利忘记了父母，忘记了朋友，忘记了爱人。他们为了别人对他的评价而极力拼搏，殊不知在拼搏的过程中已经忘掉了自我，忘掉了怎么才能活出自我，做一个精神贵族。一个精神贫瘠的人是活得最累的人，当他环顾四周时，他的眼里都是风化的树根，因为他的心早已被社会异化和风化。

青年啊，放慢自己的脚步，去做生命交代的事情，去谈恋爱，去做自己喜欢做的吧，也许你会得到比现在何止千倍的快乐，何止万倍的收获。生命中的朵朵星光也许只有你放慢脚步，你才能亲吻到。

作者简介：牛冲，1991年6月1日生，河南周口人，郑州大学材料科学与工程学院2010级包装工程二班学生，特约撰稿人，记者，热爱诗歌、哲学、小说。作品散见于《文化河南》《和风校园》《九月》《河南高校文学》等，多篇诗歌入选《当代100位优秀诗人选》《钓鱼岛专刊》《举手的天使》等文集。编著出版《河南高校文学》。

青春是颗忧伤的子弹

■文/潘云贵

独自站在黄昏的天台上,风声在耳畔吹刮成呼啸的海,大朵大朵的流云飘向远方,仿佛铅笔画好之后又被人使劲擦去。世界剩下越来越多的空白。

我已经好久没有这样一个人站在天台上细数时光了,那些走来的路途中,落日停息了青春的空旷,长满尖刺的年少像风一样远去。

城市混杂着灰尘在自己的节奏里宛若流水逝去,喧嚣、不安与臃肿的人群来回奔波于街衢楼宇之间,行走的道路枝丫般凌乱地伸向没有尽头的远处。

一切都停不下来了吧，手表上转动的分针，路边行人的步履，园中疯长的草木，推小车的老人，风中飘扬的红领巾。为什么一切都那么不快乐呢？被风吹散的叶子，湖水上静默的倒影，找不到归途的车辆，还有我们的青春，一点一点裂开的子弹，总是没有缘由又理直气壮地飞离自己的内心，对准一个个亲爱的人，射出脾气、无知、叛逆与事过之后的忧伤、责备和不可原谅。

青春是颗忧伤的子弹，这颗子弹有着让人害怕的力量，像磅礴的海水汹涌袭来，一次次漫过别人对自己宽容的言辞、希冀的目光、关怀的臂膀，直至淹没那张沉默的脸颊以及自己心内柔软的领地。

小时候，自己常常和母亲坐在院中的石阶上望着高空的飞机逐渐远去，托着下巴想未来的自己会是什么样子。一旁的龙舌兰在墙角静静生长，细长的叶片在盛夏的雨水过后发出更加翠绿的光。母亲替我从高蹈的树枝上摘下白玉兰，佩戴在我耳边，她慈爱地抱起尚且年少的我，不断用额头抵我的额头。

然而，十三四岁以后，我总让她的心脏承受着愈发沉重的负荷与难过。我不写作业，沉迷在新出的电子玩物中，躲在被窝里打着充电台灯看课外漫画，故意把期末成绩单寄送地址写到乡下目不识丁的阿嬷家，总是花大把的光阴对着天空发呆，看几只飞鸟掠过，一低头，几株鲜艳花草又长出新芽。

母亲说过我数次，刚开始我并不理会，用一声不吭代替一切回答，而后也开始和她犟嘴，无休止地与她闹矛盾。母亲说："你越长大，越不懂得是非，迟早会害了自己。"我看到她在和我说话的时候，流泪了，这种泪是她被社会、生活步步紧逼，几番数落后也不轻易掉落的泪，是在父亲处事不顺后发酒疯给予她一顿谩骂时也要强忍着不掉下的泪，却在我冷漠而轻狂的言语后滑落在冰冷的地板上，滴答，和时间一起摔成破碎的忧伤。

"我自己知道，不用你管！"碍于面子和脆弱的自尊，那么执拗而不愿回头的年少，是不是很可恶？那句话说出以后，母亲的耳朵有那么一刻冻结在遥远的冬天。我们是冰面上奔跑而过的鹿群，没有留下一刻虔诚的低头。

每次回到北方上学时，停留在异乡的火车站旁，自己想起最多的是父亲。

三年前下着滂沱大雨的一天,我接过父亲手里的行李箱,只身上了火车。他在窗外,随车内的我一步一步前行。

在这之前,我们吵过一架。

他是一个对世界极少退让的男子,包括对待家人,总是一副严词厉句的做派。我想逃离父亲的这座城,便在填报高考志愿时与之做了抗衡。我指着地图上那座陌生的北方城市,对他笑了笑。"你非得走那么远吗?"他板下脸来,青得像一道悬崖。我没有回答,依旧指着那个遥远的方位。"不行,你一定要给我待在省内!"他决绝而不容更改地说道。"不行""一定""给我"……我厌恶这样的词汇,握住地图的两端,"吱——",纸张碎裂的声响,在耳畔像飞机的螺旋桨一样轰鸣。那道裂开而弯曲的线条是一道无法愈合的伤口,在风中兀自招摇。

最后的结果是,在这场令人颇感窒息的对峙中,我难得地赢了一回,而父亲却输在了此刻的窗外。他敲击着车窗,张口说话,并一直指着我放置于架子上的包裹和行李箱,像在交代什么,但隔着厚厚的玻璃,我什么也听不清,只能看到他努力张开又闭合的口形,像一出默剧,这是我难得看到的一幕。我示意他一切妥当,他却一直站在那里,直到火车开动。我趴在窗口看,他跟着火车在走,然后,终于看不见他的身影。

时间吹熄了那一秒,很多场景都浮现在我的脑中,却又迅速往脑后散去,像极了永远不会落脚的风。我想起幼年时坐在自行车后紧紧牵住他的衣袖,想起他在夏天傍晚做好番薯糕四处找我的情景,想起第一次上学时他慢慢松开的大手。大雨下出了心里的一场病,我那张自以为对父亲足够淡漠的表情再也撑不住了。窗外是夏末滂沱的雨水,很难想象的是那道刻在雨中的背影,在时间的深处是不是站成了一匹骆驼?

想起有一阵子看萨冈,内心亦是一阵抽搐,眼泪酸楚得找不到可以装卸的容器。《你好,忧愁》中的塞西尔是那么的任性,又是那么的无知与脆弱。她身上的反叛因子像梦魇里的紫水晶,充盈在青春的风情里。她深爱父亲西蒙,面对即将成为自己继母的安娜,内心的仇恨可想而知,她不想让父亲西蒙接受这个女人。所以想法幼稚而卑劣的塞西尔开始了一系列激烈而恶毒的反抗,设下一个个圈套,让安娜失去了西蒙的爱后出车祸死去。罪恶是年轻时无法去除的根脉,开出硕大而黝黑的花枝,蔓延在这个世界上。

塞西尔说,我考虑着要过这种卑鄙无耻的生活,这是我的理想,也是我的忧愁。

不解青春、不解人生、不解结局的忧愁,我们不也时常如此吗?困兽般深陷其中,让人误会、难过与受伤,却始终拔不出头颅上理智的角。

“我们究竟要这样不知廉耻地伤害别人到什么时候?”我在天台上悲伤地问阿吉,他摇了摇头。在青春这场面目不清,荒唐到来又草草结束的时光里,我们是一支支随时将被叩响的扳机,洞穿着一个又一个在乎着我们的人。

阿吉是常常和我说话的男孩,小平头,身体高高瘦瘦的,像一节青翠的竹子。他时常会给我发短信、打电话,或者直接跑到我身边,拉我到天台上说话。我们聊学校里好看的女生,聊给她写情书的男生是不是就那几个,聊班主任班会课上会说多少重复的话、政治老师一天会讲睡多少双顽强抵抗的眼睛,聊没有尽头的考试、遥遥无期的假日,聊脸色越来越难看的父母、心里越来越沉的石头,聊现在的自己为什么会变得像一只随时喷火的怪兽。

“为什么会这样呢?我真的不想伤害他们!”我沮丧地看着阿吉。

“小傻瓜,是因为他们不理解我们啊。大人们有他们不容更改的想法,却不曾真正想过我们的感受,他们只是一味安排着我们的道路,却不知道我们是否喜欢路前方的风景。”

阿吉那时一边说一边用他的小眼睛微笑着,发出比余晖还好看的光。而我抬头看着晚霞铺红的世界,只是点着头,不说话了。

那个夏天的黄昏好长好长,我们靠在天台的栏杆上看斜阳老去,流云翻转,微凉的风俯冲而下,在城市林立的高楼间游荡。在那样静谧得只剩声息的时光里,我忘记自己究竟坐了多久。视野里天空变成翻滚的海,反反复复把如今自己对待世事冰冷而倔强的脸颊冲向记忆的岸堤。我们细数那些被自己伤害过的人，当初是不是把他们伤得很深，此刻他们会不会明白一点而原谅我们。

天台之下，城市是蓝色的，鼻翼间的呼吸有透明的质感，微风阵阵吹过，孤独被一阵子放大，一阵子缩小。那么多没有理智的时刻，那么多明知是错也不承认的时刻，那么多把枪口对准自己最亲近的人的时刻，我们是不是像极了没有去处的子弹，在一次次伤害别人后忧伤得如同愚蠢的飞蛾，在空瓶子的世界中激烈地撞击，却始终找不到真正解脱的出口？

内心茫然时张望世界，日光倾斜，总有几棵古树爬上了与你楼顶同高的地方，它们密密匝匝的叶子，在风中摇出银铃的声响。心里瞬间坍塌了一小块，有什么念头也在风中轻轻摇晃。

简媜说，让懂的人懂，让不懂的人不懂，让世界是世界，我甘心是我的茧。

“可是……有人吗？有人可以看到我们吗？”

年少的声音，依然会在多年以后的天台响起。我们用青春的子弹射穿过的层层雾霭和云霄，只见忧伤而微亮的星辰在黑色的梦边也溢出暖光。

是不是有一天，我们也能把这颗忧伤的子弹、这场黑色的梦悬挂在生命的树梢，让它们在风中吻出年少那不忍回头的风景？

亲爱的人，在这场慌乱的青春里，我想和你说声对不起。

作者简介：潘云贵，1990年生，出生于福建长乐，第六届“雨花杯”全国十佳文学少年，第22届冰心儿童文学新作奖大奖得主，萧红文学院第十三届青年作家研修班学员。作品发表于《山花》《西部》《美文》《南风》《萌芽》《青春美文》《青年文学》等刊物，曾被《读者》《格言》《文苑》等杂志转载。由清华大学出版社出版个人文集《我们的青春长着风的模样》和长篇小说《飞鸟向左，扬花向右》。

时光是座易过敏的花园

■文/潘云贵

清醒的时候，头顶的窗户漏下细碎的扬花，在柔软而清明的光线中舞蹈，缓慢得如同一首歌曲里被人拉长的尾音。

这个春末，我不知道自己竟然会对花粉过敏，停不住的喷嚏声里，宇宙旋转，世界不知经纬。我害怕在美丽的花草面前呈现出自己的这般窘态，身体像住进了一座随时喷发的火山。

由此便拒绝了很多友人游山玩水的邀请，心里顿感遗憾，埋怨起自己怎么这么不注意。母亲倒是笑我，说我年少时可没让她少费心思，不是成天流鼻涕、咳嗽，就是偶尔出些水痘让人心忧。那时四下并无玩伴，只是自个儿闷在家里，窗户紧闭，甚至连窗帘都不曾拉开，生怕自己生病的模样活脱脱吓死沿途走过的路人，整个房间也变成了一个密闭的盒子。我是盒子中一根最丑陋的火柴。

长大后，性格依旧没改过来，犹如不着姓氏的江山，野花遍野盛开，草长莺飞，无人可以将我这个劣等子民管辖。这也便成了十八岁以后性子愈发执拗的发端。母亲为此也与我言谈过，这般孩童言行是与这社会脱节的，早晚有一天会害了自己。我从果盘里抽出一颗橘子，果皮似乎还带着些青，母亲摇头，说那还未成熟，吃不得。我顽皮地笑了一下，不理会，掰开一瓣出来直往嘴里送，未长熟的橘子滋味自然酸楚，把唇腔齿牙搅弄得不知三月肉味与八月桂香，我看着母亲扑哧一声，忍住，闭了下眼睛，下了肚。“害苦自己了吧?”母亲问。“没有啊。”我假装一脸愉悦。母亲又说：“你这小鬼嘴皮倒挺硬的，那它酸吗?”“妈，甜和酸，我自己会掂量。”一语落地，我便伸手又掰开一瓣青橘放入口中。

假装成熟，假装坚忍，假装世界的铜墙铁壁无法伤着自己，但这，在离你最近的过来人看来，是轻易被识破的年少伎俩。无可否认，我们曾经多么无知与天真。

离开母亲以后，我发觉自己孤独的病症愈发严重，如同这个春末带给我的花粉过敏一样。因为我的耳畔少了一句提醒与劝告，我口中的言谈也少了一个可亲的听众。北方的寒夜里，常常在辽穹的夜空中仰望许久，星月如灯，银河浩瀚，云纱织锦。想起南方的夏夜，自己和兄弟姐妹把床铺在天台上看星星的情景。那时面对星空，像面对遥远的未来，我们都是一群没有形状的图案，在无垠的大地上像小花小草那般生长，自由得如同风。姐姐是最先聊起梦想的，她说自己要成为歌唱家，到世界各个地方演出，吃好吃的东西，看好看的风景。哥哥的梦想和许多男孩一样，他说自己要娶一个像周慧敏那样标致的老婆，要盖一百层高的楼房。而我那时什么都不知道，拿着一本快翻烂的连环画，说想当个画家，画出最蓝最蓝的天空和最绿最绿的湖水，还要画出金灿灿的葵花地和一个幼儿园女生漂亮的侧脸。

后来，结果证明我们的梦想都输给了时间，很多东西也都形同过客被我们遗忘在记忆里那个渺小的村落。姐姐的声音沙哑了，哥哥喜欢的女明星老了，而我的画也只停留在了小学阶段简单的线条上。时间摧毁了未来的城堡，很多美好的故事被拆成现实里薄弱的风，途经哀伤和黑夜。

天涯苍茫，那个夏夜数星星的日子被丢在逝水的年华里，如今，我们彼此散落，天南海北。

想起一次南归途中，在颠簸的列车上听一个失意的商者说，星星是这世上最柔软的抚慰。他是个温和的中年男子，眉目清秀，但脸上总是布满无法排遣的忧郁，他与我临窗坐着，说着处事的艰辛与困苦，我只在一旁点头或是沉默。年龄和阅历上的距离，像我在岸上，他在海中央。一切的回语对他都是那么浅薄。生意场上的失落一度让他濒临生活的边缘，他常常看天，说茫茫天宇中最让人敬畏的应是看似渺小实则庞大的繁星，自打开天以来，他们便存在了几亿年，像一双双见证世事浮沉、沧海桑田的眼睛。“你如果伤心，如果被这人世欺凌，便看看星星。”他向我建议的时候又抬头向车窗外的天宇看去。

无灯的荒野中，星辰是唯一亮着的灯盏，寂静的声息里，四季轮换，周而复始，我们只是沧海中的一粟，有什么丢不下、忘不掉的呢？

幼年时的白天鹅起飞以后，大面积彩色的线条在过山车的行驶中天旋地转，迅速飘扬又降落的年华长出这个春末青青的蕨。人间如何改变，我们都没必要小心翼翼地活、细枝末节地怨，也都不必不痛不痒地牢骚，永无止境地消沉。

时光是一座美丽的花园，开满缤纷的花草。那一点点的绿肥，那一勺勺的红瘦，就释然地放在你容易过敏的鼻翼上，提醒自己的舌苔，喷发出可能幸福的明天。

二次元之梦

■文/彭贵昌

说起小时候的梦想是什么，我会有点不好意思地告诉你，我小时候最想成为《宠物小精灵》里的精灵掌门人。

之后很多很多年，天真的我都不曾怀疑这个梦想的真实性，就像从未觉得集齐七颗龙珠是多么不现实的事情。直到渐渐长大，才明白曾经的梦想已经不能仅仅用不切实际来形容。我的梦想，甚至不在身处的这个次元里。当明白这件事情的时候，已经到了可以为时光去如飞叹气的年龄。

每天在电视机前守着动画的播放，这样的经历已转为过去式隐退在一代人的记忆里了。没有网络的年月里,错过一集心爱动画的遗憾可以大到让我哭一场。多年以后网络的发达让追动漫变成一种消遣,越来越少的人记得那些在放学后跟开播时间赛跑的年月。如果我们能钻进野比大雄房间的抽屉里,哆啦A梦的时光机就可以让我们回到自己的童年或者少年时代,我们可以每天放学后冲回家里,打开电视跟动漫里的角色一起成长。就是在大约那样的年纪,悟空和布玛开始去收集七颗龙珠,星矢成为了雅典娜的圣斗士,月野兔穿上了代表月亮的水手服,木之本樱收服了库洛牌,小智与比卡丘从真新镇开始了旅程,被选召的孩子们踏上了数码世界。可惜当年的我们已经从江户川柯南的年纪长到了比工藤新一还要大不少,还要一百年才能诞生的哆啦A梦也没有提前把时光机给我们。

不止一次地幻想自己随着二次元的角色们进行一次次的战斗,随着他们经历每一次的考验,随着他们遍行城市的大街小巷,甚至随着他们一起谈一场青涩的恋爱。他们的成长,就是自己的成长。可天下宴席无不散,穿白色T恤的少年牵着穿水手服的少女一直走,渐渐湮没在时间洪荒里,战斗力无穷尽的战士们在守护自己的家园后,也退隐到了我们看不见的角落。作品的完结,他们的离去,犹如一场场烟火,盛大又华丽,却留下整个夜空的失落灵魂。一代新人换旧人的法则是二、三次元通杀的,世界永远不会为过去的美好停留。当动漫新番一波波袭来,三次元的现实法则又一步步进逼,经典的动漫作品只能一步步地后退到记忆里,最后成为一个年代的回忆。记忆里的角色的远去,就像毕业之后一个个好友四散在天涯,不知以什么样的名义才能再会他们。于此一念,唏嘘不已。心里有一扇回忆之门,打开这扇门,有时光重回年少时的激动与欣喜,因为在这里能看到他们过去的岁月,能看到有多少的感动在记忆里面叫嚣。御台场纪念日就是其中一把打开这扇门的钥匙——1999年8月1日,被选召的孩子们从御台场开始了数码世界的冒险。每年的这一天,能在网上看到不少献给御台场纪念日的同人画。或者说,那是献给我们的记忆与童年的画作。每一次看到八个被选召的孩子们又齐聚在了一起,心中翻滚的激动难以言喻,想说的只有一句:“好久不见。”

开始明白三次元法则的时候,流光也已经侵蚀了梦想。早就知道自己不能成为超级赛亚人去拯救世界,也不能提升小宇宙去保护女神雅典娜。

过去岁月的童话，只好被装进已经满是现实世界规则的脑子里。庆幸的是，二次元法则已在三次元法则之前埋藏进我年少的记忆里，成为我日后成长的土壤，而且这土壤还在日后的年月里更增肥沃。直到如今二次元仍然是我生活的一部分。就像校园里落了一地的洋紫荆会让我在第一时间想到远野贵树和筱原明里走过的那落满樱花的街道，抬头时望见的晴空会让我不由自主想起被称为催泪弹的夏日故事《AIR》，在夏夜里也念念不忘《夏目友人帐》和《萤火之森》——人与妖怪之间，暗含着怎样的温存。走在校道上，时常听到广播里传来熟悉的旋律，在脑海中搜索几秒之后反应过来是哪部动画的曲子，一时间兴奋得要飞起，在众目睽睽之下却只能遮掩住心中的狂喜与激动，然后在路边停下来静静听完歌曲。歌声里流转的回忆让我仿佛见到了昔日爱人。记忆里的少女类动漫会告诉我们，遇到喜欢的人一定要温柔地相待，少年类动漫则说，为了梦想，飞驰吧少年。他们的故事，穿过了不同次元的墙，温暖我，让我可以始终怀着纯真之心面对世事，与这个世界的残酷相抗，让我能看到这个世界闪光的地方。沿着二次元的道路走来，我变得更加果敢与隐忍，最终收获了一个童年和少年时代。

这些日子的三次元里，年轻人都怀旧得紧，似乎最让我们快乐的，是我们的过去，青春也仿佛还没开始就宣告结束。大概是因为我们觉得那些逝去的东西，我们在未来再也得不到了，但是现在最可怕的是，我们是觉得我们得不到未来。确实，也只有在已经成年的今天，才会这样地去追忆过去的年月。年少时总想要用随意门去穿越无限的空间，想用时光机重回远古时代重新创造一个属于我们的世界，或以自己各种超于常人的能力追逐自己的梦想。而这所有的美好的憧憬已在成长路上一点点破碎风化。生活里会有霸道的技安，有个追不上的静香，但没有万能的哆啦A梦。但正因为生活如此，我们才需要有美好的幻想和记忆去抵御残酷现实。哆啦A梦的宝物伴着童年的天真一起遗落在了成长的路上。但是，还好，对哆啦A梦深深的爱始终在我心里。温馨的回忆，永远潜藏在心中最柔软的地方。

如果有一天，你发现了龙珠，请告诉我，我想集齐七颗，让神龙为我实现成为精灵掌门人的愿望。又或者，有谁在2112年遇见了刚刚诞生的哆啦A梦，请拜托他，为我打开童话之门。

去西藏

■文/彭杰

身边的很多人都想着去西藏，去离天空最近的地方看蓝天白云。王尔德说过，一个好的美国人死了会去巴黎，也许对很多中国人来说，西藏就是心中的巴黎，一辈子非要去一次不可，不去就是一种遗憾。

去西藏，这是我所不能理解的一种时髦。我很难理解，为什么西藏就有那么大的吸引力。难道站在蓝天白云下面，看风吹草低见牛羊，闻着太阳烘烤下的牛粪，就有那么美好么？

有一年冬天，朋友放假，刚好存够了钱，买了火车票，准备沿着青藏铁路，一路去心目中的天堂。那时候，我抓住他问，有必要花那么多钱，去那么冷的地方折磨自己吗？朋友告诉我那是中国最后一片净土，现在不去看，说不定哪一天就没有了。他说话的时候，一脸的虔诚，好像自己要去的真是天堂一样。

我一直都不是个理想主义者，尤其是没有去西藏的理想。我每天辛苦挣钱，养家糊口，不能为了看一眼纯净的土地就烧掉自己几个月的血汗钱。我望着朋友跳上火车的兴奋背影，欲言又止。开往天堂的火车走了，我却没有上车，我祝福我的朋友能坐着火车去看天堂。

后来，朋友从西藏回来，眉飞色舞地跟我说西藏这里好、那里好，而且最好的是他遇见了他的女朋友，一个比他更有浪漫情结的小女生。我一边听朋友说，一边笑，心里在想，既然那么的好，你们可以在那里租个房子住下来，以后再生一堆孩子，晚上点燃篝火，一起手拉手跳舞不是更美好么？

再后来，朋友结婚了，我看见了新娘子，很漂亮，漂亮到我有点羡慕、嫉妒、恨。婚后一年，他们有了孩子，幸福美满，人人羡慕。

而我一直在一家小公司上班，白天累得天昏地暗，晚上有的时候还要加班，每个月拿着吃不饱、饿不死的工资，每天精打细算，吃得少，穿得少，用得少，不抽烟，不喝酒，不去KTV。那时候，乱花一分钱都心疼，心想存好了钱，可以买房子，找个姑娘，结婚生孩子，这辈子就这样了。但是一晃几年过去了，钱攒了一些，但是房子又贵了好几倍，每天上班看到那些高楼广告上天文数字般的售价，我都觉得心乱如麻，头晕目眩。那几年，朋友说我脸都是绿的，经常几个月都没有一丝笑容，看了都可怕。

我一直在努力积累资本，但是好像一直都没有什么资本，喜欢偷看两眼漂亮女生，但漂亮女生一过来，我就闪了，实在不知道怎么去说话，其实心里也觉得自己没有那个资格。女生都说我不苟言笑，不善言谈，这样是找不到女朋友的。我一脸腼腆地笑着说，我给不了别人幸福，这些事情从来都不想，实际上我是天天都在想，但从来不敢说。女生摇摇头，走开了，我一个人继续埋头苦干，当劳模。我听见几个女生跟别的男生有说有笑，把我晾在一边，心里拔凉拔凉的，心想他们不会有结果的。没过两年，我发现公司里的男男女女差不多都结了婚，很多还升职了，涨了工资。那时候，我还不明白这世界上的大多数人都跟我一样是从底层做起，但大多数人最后都要结婚，上帝不会给每个人安排一个林志玲和李嘉诚的。

几年一晃，朋友带着老婆和孩子又去西藏了，这一次是自己开着车去的，朋友说带我一起去看看。我说算了，心想浪费时间。

看见朋友的车、老婆和孩子，我心里受到很大刺激。那段时间，我下了班，膜拜苍老师之余，就看西藏的资料，旅游图片看上去是很美，但想到花费，我的心就像遇见高原上的冷空气一下子缩了。

柏拉图记载亚特兰蒂斯沉没以后，一群活下来的人，驾着船，漂洋过海，最后流落到了今天的喜马拉雅山脚下，也就是西藏地区，然后再迁徙到北欧，最后形成了西方现代的主体民族——盎格鲁撒克逊人。

西方有些人认为亚特兰蒂斯人流着神的血液，有着伟大的智慧，创造过辉煌的文明。而西藏不仅流传着先民的基因，也残存着他们创造的文明。希特勒的德国曾经派遣三批探险队去西藏找寻纯种的雅利安人和亚特兰蒂斯的文明遗迹。

看了这些，我觉得很神奇，很惊讶，也很好奇，曾几何时我对考古是满腔热情，但后来别人说，学了考古，等你变成文物古董了，才能娶老婆，我果断放弃了。

我也想去西藏，可是我还要过日子。虽然去一次西藏也不至于就过不下去了，但是我总觉得少了一分钱，心里就没有安全感了。

又过了一阵子，表妹跟男朋友也要去西藏。那天，我刚好去看伯父。伯父冲着表妹勃然大怒，说她男朋友简直就是个不懂柴米油盐的小男孩，现在自己也挣不了多少钱，还去西藏烧钱。这样子成天到处乱花钱，以后怎么买房子？她要等他多少年？

我坐在沙发上假装看电视，假装什么也没有听见，伯父却非要我发表一下意见。其实，我真的不知道该说什么。

真要说的话,我只能说这傻小子运气好,遇见了表妹。为什么就没有女人看上我呢。

没等我开口,表妹就十分不淡定地抗议了:“如果不快乐,那住在房子里还是不快乐的,每天吃咸菜,灰头土脸地过日子,就算攒到钱买了房子,到时候,不是身体有病,就是心里有病了,我们只能在房子里养病了。再说,我们两个人在一起都很努力,今年挣的钱比去年多,日子会好起来的。”

伯父觉得孩子还是太小了,什么都不懂,不停地摇头叹气,说:“年轻人不知道生活有多难,等知道了就晚了。我看是他把你带坏了,给你灌了迷魂汤了,反正没房子我不嫁女儿。现在离婚多的是,到时候,真有那么一天,连房子都没有,你能得到什么?你还有什么?”

表妹低头认输说:“我等不到他有房子才嫁人。”

伯父笑了,以为女儿脑子终于开窍了。

结果,表妹跟那男孩子去了西藏,然后在那里结婚了。伯父一开始气得跺脚,但是也没有办法。过了一阵子以后,他就不闹了,因为表妹很幸福,只是没有房子。伯父后来对我说,他也只是想给点压力,看他们是不是真心的,他也不想自己的女儿到最后,只有房了,没有幸福。

许久以后,我鼓起勇气问一个女人,她喜欢什么样的男人。那女人不假思索地说,“爱我的,肯为我努力的,”最后想了一下做了补充,“能给我快乐的人,不要郁郁寡欢的人。要是不快乐,活着跟死了没有什么区别。”

后来,我辞了工作,买了车票,去西藏,像朋友说的那样在还能看见的时候去看一次。我也期待在某个回眸的瞬间,能遇见令我怦然心动的眼神。

小时光的麦田不孤单

■文/若非

一个叫作麦田的男子突兀地出现在我的面前。

初夏贵阳的疾风中，他精神抖擞，恶作剧地在我回寝室的路上将我堵住。“嘿，若非。”他说，“这么多年过去，你还是一点没变，我一眼就认出你来了。”

好像我们一直熟识，好像这么多年我们一直在一起，照顾着对方的梦想。他搭我的肩，在风中，我感觉到温暖。这温暖已经很久未曾体会。

【小时光，麦田守望者】

麦田出现在我生活中的那天，方城的天空格外明朗。麦田背着大大的画夹，推开轻掩的院门，冲我叫，兄弟，过来帮忙！他自此和我租住在一个院子里。那时候，我们都才高一。我从小镇搬到方城，而麦田，为了学画方便，搬出家门住到了我所在的院子。

麦田并不是他的真名，但是他的真名基本都被大家忘记了。大家只记得，他总是在课堂上，抱着一本《麦田里的守望者》。麦田这个名字由此而来。

在挤满59人的教室里，麦田绝对是一个特别的人。据小道消息说，他的爸爸是方城几大富翁之一，而他也不是靠自己的能力考进方城中学的，是因为他爸爸给了学校好几万的赞助费才得以和大家坐在一起学习。事实上，麦田并不珍惜和大家一起学习的机会，因为，他基本上就从来不听课。

在不知道第几次接受完教育从班主任办公室回教室的路上，麦田对我说起他的梦想。“嘿，”他一脸轻松，“其实我并不想读书，我只想好好画画，以后当一名画家，你知道的，我会画下一切美好的事物。”礼尚往来，我也把自己的作家梦告诉了他。快到教室的时候，我们有些神经质地共同约定，为了梦想，努力到底。

麦田能画出很多美好的东西。在他的房间里，到处都是他的作品：被风吹歪的树，在路上边走边看书的路人，窗台上沉默远望的少女，奔突的火车头里迷茫的双眼……这一切让我神往。

【在路上，少年的梦想美好如初】

少年麦田突然就从我的生活里消失了。

是在高二的某一天。麦田在路上留下一张纸条，告诉我们，他已经在流浪的路上了。可是，没有人知道他去了哪里。

对于麦田的出走，班主任并没有表现出多大的震动，在班会上，他一次次以麦田为例子，告诫下面一干学生，要好好学习，不要学坏孩子麦田。他乐此不疲地热衷于对麦田进行语言软暴力，在他的口中，麦田是一个自以为是的富家公子，纨绔子弟，除了花钱什么都不会。

时隔两个月。像离开一样悄无声息，麦田再一次出现在大家面前。那个炎热的夏日午后，麦田逆着光穿过走廊，一脸傲然地出现在教室门口。他就像从未从我们的生活中缺席，在门外甩出一个清脆的响指，旁若无人地走进教室来。在属于他的位置上，坐下来，随后给我传来了纸条：我是不是很拉风呀？

我埋头苦笑。真是个淘气的孩子。

我们又开始谈天说地、逃课打闹的生活。在他小小的房间里，他给我看自己独自流浪的这段时间所画下的东西，一幅幅图画，是他一路所遭遇的风景。那是他眼睛里的世界，微笑的少女怜惜地看着手中即将凋谢的花朵，火车号叫着奔向未知的远方，黄昏时分手推车小贩一脸淡然地走在回家的路上……我看到这个世界的静谧。它不同于我每天经历的这个烦躁的世界，它看来安静、祥和。

“你还记得我们的梦想吗？”他问我。他的眼神干净，像一尘不染的清泉，我知道，这样的问题他是认真的。

记得，我告诉他，为了心里的梦想，我们一定要努力下去。

他说：“若非，无论时间怎么改变，无论环境怎么变迁，我们都要坚持心中的梦想，你会成为一名作家，而我将会画下这个世界的美好，只要相信，就有奇迹。”

那是多么美好的年岁。因为内心有梦想，有坚持，所以我很轻易地就理解了麦田。他离家出走，他孤注一掷，他玩世不恭……他害怕自己妥协，因为心底的梦想一直美好如初。

【经年风雨，奔波在前行的追梦路上】

转眼就是高三。我们开始了忙碌的备考生活。

麦田再一次消失，是在高三下半学期的那个四月。他并没有告诉任何人，甚至连一封信都未曾留下。没有人知道他去了哪里，包括他的父母。安静的教室里没有人讨论麦田的去向，他们只忙着做做不完的试题。没过多久，麦田的房间就被撬门打开，那些积淀了他心血的画作以及生活用品被拖上汽车，与他有关的物件一一从我的生活中消失。

然后，高考。

经历漫长的等待，离开方城，我在陌生的省城贵阳开始新的生活。

时间真是无情的刻刀。坐在我眼前的麦田，脸上有沧桑，但眼神温暖而干净，身形有细微的发胖。说话的时候干脆利落，言谈间凸显睿智。在奶茶吧昏暗的灯光下，他对我说起消失之后的生活：偷了父母的钱，不多，但足够远行。在云南的某个小城打工，不断画画。一段时间后，开始旅行，画画得来的钱仅够在路途中的消费，一直在不断行走的路上，直到这个初夏，路过贵阳。

而我呢？在这所平凡的高校，写作、学习、无所事事，偶尔怀念旧时光。我们谈到以往的事情，不提及梦想。

初夏风凉的夜晚，我送他离开。在尘土飞扬中，他挥手告别，眼神坚毅而固执。我突然惊奇地发现，纵然这么多年过去，那些梦想从未被忘记和放弃：他一直坚持画下一路上的美景，而我从未停止书写的笔，我们一直是梦想路上孤独但坚强的少年。

作者简介：若非，穿青人。有文见于《诗刊》《散文诗》《山花》《星星》《诗选刊》《黄河文学》《中国诗歌》《青年文学家》《做人与处世》《青春美文》《课堂内外》《夜郎文学》《常青藤》（美国）《海星诗刊》（台湾）《贵州民族报》《贵州日报》《都市时报》《南方都市报》等。第五届中国·星星大学生诗歌夏令营营员。

所有悲欢都是我一个人的灰烬

■文/若非

我依旧习惯这样的生活，独自面对季节的变迁，体味生命的光彩与凄寒。然后在一个个夜深人静时分，沉默着写下生命的美好：关于爱、成长、梦想……

（一）

我又一次，选择了独自出行。

在2011年末的冬天，寒气肆掠这座南方的城池，而我只身乘上火车，前往从未抵达的地方。在贵阳火车站，进站的一刹那，有种奇怪的错觉，仿佛身后有人送别。回首间,却是苍茫的人群,拥挤着挥手,大声说出告别的话——没有一只挥舞的手属于我,没有一句送别的话说给我听。我一直孤独地前行着。在火车上,沿途的风景都是从未看过的,我突然想要给Z发短信,告诉她,我在远行的路上,我不知道终点是什么样的,甚至未曾去想象过它的模样,同样,我也不知道归期何如。Z并没有回复短信,而我早已习惯了这样没有回复的短信。

有时候,你想要把自己的生活告诉别人,仅仅是想告知而已,并不是想要别人渗入到其间来。因为告知的目的已然达到,所以不在乎是否有回复,是否有参与。

火车停下。是晚上九点有余,在小城的火车站外,接站的朋友冷得发抖,这让人感动——我其实只是路过的路人啊!剩下的几日,在小小的城市里,辗转着见一些人,深夜在街边吃烧烤、喝酒,大中午在酒吧唱歌到想哭。然后,独自乘上火车,回到贵阳。这样的相遇与别离是简单的,对于一座城池,走一趟的意义永远都只是做客,我无法参与它的生活,无法体味它细枝末叶的幸福与疼痛。

城市如人。有些人也是这样的,你永远都无法参与他的生活,你的意义无非是,交错,远离。每个人的生命都是一列火车,路过数不清的城池,直到报废,才会在其中一座城池停下来,消解于此。

(二)

新旧年交替的除夕之夜,接到小绝来自杭州的电话。她说祝福,告我以新年快乐,声音轻盈动听,这让人幸福。她是我的读者,读高中的女孩,会在夜深人静时提醒我早点休息,会关注我写下的每一个字。

那一晚剩下的时间被感叹充斥着。一年的光阴,像黑白的老电影,在眼帘里无声地播放着。那些说过的话,做过的事,走过的人……都是生命中经历过的最真实的镜像,早已刻进记忆深处。

我想起三月初的阳光里,在古色古香的小镇面对古墙许下的心愿;而九月在贵阳街头的风中走过的背影,同样深入骨髓。这些都是生活所必需的呀,无论疼痛、快乐还是伤害,都是我们成长所必须走过的风景。

在除夕夜安静的房间里,我有些激动地写下一些句子,给流年里面的人们,给自己:

给予所有理应得到温暖的人们拥抱。无论贫穷还是富贵,都应该在一朵花的微笑里获得快乐和祝福。

(三)

玛吉说,若非,我羡慕你,“活得安逸,死得随性”。这样的话语让人触目惊心。

玛吉是一个曾经向我讲述故事的女孩。在书写她的故事的时候,我曾感同身受地参与到她的成长中,因此在对话中,总能感觉到一种放开的轻松。她又说:“喜欢看你的文字,可以让我冷静甚至冷血,可以为人间写点赞歌不?”

我告诉她,我不是随性,我是任性。并不是这个人间缺乏赞美,而是赞美都不是文字所能做到的,我只是习惯任性地书写真实的人生,并从未想过它的残酷和冰冷。

事实上,我真的是一个任性且固执的孩子。我总是固执地选择一条路,不留后路地走下去,比如远行,独自去看这个世界的美好与荒芜。有时候,自己给自己造一座城,进去后,独自面对孤独与凄寒,再也出不来。我记得 Z 就曾经告诫我,若非,以后不能再这样固执了。

可是,固执是我骨血里面坚硬的石头,虽然经历世事,却无法改变。我一直是我,真实的自我。

(四)

我的胸前戴着蛇生肖的平安符。在刚刚过去的寒冬里,它总是时而冰冷时而温暖地与我肌肤相亲。它坚硬地存在,似乎是为了留下来,见证小寒的预言。

“你生命中不缺少爱，只是缺乏相近的灵魂，因此你此生命定孤独。”三个月前的某个下午，小寒在贵阳火车站前203路公交车站台说出这句话的时候，活像个巫师，她的话就像诅咒。

在独自坐公交车回学校的路上，我的耳边回响着小寒的话，恰巧天光大暗，山雨欲来。公交车路过中槽的时候，我抬眼看见坚硬而色泽灰暗的铁路桥横亘在天空里，突然感觉到一种荒芜，巨大的悲戚自心底升腾而起。仿佛一瞬间，小寒的预言就被应验：有种错觉，置身时间慌乱的轨道，我在奔突的列车上不知所终，无论过去、未来都是虚无不堪……

而当下呢？当下我是流年里的时间游戏者，一直没有找到举着花等待我带她去流浪的女孩。而孤独是我骨血里面生长出来的天性，是伴随此生的符咒，无论谁在身边，都无法体会这种苦难。

（五）

“因为爱，我们存活于世。”这是什么时候写下的句子呢？忘记了。然而我偏爱于它。

我坚信自己的存在是因为爱。然而我终将独自面对生命的苦难与幸福，这是爱所留给我的使命。学会成长，可以超越所有的爱与恨。

所有悲欢都是我一个人的灰烬。那些曾在我的人生中充当各种角色的人们，无论你们给予我的是欢笑还是伤痛，我都将满怀感恩之心。亲爱的，无论你是谁，无论你在这个世界的哪个角落，谢谢你曾陪我灿烂过。

而我将孤独行走人间，在一个个夜深人静时分将生命翻检，在时间的骨头上深刻地写下生命的训辞：爱自己，比做什么都重要。

锦瑟年华

■文/尚子熠

我站在五楼的走廊里往下看，地面上升起一层雾气，雨滴零星地往下落。花花绿绿的伞，像是一朵朵盛开在雨中的水莲花，新鲜、艳丽、干净而且湿润。伞下遮蔽着所有刚刚走出高考考场的莘莘学子，他们一定表情各异，而我却无法看到。一定是有的微笑、有的悲哀吧，总的来说应该是沉默大多数！一样的是每个人移动的脚步都是那样缓慢，就像当初离开家走进这所学校的时候一样。学校大门外的那条街道上，所有人都是一样的眼神、一样的守候，都在朝着低矮的电动伸拉大门蠢蠢欲动。

（一）

三年前的九月，我挎着重重的包袱走进高中校园，心里并不高兴，也不忧伤。眼前是两栋环形的教学楼、三栋公寓楼、一栋实验楼，教学楼和实验楼有五层，公寓楼有六层，都是前一年刚刚建成的，色调和谐、设计新颖，崭新、大气。两边两道长长的条幅从一号教学楼楼顶拉下来，上面书写着对新生的欢迎和对未来的祝愿。教学楼的正前方是一排对齐的四个公告栏，新来的同学都在那里贴出来的通知单上找自己被分到的班级和宿舍。那个公告栏也是每次评优后通报全校的一个信息窗口，我的名字曾不止一次出现在上面。

我以全年级第十三名的成绩被分到"火箭班"，本来是可以上省重点的，由于家庭的原因选择了这所全日制普通高中，不但可以减免全部学费，而且还有额外奖金。其实普通高中的"火箭班"基本上是和上重点高中差不多的。抱着既来之则安之的态度，我开始学习，开始过高中那条直线永远没有拐点的生活。

十六岁的青春，就那样被圈在了笼子里，没有自由。

餐厅，宿舍，教学楼。日复一日，没有终止地重复着这样的动作，没有早晨，没有黄昏，太阳在我们之后升起，在我们之前落下，我们仿佛行走在光阴之外，成了高中教育的复制品。上学上得久了，自己也不知道自己是谁，会模糊了生活的概念，泯灭了斗志，消磨了理想，一个月总有那么三十来天不想上课。

春秋冬夏，流转的时光中，我们进出校园，往来于纸笔之间，学习、娱乐、成长。阳光少年也曾为情所困，一度陷入爱河不能自拔。单纯、孤傲，是面容中未曾缺失的表情。清早的晨露阳光，黄昏的垂柳夕阳。春花秋月，青春的年轮里，也曾忘我地在 KTV 疯狂高歌，也曾三三两两相约酒吧不醉不归，也曾在雪地里追逐打闹乐此不疲。青春的少男少女就像雪花一样干净、洁白、可爱。

有机会的时候，我总会站在楼顶上看太阳升起。面对着冉冉红日冲破阴霾喷薄而出，便抬头静望着天空，悄悄在心底许下诺言、许下深藏已久的心愿。凉爽的山风涤荡心胸,还会带给你一个清新的头脑,让你在新的一天中精神饱满,忘记悲哀和忧伤,平心静气、坦坦荡荡。

(二)

在走进高中上第一节课的时候,老师就开始灌输高考思想。一切都以高考为目标,在高考面前其他事情都是鸡毛蒜皮、不值一提。日积月累的潜移默化中,学生们都变成了温顺的驯兽。曾经的锋芒都已被打磨消退,鲜明的性格也变得千人一面,每个人进进出出都是大同小异。青春年华的孩子们开始颓废、消沉,开始无精打采度日如年的生活。起床、上课、做作业,甚至连睡觉都是一种煎熬,很多时候感到麻木,觉得像行尸走肉一样。

忘记时间和日期,是一件不可思议的事情,在万千学子身上却显得平淡无奇。别人问今天几号星期几,回答不知道是很常见的事情。有时候有同学知道反倒会让人觉得诧异。经常同学之间相互询问总要问过十个八个,甚至问完全班同学也得不出结果。

上课成片成片的同学趴着睡觉,老师自然司空见惯,而校外的人见到总会为之汗颜,觉得不可思议,荒唐可笑。趴在桌子上睡觉感觉着实不爽,相信大部分学生都深有体会。一个人睡可以理解为学生个人问题,而一群人在睡,或者所有人在睡恐怕就不是个人问题所能够解释的了。拥挤的课程安排,繁杂的作业练习,堆积如山的教辅资料……当这样的教学任务把一个学生的心理推向崩溃之后,他就会从此一蹶不振。

在新的学期开始的时候,总会告诉自己从明天起好好学习,每天坚持背单词、写作文、做习题,然而坚持不久便会一点一点放下。突然有一天蓦然发现两手空空,曾经的志向早被抛到九霄云外不知去向,在日期的递加中日渐消沉、变得萎靡不振,丧失了一个少年本应具有的青春阳光和四射的活力与激情。社会上的人便开始见风使舵,指着鼻子骂学生、骂"90后",好像这一切都与别人无关,只是我们罪有应得。

（三）

中学时代的每一次活动都是美好难忘的。元旦晚会上乐翻天的孩子们快乐没有忧伤；运动会上的努力拼搏，让我们怦然心跳、默默感动；一次踏青，一次春游，我们亲近自然、心情恬淡，一个个纯真无瑕、相亲相爱。凡此种种，铭刻在心，永生难忘。

“朋友一生一起走，那些日子不再有……”这样的歌声又在耳边回响，心底泛起经久不息的感动。曾经的朋友，元旦晚会上挽着手臂共唱的歌，那些滴落的眼泪，见证了一段挚爱深情。而如今都已如春花，在那个六月过后，散落天涯。不管有多少不舍，不管有多少不情不愿，过往留下的记忆总是经不住时光的大浪淘沙，脑海中的画面随着日子的一天天变久都会被冲刷得惨淡泛白。

一场雨，一把伞，一种温暖。运动会的长跑赛场上，你40℃高烧的身体在抽搐发抖，一场阵雨突如其来，一把伞为精疲力竭的你挡去风吹雨打。你每一次抬脚都举步维艰，头顶的伞不离不弃，打伞的人却被淋成了落汤鸡。比赛结束之后你在接受校报记者采访的时候说，是朋友和爱的力量让你跑完全程的。所有的观众默然相视，一种心领神会的语言在心与心之间流动，流动着一种温暖、一种爱。

草色青青，空气中掺杂着泥土的气息，远远望去，整个世界绿色莹然。在春天到来之际，行走在大地之中，漫步在原野之上，朋友之间心与心就会靠得更近，世界也偷偷变得温馨。所有人都心平气和、宁静温暖，每一个人都有一个梦。站在山头上齐声呐喊，喊出的不只是声音，更是年少的彼此心中压抑已久的梦想；一瓶矿泉水的传递，传递的不只是水，还是心心相印，是相爱相携的爱与感动。

或许会在时光流转中，模糊了某些瞬间；或许日子久了，会在不经意间忘记那些曾经熟悉的名字；或许在某个圆月当空的夜晚，你想起了过去，想起了那些欢笑、那些歌声、那些拥抱和哭泣，你才猛然发现原来这一切在心中是这么深刻，总会在某些特定的时候出现，让你在回忆中感动，在感动中潸然泪下。

（四）

十六七八岁的年纪，经不起奢侈和浪费，每一天每一秒都弥足珍贵、转瞬即逝，拥有的人或许感觉不到什么，而失去的人就会痛心疾首、扼腕叹息。有时候，你会在某一次洗脸时猛然发现自己变老了，几颗青春痘悄悄爬上脸蛋，一道皱纹不知什么时候就已在额头上安家落户。眼神也变得苦难哀伤，看起来饱经沧桑，仿佛青春之花从此便开始一瓣一瓣地凋落不止，一种姹紫嫣红的景象瞬间便让花落成伤的感觉油然而生，不禁在心底生出万千感慨！

青春，原本就是一个忧伤的话题，而少年天生就带着阳光和活力。也曾郁闷过，成群结队地冲进网吧，在网络游戏的虚幻中寻找一时的快感，企图逃离沉重难挨的学业负担，躲避纷繁靡乱的感情纠葛。年少气盛的我们，总会犯些不应该犯的错，会为了多晒一会阳光而逃课，会为了朋友大打出手，会为了一句无关紧要的话而争得喋喋不休，会站在操场边的柳树下看太阳落山而忘了吃饭，会因为走在小巷子里淋春天的雨而感冒发烧……

现在想起这些，却感觉到温馨惬意，觉得青春如果未曾有过这些，就会变得更加不完美，或者会不堪回首。有了这些，不管主流也好，非主流也罢，叛逆也好，顺从也罢，尘世里浮华喧嚣的东西太多太多，我们在乎不过来，在平淡、顺其自然中一路走过，当我们有一天蓦然回首的时候就会发现，身后的那一切原来都是那么美好，尽管我们从来没有精心设计过。

不管是黑色六月还是魔鬼高三，逝者如斯，时间不会因为艰难而停止不前。青春年华里，行走的足音很轻，淡然、平实，不强求、不放弃。有理想，就去追求，闲暇的时间里，就放松，愉悦心灵，让自己快乐。

青春季节里，行走在求学路上，一身轻装，从头到脚的阳光，不要因现世的条条框框束缚了手脚而虚度年华。“莫等闲，白了少年头”，该跑就跑，想飞就飞，无边的苍穹下，总有一片蓝天让你鹰击长空。那些舞台上、有限的时间里，你也要展现绚烂无限的精彩；那些人群中、阳光下，你要比阳光更阳光。

（五）

高一、高二平平淡淡，很正常地度过。我喜欢朋友，喜欢外面的世界，所以转过学。在不同的人群中生活，会有不同的感受，得到不同的东西，这些都是应该放在人生阅历中来铭记的。在奔波和苦难中更容易成长，来来回回地往返在家乡与异地之间，让我深刻地体会到很多在学生时代永远不会明白的东西。那种流浪者的心情，把苦难藏在心底，苦死也说不出的心情……

一切都是默默的，默默地承担，默默地忍受，默默地痛苦，默默地在痛苦中失眠，本以为不会睡着却睡着了。时间也在默默中不见了，或者她从来都没有出现过。

十八岁，我要在自己的成人之年迎接高考，实现生命中这一次最为华丽的蜕变。仿佛充满了巧合，仿佛这样的巧合也出现在无数同龄人的身上。

学校开始变得越来越疯狂，对学生近乎种植园主剥削奴隶剩余价值一般进行压缩教育，无数的试卷、资料堆满了课桌，堆积如山，课桌上都没有办法腾出一块地方来好好写字。有的学生的学习状态近乎自虐，没日没夜地做题写字、写字做题。在做题的过程中会不知不觉倒在桌子上睡着了，怀里抱了一堆书，一堆书就像枕头一样被当成枕头一直枕着。

随着高考倒计时的牌子被一页一页地翻过，有的学生变得焦虑不安，各种能被人想到和想不到的状况都会在瞬间突然出现，让人不可思议，却又心生怜惜。倒计时进入五十天的时候，我感觉每天走在我身边的那些同学，一个个神志不清、麻木无知、不省人事，仿佛没有了人的血腥，有时候让我感到恐惧。那种特定的时间和地点，让人恐惧的远远不止这些。

一个女生在数学老师的课堂上放声大哭，惊呆了所有人。如果你当时有心思考虑，你会想象到像午夜遇到诈尸的情景。当时还有校领导和教育局的领导坐在教室后排听课、督课。流鼻血似乎成了一件很流行的事情，每节课都有同学陆陆续续捂着鼻子进进出出，进进出出的人除了进进出出的动作再没有什么别的表情了，木偶一般地机械运动。我也曾一连几天在做这个机械运动。

再也没有人有心情去跑步,或者爬上楼顶看日出了。再也没有微笑的表情、活泼的身影出现了,阳光照在他们身上也看不到阳光,一个个都成了标准的脏、乱、差,无精打采的样子让人感到心疼。当我从那段日子走过之后,我相信了他们说的:他们的世界里,真的只有黑暗。

(六)

高考如约而至。

六月七日那一天,火辣的太阳普照大地上的每一个角落,校园周围的柳树在地上落下斑驳的影子,仿佛整个世界都可以在它强烈的光线下明察秋毫。高考的各项标准和要求,让所有准备高考或者将来有一天要高考的人望而生畏,感到庄严、神圣不可侵犯。

考场外涌动着家长的身影,人山人海,考场上考生在书写人生,宣判青春。

考场上会发生很多意外的事,很多意外都是曾经不会想到的,很多觉得怎么都不会发生的意外还是发生了。只要一个小小的意外,就会让十几年的寒窗努力付之一炬。当大家考完第一科走出考场的时候,对高考的畏惧不见了,却有另一种心情涌上心头。

十八年,觉得弹指一挥间。就这弹指一挥间,十八年不见了,却什么也没有遇见。

七日的晚上,不知道这一夜会让多少人辗转难眠,十几年过来了,却等不过一个晚上。茶不思,饭不想。谁知道这一个晚上又会在多少人身上出现多少状况。或者一个状况,就会让之前所有的不懈努力和精心准备变得惨白无力。六月是一个天气善变的季节,一夜之间,瞬息万变。

第二天再见的时候,很多人都不是昨天的表情和状态了。多多少少也算是经历了高考的人,会在表面上伪装出一种近乎扭曲的从容淡定,实际上却是心惊胆战、无所适从。我也会对熟悉和不熟悉、认识或不认识的人轻轻微笑,一点祝福、一点心愿吧,给他们,也给自己。爸爸妈妈在这个时候超乎寻常地懂我,什么也不说,不送我进考场,也不在考场外苦苦等待、淋雨或者暴晒。我很安心。

轰鸣的雷声打破了考场内的寂静无声,我看到前边的男生持笔的右手在雷声响起的时候猛地一抽,我觉得笔尖一定在卷子上划下了一道长长的墨痕,他一定悔恨不已,都不知道该怎么继续下笔做题了。有人也转过头看看窗子外边的世界,一片乌云密布,豆大的雨滴织成了无数交错的网。只一瞬,就把脸转过来,低低地贴在试卷上。

六月的下午总会时不时地下一场雨,而这场雨过后,不知道会让多少人泪如雨下。

站在校园里,雨滴渐渐稀少了,空气清新、湿润沁人心脾,顿觉身心爽朗、一身轻松。天上的云彩渐渐散开,零零散散透出几块湛蓝的天空,太阳从西边的天空中四射出柔软的光线,一道彩虹出现在学校后面的山沟上,远山绿意莹然,在雨水的冲刷后,一切都开始了新的生长。我朝着熟悉的校园笑笑,校园正中央的喷泉开了。我转过身,轻轻向教学楼走去。

多么熟悉的一瞬间。

作者简介:尚子熠,1992年生于陕西延安,在一百余家报刊发表过文字作品。中国青少年作家网专栏作家,《秦岭印象》杂志特邀作家,著有青春美文集《如果青春遇上风》。

寂静的春天

■文/石皓

清晨，天气阴寒。放下多日来的工作，回一趟家。坐在临时候车室，看着人潮出出进进，想的却不过是生命的忙碌，因此很怀念在故土的原野上，那空旷而宁静的山谷，像是未经世俗淘洗，十分地干净。已不知道那些来往在城市的各色人群，他们是在为什么忙碌。每次坐着地铁，来往在其中，盲目而疲倦。想想故土那边城建方面不是很发达，就连汽车站候车室都十分简陋，可是现今竟有一丝的怀念。当初，那个地方，是我不想多看一眼的地方，我从未有过如此浓烈的对家的感觉。

那个时候，家里并不和睦，父母经常吵架。去年，父亲因为供血不足，在上班的路上直接晕了过去。抬到医院的时候，一直是弟弟在照看着。春节回家，我才知晓。他们怕我担心，便没有通知我。听着父亲在那里喃喃地说着，我眼前一片漆黑，内心像是盐被洒进了未愈合的伤口，令人生疼。

生活总是这样，总是带着漫长的艰辛，但我们的内心仍然要干净而坚韧。

记得是去年，八月凌晨，怀着考试、工作等各种复杂的心情，拖着疲惫的身体来到北京。为了前途，深夜里一个人在陌生的地方，内心的无助不言而喻。那时的我还没有想到这一转眼就半年过去了，令人永远都对这样的生命感慨万千。大概很多人也听过汪峰的《北京，北京》："当我走在这里的每一条街道，我的心似乎从来都不能平静，除了发动机的轰鸣和电器之音，我似乎听到了他触骨般的心跳……"

在各种生活的人群当中，人是那么虚幻而俗气，不得不去想，喧嚣热闹的街上，是那样一排空虚而冰冷的繁华建筑，让人们的内心都堵得严严实实的。

其实母亲也许这样想过，飞儿，你跟你弟弟一样，其实妈都舍不得你们离开。如果她当初内心容忍一下，我也许真的会舍不得母亲啊。

于望在《DIX 十》的卷首有一首诗，我很是喜欢：

那无畏的不知礼节的狂妄的骄傲你，与这现世彼此抵抗格格不入，那疯狂的你，记忆翻转又沉浮，那份桀骜已成如今怀旧的笑谈。我们都是戏子，曲终人散却卸不下浓妆。耗尽一生，只为找一个虚无里的真实。

作者简介：石皓，男，青年作家，山西吕梁人。作品见于《最小说》《火花》《中国校园文学》《华夏散文》《安徽文学》《文学界》《中国文学》《散文世界》《新作文》《全国优秀作文选》《荏苒》等期刊，入选多部文学系列丛书。与辛夷坞、九夜茴、郭敖等做过杂志访谈特邀嘉宾。被媒体授予"2007 年度优秀华语少年作家"称号。

遥城

■文/苏笑嫣

到达一座城市的途径可以有无数种，作为遥城来说唯独缺少一条水路——这是一座被由其他各个城市组成的广袤土地围起的内陆小城。它并不是圆心，它也围起别的城。

最为符合内陆弹丸小城气质的交通方式要数绿皮火车，座位也一律包着绿色的干硬的皮，年头久远，有着龇破的累累伤痕，散发着陈旧的化学元素和灰褐色时光的味道，飘散爆裂在车厢的空气中，一节一节。整个火车拉出长长一条与周围世界隔绝开来的空气，旁若无人，默然独行，宛若时光隧道。

只是有关绿皮火车依然有些零落的部分不复当初的记忆,比如行至小站后举到窗口来的一只只篮子,以及由此携带而来的喧闹声和煮鸡蛋的闷闷香气。

绿皮火车上是没有时间的,时光按照乘客内心滞留的段落而持续。所以同一节车厢,乃至同一方卡座内,有人见到清晨,有人见到白昼,有人则见到深夜。而当双脚从绿皮火车悬空的地面到达遥城的地面,一定是黄昏带着猩红色席卷而来。所有来到遥城的人,为着它特有的时间秩序——以黄昏为起点,行至深夜,于是又重回黄昏,就像颜色的明度由浅至深又重过渡回浅一样的自然。

这黄昏通常带有一种雨后潮湿的气味,车站的石板地面在青白中渍渗出雨水的凉意,石板缝隙中夹杂着缕缕泥土细薄的醇厚气息,仿若就在刚刚,这里的屋檐还都垂垂地坠下湿冷的雨滴。眼前矮小杂乱交错成排的店面以及零散点缀的电动三轮车,还有夹杂在陈旧气息中流动的方言粗语,这一切的默然凝滞与缓慢,让人一阵恍惚,仿佛这里是永恒静止的存在。然而你知道,这并不是你要到达的那一个遥城,这里的墙体与屋脊注定会坍塌,穿越这里,将抵达的城墙、碟楼、房屋推挤而成的狭窄街巷、门市牌楼以及它们幸免于腐蚀的雕刻纹样,才是在时光中隔绝开来的永不崩坏。还有短暂的路程,你要继续前行。

真正意义上的遥城于是又被包裹上一层,如同果核,它成为核心。站在城门外,望着绵长的灰旧城墙,你已感到来自内里的压迫:城内的,还有来自于自身的。你感到沉重满溢,你不知道这里是否还能承载得下,或者,是否还会有迹可循。

遥城环城共有多少扇城门无人知晓,在抵达之前也没有人知道自己应该进哪一个。这里只有一扇城门会为你打开,如果你先到达的是其他的城门,就会发现无法走过吊桥跨越护城河。我只能为你讲述我从徵羽门进入的遥城——我不知道是否同时存在着很多个遥城。

当我试图寻找一个着陆点开始为你描述遥城,我轻轻探出脚尖想要抵达那里,却又马上站回原地。反复多次,我发现这几乎是徒劳的。我可以告诉你它城区的划分,居民区以及商业街;可以告诉你街道的走向,乃至倾斜的角度;可以告诉你院落内房屋的排列方式,以及雕花的纹样……可是我要讲述的并不是这些,这等于什么都没有告诉你,即使是在遥城,这些也是会衰败的——虽然它并不介意这种形式上的衰败,并像每一座城市一样存活于自身的某种衰败之中——我想告诉你的是一些别的东西,一些与时间无关却又最密切相关的东西。

像每一座古城一样,遥城有一些"点"一样的值得世人铭记的历史事件,但它们不过像是在过去的绸布上打了一个节,只有在历史教科书里才具有某种意义,来到遥城有真正目的的人们通常对此表现得不屑一顾。但如果把时间与空间量度放在一起,放弃固定的砌入水泥中不可转身的"点"来俯瞰古城的全貌,它便显现得像是悬空浮起的岛屿,具有了某种格格不入的兀然和超乎的神秘,因而显现出一种独特的气质。

我也并不打算讲述它年代久远的历史,哪怕是一些细节的故事:被射死在城下的将领的名字,大家闺秀在市楼上抛下的绣球,押货的镖头曾使用的几支长枪,票号的伙计忙碌的工作……这些并不需要任何人来讲述。走在遥城内的人踏过那些凹凸不平的石块路,瞅过陈年老木搭建的楼台,便看到一个个古旧的故事。当然,他们看到的故事都不一样,因而遥城内并无导游。这个或者那个古迹代表什么呢?它只是依赖于你自己曾经的经历,与现在的探寻。

城市像一块巨大的海绵,吸收容纳着时光和记忆,它的过去就在飘扬的红灯笼上,在抽屉精细的雕花上,在廊柱脱落的彩漆上,在戏台曾经华丽的绸布上。它们就像是城市的指纹,而某些寻到这里的人最可悲之处正在于他们妄想改变这指纹的流向。

这是两种容易在遥城步入歧途的情况:妄想改变其指纹的流向和重复城市的话语。当你一遍遍游览遥城,你发现很难关注事物的本身,一切都另有所指。城内的一切事物在其历史的创造中都带有了一种符号式的人化的含义,它们成为相关联的另一事物,或相关联的另一符号。所以或许你走过的,不过是一些名称而已。

鉴于上述两种情况,人们无法真正了解到遥城的真实面目。

但人们有可能了解到未知的自己。

在一座陌生的城市,无限可能性的城市,格格不入的城市。

不同的生活轨迹。未曾经历的过去。生活中存在着许许多多的岔路口,提供出许许多多的选择,每个人的人生只是一条路。如果,你当初做出的是另外一个选择,或者在起先选择相同的干枝而后做出另外的选择,又或者是另外的选择上的另外的选择……各种各样的人带着不同的身份和不同的故事来到遥城,他们在每个日落时分来到广场上相互观望、交付、体会,他们是你曾经可能成为的自己,是你不复存在的过去,也是在另一个空间的未来。那些迫于各种压力而未曾得以实现的不甘,城市伴着它们一起膨胀。

在属于你本身的路上也不可避免会遭遇石块而磕绊踉跄,因而心有不甘。偶尔你会在遥城惊异地遇到你爱慕的人,或者你曾经非常渴求的事就那么从天而降,又或者过去的某一幕会在这里重演。虽然你曾咬牙踏上另外的路途,但现在你仍然牙齿战栗浑身发抖。于是你握紧拳头质问自己:“喂,为什么我现在在这里?”你一次次试图把它们打压下去,最后还是会因此而感到满足所以裹足不前,成为回忆的奴隶。这在遥城是要十分当心的,因为,我想你已经知道了,遥城是一座有关记忆的城市。

正因如此,遥城也成为一座漂浮在云雾上的城市,每时每分都会有雾霭轻轻抹去和改变城市的样貌,轻柔到城内的人毫不知情。今天当这个人交付着他记忆中的一节难堪的课堂、第一次的独自旅行、算计他人的伎俩、婚外情,也许明天就变成了另外的课堂、另外的旅行经历、另外的伎俩和另外的婚外情——记忆总是在发生着微小的变化,而它一旦在时光的洪流中伫立便往往以某种坚毅的形式被夸大,以此证明它的存在。又或者,哦,那真的全然变成另外的了。虚拟的过去也是未曾实现的过去,这种不需借助于别人的经历便可体验的方式,实际已经越来越被广泛地使用了。可麻烦在于,记忆是构成城市的砖瓦。因为这些被任意篡改的记忆,城市面临着崩坏的危险。

但在这座城市日渐趋于崩坏的同时，一座新城正在原来这座城市里默默长大。它将长成另一座古老的城市，与现在存在的、从前存在的，以及它之后还将会存在的那些遥城，有着迥异的面貌，却不为人察觉。它们拥有同一个地方和同一个名字。所谓永不崩坏，即是如此的存在。因为永不崩坏，依旧有着更多的人来到遥城，抱着各自的目的。最终有些人选择留下，有些人从引导他追寻至此的事物中解脱出来，有些人借此砍掉累赘旁逸的部分确立出直接的自我……不管怎样，每个夜晚，遥城内的人们在日落的交付后，都会在广场上摆出酒坛共饮玫瑰酒，每个现在的自己与过去的自己以及曾经是可能的未来的自己共饮。不管是心中向往很多种自我的途径，还是仅仅是向往另外一种自我的实现，也即不管是饮酒的许多个夜晚，还是仅仅醉上一夜，实际上都只是这一个人自己在与自己交流、确认。然后有一天，他动身离开，另外一个他又到达这里。所以，所谓永不崩坏，也是这样的存在。

作者简介：苏笑嫣，蒙古族名字慕玺雅，90后作家。作品散见于《人民文学》《诗刊》《星星》《诗选刊》《诗歌月刊》《诗林》《诗潮》《青年文学》《民族文学》等。作品入选《中国诗歌年选》《中国最佳诗歌》《中国诗歌精选》《中国年度优秀诗歌》《21世纪中国文学大系·诗歌》《中国青春文学精选》《中国校园文学精选》《中国少数民族文学年度选》《中国儿童文学年选》《中国最佳儿童散文和诗歌》等年选及《盛开·90后天才少年作家作品范本》《横空出世90后》《闪开，90后来了》等多种选本。出版长篇小说《外省娃娃》，文集《蓝色的，是海》。

红楼梦中人

■文/唐雪飞

开辟鸿蒙,谁为情种?都只为风月情浓。趁着这奈何天,伤怀日,寂寥时,试遣愚衷。因此上演出这怀金悼玉的《红楼梦》。

——引言

深坐镂花案台前,那册奇书《红楼梦》的绛红封面,在灯影和月华里浮动着幽幽暗香,沉迷在"燕市哭歌悲遇合,秦淮风月忆繁华",不知今夕是何年。流水淡烟红尘梦,灵山上一株绛珠草,三生石畔恩酬一世泪缘。雕梁画栋间的隐恨,湿润的是一个幽远的年代没穿嫁衣女子的哀怨。今夜，聆听着一段古老不变的故事，吟唱一曲百转千回的《镜花缘》，蹒跚的脚步惊扰了檐下的双栖燕。叩响历经百年沧桑的红漆重门，且容我做回清朝人，灯下疾笔，吟哦声声梦一场红楼。

烛影摇红，凝眉挥毫时，秋霜早已泼为浓墨。琉璃瓦翠阁楼，哪一座是木石前盟？看那琴声叠叠，洞箫悠悠，看那龙吟声声，凤尾细细。隔不断的红楼耳语，已成一夜的锦衣，红尘里寻寻觅觅，千金散尽究竟在打捞的是谁的心？远处，缥缈的红楼，深闺中的容颜忽隐忽现，罗裙在风中飞舞摇曳，斑驳的城墙醉望红楼，看的是梅庐姹嫣，苍雪没去人踪。再闻葬花悲吟，谢了笙歌梦断。弹指中，寂寞的案台写着一帘幽梦，敲碎荣国府的繁华一梦，谱改红楼里的春花秋月。

泪水里盈满三千情思，浓浓地湿了相思词里的红楼曲。枕上诗书闲处好，是谁轻轻挥舞着唐诗宋词里的飒飒声响，踏着诗路词径，踩着花语清音，赏秦风汉月，听晨钟暮鼓，即使有阵阵飞寒化为剪剪清风帘卷落幕，也会了却与怡红公子的木石前盟？看那沁芳桥畔，落红成阵；看那潇湘斑竹，栊翠雪梅。在重隔数百年的月色里，曾经的誓言也已成了奈何桥头话别的冷月如烟。这一世，且让我在这月下的临风处起一声短笛的浅唱。奈何那三生石上的旧约故盟怎堪寻访！

解不开纷乱的绳索，总在无数个无风脉脉、不雨潇潇的夜晚，“寻好梦，梦难成，有谁知我此时情？枕边泪共阶前雨，隔个窗儿滴到明”。总言道妹妹疑心重，然，有几人领略你刻薄中的坚强？有几人看懂你荷锄葬花魂，万分无奈泪洒花冢前？有几人望着你单薄柔弱身明白你如梅般傲骨的凌寒？有几人望着你浅笑花丛间而读懂了你诗情文采后的凄婉？路长梦短胭脂泪，相逢几何，用一世泪羽化成蒹葭苍苍的字眼，才下眉头，却上心头，莫须问缘由。

“飒飒东风细雨来，芙蓉堂外有轻雷。锦蟾啮锁烧香入，玉虎牵丝汲井回。贾氏窥枕韩掾少，宓妃留枕魏王才。春心莫共花争发，一寸相思一寸灰。”守一声叹息，捧一袖馨香，掬一滴红楼的闲泪，在惊回的梦里，潇湘馆的千竿竹影之下想起那个有关斑竹的古老传说，醉在这淡烟流水里，次第绽放，已是流转百年。

厚厚的一叠，如同秋天堆起的落叶。被伤感的你捧着，无意去敲开那芳草无情的庭院深深。却不知道何处是其归宿。诗帕题幽情，几多浓情终虚化，菱花镜里红颜憔悴，焚诗断情冷月葬花魂。独自深处品着《葬花吟》。孑然一身抛花红，抛一世的情，抛一世的梦，换得花魂夜夜归。本非葬花之人，却生得怜花之心，尽赏花开，细数残红，庭前落英已成冢，一任西风卷残容，不见绛株仙。“一朝春尽红颜老，花落人亡两不知……”一声杜宇春归尽，寂寞帘栊空月痕。金陵没落的余晖下，人去楼空，黄土堆草融。所有的爱恨嗔痴，皆不过是陌上青烟、垄上风而已。

清灯照壁，绣帘轻掩，掩不住无语黄昏，而百年前的女子，用一双冷月葬花魂的素手垂钓几千年来莹瘦的那缕感伤，空了寂寞，薄了单衣。谁家秋院无风入，何处秋窗不雨声？红楼一梦，梦尽，花落，曲终，人散。只留下这满庭繁花，一种相思，两处闲愁罢了。如今，粉泪胭脂的余烬已没有了灼热，如锦帛哗然断裂，如吹落的花一地哀艳无从盛挽。无人知晓潇湘妃子所驾驭的那片云飘往何处，关于你的佳话又成了谁家的仙流尘梦、桃叶无踪。只是遗落在青埂峰下的顽石，依旧孑然独立在这苍茫的人世间。

仙草染上秋霜，氤氲成幻梦一席。红楼依稀远，冷风吹帘，冷却几多红颜梦，唤回几多前世今生嗟叹。八百场加催的风花雪月，写一本残缺的心之孤木。千页红笺一个“怨”字，低眉细看《石头记》里的一滴水，经历几千年的轮回，打捞着一则永恒的传说，流转着一个隔世的佳话，演变成流不尽的金玉奇缘。挑起青灯，照亮了孑然的孤影，想捋开幽怨的诗词末句，却落下一地哀伤。缕尘世烟火，时移世异的台榭焦土，曾经雕栏玉砌的繁华，如是荒芜的墙角栩栩迩来的一缕埙声，惊动谁的心？凄然，惨然……

泪洗出一折折荡气回肠的故事，泗渡成一座繁华的金陵城。一直疑是，我的前生是曹公身旁的侍女丫鬟，受他之恩起蒙识字，夜时为他轻剪烛花，冷时为他熏炉添衣，倦时为他恭煮香茗，思时为他蘸水研墨……风起梦中，百年前的朝朝暮暮，如是遍布在红楼的锦蔟花影，飘进了一弯古旧的月色中。每每读到“侬今葬花人笑痴，他年葬侬知是谁”，心底便会生出隐隐幽幽的疼，已然沦陷。这些深深浅浅的未完墨迹便刻在了我来生的记忆中……

沉沉暮霭隔远古，能不忆潇湘？看今朝半掩书卷，拈来唐诗宋词，织文绣字梦红楼。欣然秉笔，烛光下摇落一地幽香，将一路拾花的美丽，题序等金陵十二钗归。洒下字里行间梦的花瓣。指尖敲打中，听到花落心碎的声音。如果能在字里行间的疼痛中，此夜的红楼，定会绽放一朵与今朝相聚的奇葩。在落红散尽时，望能留下唯一花开的画面。

又读红楼不觉沉，浓词艳笔无多深。忆昔沉浸此物中，恍惚人人怯命运。

好事来的好情绪，临到了时了也恨。虽然还未到穷处，其实春来春已深。

尽管红楼真红楼，大概是人还是人。花谢花飞飞满天，红消香断才是春。

作者简介：唐雪飞，原名陈园，“90后”文学新人，武汉市作家协会会员，现为香港《新文学》杂志签约作家。

印象故乡

■文/童言

故乡的面貌是苍茫的。

芒种季节，田里的小麦熟了，收割完毕，紧接着又种上了玉米。玉米很快地发芽、抽穗，不久也就熟了。这时候农村里家家户户的屋顶上，便堆满了金灿灿的玉米，秋风倾诉着关于这个季节的故事。当新一茬麦苗长到一寸来高时，冬天便来了。麦苗不再生长，或者说生长得很慢，熬过整个严寒的冬天，它们又会蓬勃起来。

这华北平原的大地上，星罗棋布地葳蕤着各样的树木。高大的白杨、魁岸的梧桐、婆娑的榆槐,在每一个村庄里、每一条土路旁随处可见。

我老家的院子里也有许多树。虽然我们已经很久不在那里住了,但那里的树和花,每年依然是该长的长,该开的开,像是喜欢热闹,却又耐得住寂寞。

我们家的北屋是正房,共有四大间,还有一个南屋和东屋。院子里有三棵枣树,一棵靠近北屋,一棵靠近南屋,一棵则位于院子中央,它们构成了一个直角三角形。院中还有一棵年轻的香椿树,则是单单地紧靠着西墙,它在枝叶繁茂的时候,总会伸到隔壁奶奶家的屋顶上去。奶奶曾经在我家院中栽了一棵小柿树,但没长几年就死掉了。还有一棵石榴树,曾热烈地开了几年花,殷红殷红,后来不知是死了还是被人砍了,也不在了。

北屋的窗前有一个花池,约两米来长,半米宽。早些年的时候这里种过两大株针菇,又相继种上了草莓、月季、夜来香、药草,以及不少无名的花草。那两株针菇每年都会开花并留下几根针菇。草莓是种了,但每年顶多会结一两个果子。药草的地下能刨出一些白色的根块,但因为太少,不能用来做什么。

在院子的西墙下,曾有一个小土堆,里面住着青蛙,两只三只,还是一只,我不知道。每到夏天的晚上,我和家人在院中乘凉时,就会听到土堆中传出呱呱的叫声。爸爸偶尔用手电筒一照,发现一只小青蛙正蹲坐在土堆旁呢,它两腿倚地,前身抬起,警觉地注视着前方。我有心去捉它,但总没有下手。深秋,青蛙躲进土堆准备冬眠,整个冬天,就既看不到它们的影子,也听不见叫声了。

初春,各种树木都发出了嫩嫩的芽,小院呈现一片温暖的新绿。有小麻雀在枝头欢快地叫着、跳着,天空显得分外幽静。我们住在家里时,或者临时回来,妈妈会采些香椿叶,嫩嫩的,还飘着香,用它们做菜、做"炸鱼"。那些枣树呢,长叶后不久,就开了淡淡的极小极小的花儿,浅黄色,一树一树的都是花,要不怎么结那么多枣子呢。

记得我小时候,妈妈在院子里打枣,用一根竹竿,啪啪地敲打枣树的树冠,枣子便哗哗然落下来了。整个院子里树叶飞扬,喧嚣一片。千颗万颗的枣子,红溜溜、圆滚滚,铺满了院子,我几乎找不到落脚的地方。这场景像是一个喧嚷而重大的仪式,我很少见,便觉得又兴奋又害怕。

枣子收起来,会有好几筐,妈妈会拿一筐给奶奶,一筐腌制醉枣,剩下的晒干了留着慢慢吃。我现在还记得妈妈腌制醉枣的那种瓶子,大大的肚子、小小的颈,盖子用塑料袋包紧了盖好,又抹上厚厚的泥,不透一点气。那些枣子就那么腌着,腌着,不晓得什么时候才可取出来吃。

很快,我离开了我家的小院,随父母去了县城,从此,乡村的一切就渐渐遥远了。

当树木落光了叶子,满村子便刮着寒风。灰沉沉的天空下,几只小雀飞着,叫声仿佛被寒冷阻滞了。满街的玉米秸秆的叶子,枯黄枯黄的,随着风哗啦哗啦乱跑,尘土到处飞扬。这时候,便要过年了。

在刚搬到县城后的几年,每逢过年我们全家回老家的日子,是我关于这个乡村的最后一点记忆。

过年啦!过年啦!我和小伙伴们像小老鼠一样,欢快地叫着。

天空飘起了雪花,很小很小的雪花,如同米粒一般,纷纷扬扬地洒落在小院里。这世界就像是一个童话。

我和姐姐妹妹,不怕冰寒,跑向院中的秋千,在雪中叽叽喳喳地荡起秋千来。这根秋千,不知是什么时候挂上的,也就是用一块木板穿上麻绳,绑在那两棵枣树上做成的。荡的时候,两棵枣树便咿咿呀呀剧烈地摇晃。雪稍稍大了一些,它们变成一只只白色的蝴蝶,漫天飞舞着。

记得我离开乡村后,我家的小院就开始荒凉了。爷爷曾在我家院子里搭了一个羊圈,养了几只羊;又养过几只兔子,关在笼子里。小院里还算是有人来往。但我们家的几间屋子,始终是没人住了,变得越来越潮,越来越阴森,蜘蛛喜欢在里面到处结网。

后来,院子再没人去了,就完全荒芜了。到处长满了草,蓬蓬茸茸,不见落脚的地方。花池里的花萎谢、死去,都被野生植物替代了。树叶落得到处都是,也没有人清理。

故乡的一切,转瞬就逝去了,那么多那么多故事,转瞬就逝去了。寒风吹过大地,整个世界一片萧然。天常是灰蒙蒙的,有太阳的日子偶尔透出一点蓝。田里的麦苗被严寒冻得似乎奄奄一息。远方,天和地连在一起,都是苍茫的了。故乡的一切,在年复一年的日子里,在我的记忆里,都变得遥远而苍茫。

作者简介：童言，原名张宇飞，乡土文学作家、儿童文学作家，1989 年生于石家庄，自 10 岁时在《燕赵晚报》发表第一篇文章起，至今发表文章不断，相继在《少年时代》《北京文学》《广西文学》《儿童文学》《金色少年》《当代小说》《江南》《少年文艺》《岁月》《青春》《童话世界》《南方周末》等一系列权威刊物上发表童话、寓言、小说、散文等作品，总计百余万字。出版有小说《飘在日月潭上空的云朵》、童话《琴鸟》等。曾获《人民文学》第一、二届“包商银行杯”全国高校文学征文散文奖。2009 年考入中国计量大学。

尔若安在 便是晴天

■文/王树

故事的结局从哪开始，亦将会从哪结束。这是一段往事最终的宿命，并不是你我能够去左右的，总是在重复地写着自己心里的情愫，感觉那些东西并不是心中所闻所想，就如同柴火相加不是我最简单的归宿。

那年的《广陵散》，嵇康慨然如神，提琴风雷动，垂衣日月明，琴声孳花而落，终究是美的最后一次绽放，那份小心，不是文人们如履薄冰的提醒，而是烂醉如泥轰倒之时当于荆棘满身的清醒，我用什么样的词都不能去概括最美好的结局，只是用不一样的寄托来解决现在最好的夙愿。

那年的阳光已化作次年的谷雨，向大地献上最温顺的贡品，祈求一个五谷丰登的偏仓。青山不减，白发无端，月缺花残，可人梦寐相关，忆交欢会合何难。我很喜欢李叔同，不只是因为他能斩断凡尘一切，还因为他能在半部佛经中看出半世的人生风景。

学习的生涯是很短暂的寄托，不是你我共有的那份简介，但在奋斗的纠结中总是那么的熟悉。

静静地听，那景，如同在《阅微草堂笔记》里见到的一首鬼诗："耿耿疏星几点明，银河时有片云行，凭栏坐听谯楼鼓，数到连敲第五声。"写诗的是寂寞的鬼，看天的是那不快的书生，不能与人窗前细雨，只能一个人细细品味，或许我们不是志同道合，但是我们殊途同归。

我喜欢苏轼豪放里带一点婉约，"十年生死两茫茫，不思量，自难忘"，也许是你在琴声中忘掉了世间，柔情似水、放荡无常的人生真的值得去寄托吗？故事的那些结局真是你我所希望的吗？满眼不见天地，只见自己。不知道现在的自己属于哪一种分类？弹弦写恨意不尽，瞑目归黄泥。

林徽因曾经说过："这一定又是你的手指，轻弹着，在这寂寞的深夜，稠密的悲思，但我不知如何应和，除非在梦中，你我同攀动那根希望的弦。"但是此时的过程缺乏意义守护，西出阳关是什么样的场景？悲？喜？酸？痛？我也不知为哪般。

今朝不一样的话题，但是又要错过今朝；离亭薄酒潸然泪，但是，仍要重复那相同的离别，一去千里。过去的种种，总是植根在无声的心中。

仰望苍穹，明月千里，彩云相随。

最近重复研究纳兰性德的《木兰花令》，令中写道"人生若只如初见，何事秋风悲画扇？等闲变却故人心，却道故人心易变"，很难去理解这几句话，不知道纳兰先生当初写这几句诗的感情是什么样的？当清瘦的淡月苦吻浮动的云方时，一片片千年的忧思，几乎打开了始久未变的季节，或许无法凌驾时间的神轮，但是许多能打碎成一缕缕来年的云烟。

玫瑰花瓣似雨滑落,不曾体会星星的落寞,却是你我的过错。过后的结局,没有更好的奢求。尔若安好,便是晴天。荒芜的三生石,是那无解的方程式;繁华的五色玉,却是深情物。吾心甚哉 。

秋的N种思绪

■文/王月婷

关于孤独

一如既往地凝视着隐约可以看见一点光亮的远方,夜已经很深了。宿舍楼下那只不知名的狗狗又开始狂吠了,一连几天,每到凌晨它都会叫,不知道原因。萧瑟的风顺着落地窗的缝隙吹进屋子,带着点点隐晦的霓虹灯光,与孤独的夜色融汇,化开……

夜,是一首旋律,而我在倾听它背后的故事。最近总是忙到很晚,却还是无法入睡,或许是即将毕业的压力,或许是源于季节性的忧伤。秋,总是弥漫着淡淡的愁绪，再加上夜幕的相衬，总能让人走进内心的孤独深处；与其说我喜欢秋、喜欢夜，不如说我喜欢在清郁的时光里解剖自己。

现在的人越来越不了解自己了，在偌大的世界里无法确定自己的位置，在凌乱的生活里无法理顺自己的思绪，在错乱的感情里找不到自己的寄托，或许我也是其中的一员，所以我总是习惯性地去窥探自己，去窥探心底那隐匿的自己。有人把这样的过程定义为孤独的蜕变。

享受这样的过程，没有人阻隔的岑寂，没有事打扰的松弛，沉长的浮世洪流里，我与孤独共渡而行。人生是一种过程，在沉静中自省，在自省中沉默，在沉默中寻求自我，在自我释放中走过这一程摇曳的旅途。

关于生活

惺忪中醒来，新的一天闪耀着灿烂的阳光，这是怎样的一种温暖，在陌生的城市里体味着遗忘自己的自由和快感。

对于生活，我不懂得如何去描绘它的美好，也不知道什么才是它真正的味道，终究还是年轻，总是安然到没有忧虑地接受着它赋予自己的一切，总是贪婪地想把它永远地留住。

捧着久违的课本坐在银杏树下晨读，如果不是这明媚的日光，或许我已经不记得自己还曾有如此认真的一面，或许也不知道寒冷的秋日里还有这般倾城的美。人都有慵懒的时候，不想去改变自己的习惯，哪怕是坏的习惯。

操场上有人在晨跑，那青涩的模样，那充满活力的步伐，那莞尔的笑容，像极了两年前的自己。总有人在重复我们的曾经，而我们又将重复谁的青春？

在秋天，午后的阳光是如此的奢侈，本着不浪费的原则，各个楼层的同学都晒起了被子，顿时宿舍楼的阳台都铺满了各种颜色的被褥，那场景真叫一个壮观。听着班得瑞的轻音乐，神游于缓缓溢开的梦境里，我嗅到了阳光的味道，那些斑斓的过往，交织成眼眶中的一道七色彩虹，折射出真实的目光。

没有课的黄昏是悠闲的，捧着一杯柠檬汁在六楼等夕阳，生怕错过它的余晕，就像生怕错过午夜的最后一班地铁，呷了一口柠檬汁，虽然更多的是酸味，但还是无法遮盖住那一丝清甜，是蜂蜜的味道，对于一个喝惯它的人，它的每一种成分都不会被遗忘，也显得如此不可或缺，亦如残阳对于黄昏，亦如秋天对于四季，亦如阴霾对于生活……

关于行走

我喜欢回忆，喜欢思索，喜欢行走，喜欢抓住生活中每一个惊鸿的刹那……

年少的时候总是很羡慕那些想出发就出发的人，总想去远方看看，至于远方有多远，都无关紧要，只要出发就好。

关于旅途我们总是有着无尽的期待，总感觉会发生些什么故事，直到后来才发觉故事看多了便也不那么有吸引力了，直到后来我们失去了最初的想象，忘了该怎么去写故事，才明白从前觉得平淡如水的日子反而更值得珍藏，因为那里面有无尽的想象，也可以有许多供自己掌控的故事。

走，是一个终结，也是一个开端，途中我们会经历很多，也会懂得很多。

关于自我

很多时候大家说羡慕我，羡慕我可以那么淡定地面对离别，可以那么淡定地看待得失，而很多时候我是这么回答的，其实我并不比你们优秀，如果说羡慕，可能是因为我活得比较自我吧，在重大的压力下我仍然可以奢华地享受着既有的一切，在明确的目标下我可以活得优哉游哉，而又不忘乎自己所处的环境，我懂得如何不让自己活得那么累。

我不是个非常有个性的人，但也绝非是缺乏个性的人，在师长的眼里我永远是个三好学生，在父母的眼里我自小就是个乖乖女，在朋友和同学眼中我总是有着多样的身份和面容。我无法理解所谓的个性，我只是按照自己的想法在生活着,并且我相信我活得很好。

我思故我在。在理性的思想里写着感性的文字,在感性的思想里孕育着理性的目标,把自己放低到尘埃里,去哼唱蓝天上飘摇的歌。我就是我,来自人群,也会走失在人海,无需解释。

关于未来

毕业的钟声即将响起,对于未来,又到了转弯的路口,有人说:"我的梦啊,到底要转几个弯,才能看见你的身影。"可是看见了真的就好了吗?有人说幸福等于期待,等于渴望,因为有了期待所以你才会有前进的动力,如果对于前路一目了然你也不一定有走下去的冲动了。看得见的未来还叫未来吗?

当然,看不见的远方会有艰难和陷阱,我也会怕,但是我还是敢于去面对它,因为我知道每一条路都有荆棘,一路走来,或多或少都遇到过这样或那样的困难,虽然现在看来有些困难是那么的不值一提,但是对于当初年幼的我们而言也许算是巨大到超过了可承受的范围。

没有一种成长是可以避免疼痛的。如果因为害怕而去逃避,那么不如选择都可以看到的最远的未来,躲进可以遮风避雨的坟墓,或许这样就不必经历世间的种种了。

有时候固执也是一种勇气,对于未来,我选择相信。

作者简介:王月婷,安徽合肥人,诗语轩文学社社长,中国青少年作家记者协会陕西分会副秘书长,《诗人与诗》编辑。作品散见于《巢湖晨报》《经贸人生》《作文升级》《做人与处世》等。获得"奥运杯"征文比赛二等奖,廉洁文化艺术节书法组一等奖,第四届中国青少年作家记者杯征文比赛二等奖,纪念建党90周年征文比赛诗歌组一等奖,《散文选刊》首届情感散文大赛友情组三等奖。

行走

■文/吴苗苗

我们总在行走，不管是动态的，还是静态的。

曾想过辞掉现在的工作，在家专职写作，可是后来仔细想想，还是没有那样做。也许这种冗繁密集的时光缝隙里挤出来的点滴感受，才是最真实的，也是自己最想要的。一直在找一个理想和现实的平衡点，不甘心精神世界日益被现实拖垮，可是又怕理想太过浮夸。所以只好去寻找一个平衡点。

现在这样的年纪，正在经历那些年轻人该有的责任与负担。痛苦的脉络如血管般可触可感,这种痛苦来源于生活和工作的压力以及自我价值难以实现的苦恼,但还是需要去经历一番,正如凤凰涅槃。让人困惑的是,涅槃后的重生是否就意味着从此走上世故的道路,例如讥笑年轻时的荒诞与无知?周国平在《灵魂只能独行》里说:“许多人的所谓成熟,不过是被习俗磨去了棱角,变得世故而实际了。那不是成熟,而是精神的早衰和个性的夭亡。真正的成熟,应当是独特个性的形成,真实自我的发现,精神上的结果和丰收。”他大概是想告诉我们,我们苦苦追寻的成熟,并不是世故的代名词。

行走在人生路上,一定要被现实“痛苦”打击一番才更明白和谐感和幸福指数的重要性。我们往往喜欢片面地解读“痛苦”,“痛苦”是什么?没有经历过饥荒与战争,并不能真正领会到马斯诺所谓需要层次理论中的最低一级,也就是生理需要以及安全需要的重要性。这些都是我们无需考虑的,可是我们的“痛苦”究竟来自于哪?总的来说大概和物质与精神上的偏颇度有关。

一个傻子,对于他自己来说,没有痛苦,但是作为人,不能自我认知其实是很大的痛苦。所以对于一般人来说,我们都背负着“痛苦”这样一个包袱在行走,或重或轻,都存在着。年轻的时候,总会有某种偏激,把握不了“中庸”的度,无限夸大某一方面的感受,把鸡毛蒜皮的小事也算作“痛苦”,实际上痛苦是一个太重的词,不是我们随便就可以承受得住的。所以行走的路上,我们越发被和谐感和幸福指数指引,学着去把握和拿捏生活的度。

我所知道的一件把“痛苦”放大的例子,说起来挺让人心痛。我曾实习过的一个学校,听说最近发生了一件事,一个18岁的高二学生,为了一个女孩自杀了,在那样一个年纪,在没有完全见识到这个社会,也没深入挖掘自己人生价值的时候,也许是承受不住父母长辈和学校的压力,就这样轻易地选择与这个世界道别。责备已毫无意义,留给我们的是痛心的惋惜。那样的年纪总是那么爱憎分明,误以为自己已经领悟到“爱”和“痛”的深度。张狂和忤逆是潜藏在骨子里的偏执。他们哪里知道,这个世界丰富多彩的一面还没真正见识到呢。来世上行走一番,却忘记了来路与归途所存在的意义,只能说是遗憾。

我们总在行走,有时是动态的,有时是静态的,有时是横向的,有时是纵向的。走得太急或太慢都不见得很好,不紧不慢的是最好,偶尔停下看看周边的风景,看风景的时候,我们需要不断地去筛选一些切合我们审美观、价值观的事物来丰富自己。然而,无论我们对生命有着怎样的认知度,我们需要做的并非停下脚步来自怨自艾、自暴自弃,而是应该感恩生命,敬仰生命,怀有一颗宽厚、包容的心,在不长不短的生命轨道上,找准一个属于自己的位置,尔后,不紧不慢地行走。

兵荒马乱毕业季

■文/吴群冠

上完了大学里的最后一堂课，考完了大学里最后一门科目，然后在最后一个寒假来临前逃离学校。

一月十五号，火车从贵阳开往金华。对于车，最多的印象就是移动，车轮移动，车上的人也不停地移动，从这个地方到那个地方，然后又从那个地方回到这个地方，周而复始。这是大学的四年里，对于车最多的感受，路过不少的地方，旅途中有美景也有艳遇，可最终还是只能抵达属于自己的目的地。在很多个不同的城市乡村，体味着不同的人世风情，甚至有时候会突然忘记最初的那一种属于自己的生活方式,而渐渐融入到各式群体中去。

路过的地名和抵达的目的地早已被旅途固定成一种默认的格式,不会有些许变化,以至于我在任何一个地段醒来只要拿起手机看一下时间就能知道自己身在何处,距离目的地还有多少个小时。目的地金华火车西站,总是会在我疲惫不堪之前抵达,我想这就是家的作用,不论多累多苦,只要回去了就能感觉到无比轻松。

辗转于火车和客车之间,颠簸二十五六个小时后,终究还是回到了何宅,生活了二十多年的何宅还是和四年前离开的时候差不了多少,虽然有一些变化,可是我已经记不清楚它最初的模样,只能一遍遍地对比着上一次回来的时候和这一次有什么不同,感觉有些人和事变了,却又说不清楚到底是哪里变了,也许只是自己的心变了。对于很多事情开始没有以前那么关心了,这个村庄,有些人离开了,有些人新生了,就像每年的除夕,周而复始。

二月，金华

确切地说,年应该是属于二月,很多被遗忘的亲朋好友都会在这一时间段内被突然想起。除夕的来临让手机一下子繁忙起来了,很多自己编写的或者别人转发的短信从一个个熟悉抑或陌生的号码中传来。我没有像以前那样去追究这些陌生的数字后面那张脸到底长什么样子,只是从众多的短信中挑选出几条回复过去,作为一个来信已收的提示,同时附带上自己的名字,多少还是希望别人看见那几个字的时候能够忆起他认识我那会的那张脸。虽然这些,对于我或者他而言,并没有多少实际的意义。

拜年,是一件比较无聊的事,总是伴随着其他各种无聊纠结的事情而存在,每次都想逃离而最终却又不得不选择顺从。这和我们的生活应该是差不多的,总是想方设法逃离,最终却发现,原来自己始终无法逃脱这个原本就已经设置好的陷阱,与其苦苦挣扎还不如选择顺从,至少那样,可以减少很多的痛苦。可是我们总是在撞上南墙的时候才发现自己早已头破血流。

原本打算去外婆家的日子被一次同学会给冲散了,错过了拜年也错过了和很多老人见面的机会,虽然说彼此间可能也没有多少的想念,可年纪大的人终究是说不准会在哪一天就离去。同学会上,有不少多年未见的好友,虽说是好友,但很多时候连我自己也不知道到底好在哪里,甚至很多已记不起名字了,而当年的那张脸也被无情的岁月刻画成不同的模样。当然见面的时候还是兄弟情深,情如初时,或许这就是人所谓的虚伪吧,我也开始渐渐学会。时间是个好东西,在错误的时间遇上的人终究会归还错误本身,很多事情无法强求亦无法强留。就像米酒同样也是一个好东西,但是需要找到对的人。一碗米酒究竟掺了多少水我不知道,但很多的友情我倒是希望能够多掺一些水。

立春,是一年之中最好的开始。我选择在它之前一天出发,去杭州开始我那漫长而又渺茫的求职之旅。也许算成功也许不算,至少失败还是离得比较远。在立春的傍晚收到了一家公司的录取通知,然后是周末,再接着我选择了去上班。精神饱满、斗志昂扬地去了,可惜没坚持三天,我选择了离开,也许不甘,也许连我自己也不知道原因。

就这样,等待。情人节到来的时候,我还是奔波在这个城市的各个角落,赶着一趟趟的班车,从和平广场跑到金茂大厦,卑微地投递着一份又一份精心制作的简历,只为谋求一份可以养活自己,让自己在这座城市生根发芽的工作,却连一句"亲爱的,情人节快乐"都没有及时送出,也许无心 ,也许有意,我也不知道忙碌的自己到底记起了什么,抑或是忘记。

原计划回校的时间总是被各种临时安排的琐事插队,回校的时间不得不一而再、再而三地延长。二月就在等待中度过,天气和心情一样,一直细雨缠绵,烦躁不知道从何而来。

三月,杭州

烟花三月,本该是下扬州的好时节,但工作的事情一直困扰着我前行,在一个多月的寻觅中仍没有着落。远行的心情不得不被近处的安身困扰,一次又一次地自我安慰那躁动的心。

三月伊始,等待中的结果并没有如期而至,我知道上海之行和扬州之行一样终将成为幻梦,同济的樱花也只能如水中花一般盛开在睡梦中,而我也开始从等待中清醒。而后,三月中旬,我想樱花应该开了,错过了同济的樱花就不要再错过贵大的樱花了,记忆中学校图书馆前面的那几棵樱花总是在这个时候盛开的。

结束了最后一轮的面试,然后打点好自己的行李,准备上班抑或回校,我想为期一个半月的求职之旅也该有一个结束的时候了,不论结局会如何。

最后,姗姗而来的录用通知还是在我离开杭州之前来了。结局并没有多少期待,不是因为对这份工作的不用心,而是因为心早已厌倦了这样的求职之旅,厌烦了来回奔波。

四月,何宅

四月,愚人节和清明节相继来临。想起了张国荣唱过的很多歌,不厌其烦地在回家的路上一遍又一遍地循环播放。公司放的三天假其实很短,一天回家一天回来,真正留在家中的时间其实还是很少的。祭祖,虽然更多的是一种形式,缅怀很多时候我还是习惯放在心里,但也得陪着年迈的父亲走完这一段山路,至少这也算是孝顺的一种。人活着,不能忘本。

然后实习,日复一日地重复着每天的生活,孤单而不寂寞。其实有时候我也不知道孤单和寂寞到底有什么区别,也许只是表达方式的不同,也许孤单是数量上的寂寞,而寂寞却是心理上的孤单。

离回校的日子越来越近了,各种纠结的事情开始不断聚集在一起。有时候我真希望自己有一把狙击枪,在聚焦的地方射上一颗子弹,击碎所有繁琐的事情。可希望终究只是希望,还是不得不放慢原计划的脚步,停下来处理身边各种烦心事。

距离回校的日子越来越近,总是感觉在数着手指头过日子,盼啊盼,回校的日子就像春天的脚步,明明听见了声音,却总是见不到它的到来。

然后,等待,周而复始。

五月,贵阳

我想,这也许是我最后一次去贵阳了,再次踏上归途时,我还是乘坐K539这趟列车。

原打算在毕业前写的很多文字被各种有计划或无计划的聚餐挤在了一个不知道什么时候才能忆起的角落,至少在月底的时候我还是没能抽出一点时间来写下有关大学四年的只言片语。也许无言的离别本身就是最美好的告别方式,过于煽情的话语可能并不适合这个季节。就这样,我用这样一个烂借口把之前定下的计划全盘打乱了。

论文的书写本应该是四年学生生涯的一个总结,可不知道为何我在两周不到的时间就已经将它书写完毕。或许这就是最真实的大学生涯,再漫长的时间,归根结底总结起来也不过是三言两语,况且废话连篇的我已经将三言两语写成了一份几十页的报告,这也算是对过去四年的一个交代,尽管这个结局并不是我所期待的,但终究这也算是一个结局,在一个未完待续的故事中强行地画上了一个句点。

有时候就是这样,故事总在高潮时结束,不管你愿不愿意,留下一大段任何人捉摸不透的旁白,然后曲终人散。至于散场之后是否还有人会去在意那不甚完美的结局则不得而知,毕竟那将会在另外的一个故事中被叙述,而这些与之前的结局已然没有任何关系。

六月,兵荒马乱

我在这座城市坚守了四年,四面围城,占山为王,当了四年的夜郎王,终究还是等来了这一天,你的兵临我城下,江山如画,可我却不知这最后一笔该如何去画。

兵荒马乱的季节终究还是来临了,很多人在城门被攻破之前就临阵脱逃,就这样,一个接着一个,离别的气息像瘟疫一般传播着。我在这一刻不知道下一刻走的那个人会是谁,亦或者说下一个是谁对于这个结果已经没有任何的影响，就好比，生旦净丑到底是谁先下场对于一幕已然接近尾声的戏而言并没有太大的意义，结局终究是那个结局，能改变的也就是顺序。

终于，我从校长手里接过投降书和所谓的通关文牒，带着四年的感情离开了，满怀着对未来的期待和对过往的不舍。我终究是要离开这座城市的，起风的时候，我对自己说下这句话，然后登上了离别的车站，义无反顾。我已经没有留下来的理由了，对于无意义的挣扎，我向来是选择顺从的。

兵荒马乱，也许才是最好的离别！

作者简介：吴群冠，男，1990年6月出生于浙江兰溪，现居杭州，作品百余篇，散见于《诗选刊》《中国诗歌》《散文诗》《散文诗世界》《贵州大学学报》等，有作品入选《2011年度诗歌选本》《青少年文学殿堂》等。

到祖国不需要的地方去，那里有爱情

■文/吴晓星

印象中最后一次坐火车离开北京，是九月一个夏天的凌晨。匆忙的行程让我不得不拖着行李在这个城市都在熟睡的时候赶往北京西站。在车站的地下广场，那天我看到的一切就像慌乱的思绪一样不时撩拨着我的神经。

宽敞明亮的大厅，密密麻麻地躺满了同样在等车的农民工。他们就着随身携带的凉席一躺，或者只是铺几张报纸。夫妻并排睡着，孩子在他们中间。没有睡的妻子在用扇子给熟睡的丈夫和儿子驱赶燥热的空气，偶尔有孩子睡不着,妈妈旁若无人地给孩子喂奶。明亮的大厅和光洁的地板上,一切都是那么的安详。我走过这群人,或许我一直站着没有动,任由他们走过我的身旁。他们怀着各自的梦想,在自己选定的轨迹上奔忙。

我回想起初到这个城市时,看着夜晚亮起的华灯和车水马龙,我的心中似乎也有某些笃定的怀想。那时北京下了很大的雪,路边的外国孩子举着揉成团的雪球,清脆的笑声惊得树上的积雪都窸窸窣窣地落下。我目睹着他们的快乐,仿佛他们的快乐也是我的。一切都是那么梦幻,就在身后的这个城市。不知道从什么时候开始我忘记了这些,回忆渐渐开始出现光晕,它们依然存在,多了的,只是一层不真实的弧光。

列车开动了,火车碾过铁轨的声音让我感伤,就像岁月碾过我的身体或者冰面的裂痕飞快地远去。年少的我曾经相信梦想,相信梦想存在于远方。而当远方变成自己脚下的土地时,心中开始怀疑,世界上是否真的还有比远方更远的远方。

我天真地拿着一张从青春始发的车票登上火车,不知道将要到达的站台究竟是死亡还是梦想。去不同的城市,遇见不同的朋友,发生不同的故事,就像一部电影,上一镜是人流来往的北京,下一镜就切到了霓虹闪亮的上海。我开始怀疑这种奔波,这种介于漂泊和到达之间的出发和到达。我拼命在混乱而无序地变化着的世界中找到一种不变的东西。

第一次到上海的时候,我曾对着巨鹿路作协附近的一棵树说话。之后几次到上海,我都会去看望那棵树,相视一笑,树叶轻轻地晃动,仿佛它还记得我,在向我致意。这么多年了,它一直在。

罗素曾在《我为什么活着》中说道:对爱情的渴望,对真理的追求,对人类苦难不可遏制的同情心,这三种纯洁而无比强烈的激情将支配我的一生。我想从读到这句话,甚至更早,我就下定决心要不可救药地爱上一个人。每个人在爱情面前都是完美主义者,如果有谁不是,那就是妥协了的完美主义者。和别人一样,我渴望遇到一个百分之百的女孩,然后托付给她百分之百的爱情。但是现实再度证实了,我们在这个泥石俱下的时代里坚守底线是有多么困难。当我们谈梦想时,我们周围的人都在谈成绩、谈工作,当我们谈真理时,他们则拿出实用主义来对抗,长此以往,当我们再谈论爱情时,我们甚至迈不过自己的坎。房子、车子、票子、相貌、学历、性格,这些没有统一标准的标准让我们这个时代的纯洁的爱情变得格外奢侈。于是我们开始妥协,想自己的无力妥协,最后结婚生子,排着队走向最后一个检票口。

村上春树曾在《遇见百分之百的女孩》中说,很久以前,我遇见一个百分之百的女孩,并且我确定她也认为我是一个百分之百的男孩,但是我们擦肩而过。许多年后,他们各自体验了百分之七十五和百分之八十五的恋爱,再次遇见,结果连句话也没说便擦身而过,径直消失在人群中,永远永远。

岁月在变,我们都不再是曾经的那个我们,或许如果我们从一开始就下定决心,不管这个世界是怎样的,我们都要跳下这个泥潭跳舞,那又会是怎样的我们。当然,如同爱因斯坦所言,假如第一个假如不成立,那么接下来的都是废话——我们拿的是单程票,我说过的。

在这种不可磨灭的怀疑中,我试图找一个解答,在长沙阴雨连绵的屋子里,在南京空旷的广场上,在武汉美丽的大学校园里,在秦皇岛海浪翻上的沙滩上,我始终在思索这个问题的答案。可惜的是,我没有像想象的那样走过不同种人的生活,只是在这种无边际的怀疑和幻想中,慢慢用光自己怀疑的权利。

但是我还是忍不住去想,如果我继续这所谓的梦想,未来会是怎样。与此同时我决定去到更加偏远的地方,去记住那里的人们的苦难和乐观,如同他们记住我的,去了解他们的内心连同我的。我期待某一天,或者是在一个遥远山区的溪边,或者是在崎岖的山路拐角处,或者是在广阔无垠的草原上,遇到一个少数民族姑娘,我觉得她好美,然后告诉她我从很远的地方赶来,那里曾经发生的故事厚重如这个国家的历史一样。讲完,我们各自上路。

总有一天我会有足够的资格告诉后来的人们,在你年轻的时候,不要被工作、学业框住，更不要让自己的脸被昂贵的手机相框、不错的车子或者精装修的一百几十平方米框住，你只需要像瓦尔登湖畔的梭罗一样，让生活简单再简单，然后背上包，去远方。到祖国不需要的地方，那里或许有爱情。或者你足够勇敢，就去祖国最需要的地方，那里有灼热的理想。无论你去哪，都会见到一个真实的中国。

作者简介：吴晓星，1990年生，狮子座男，河北保定人。曾在第十二、十三届新概念作文大赛获奖，作品见于《萌芽》等杂志，目前从事电影剧本写作。

雨天

■文/吴子燕

又是下雨天，深蓝的天气。

《kiss the rain》在我的耳朵里不动声色地循环，却像淙淙的流水一般，轻而易举地渗进了那些冗杂还未入侵的空处，神经便就此清凉了，回忆便瞬间苏醒。

触景生情很少是件愉快的事，要么景是人非，虚枉了好辰光，要么人是景非，错失良辰。

好在那些美好的情愫，不让心消极至干涸。久远些的日子，时光在路上还未被察觉。那个喜欢赤脚在雨天踩泥巴的小女孩的面容早已模糊，我只记得她喜欢捧着小手去接瓦檐下的雨滴，她仰着头望向天空的眼神那样神往，透明的璀璨是雨水浇不息的光。她那似乎可以召唤出彩虹的笑声经久不息，在每个寂静的夜里像精灵一样浮游，让我总是梦见纯真。

她那时候的雨天是金黄色的，熠然温暖。

后来，时光伸了个懒腰、抬了抬腿，女孩的小辫子长成了长长的马尾。她偶尔疯狂，拉着另外一个同样有着长长马尾的女孩子一起在雨里奔跑，头发飞扬，像拂尘一般掸去了雨天的黯然。她有一次对她说“眼睛都飞到雨里去了”，然后两个人在空旷的操场上笑得前仰后合。女孩看见她素面朝天，笑得肆无忌惮，真的觉得天都放晴了。

那时候的雨天是浅蓝色的，明朗清新。

再后来，时光不小心一个趔趄，女孩儿的心事也被惊落了。我看到她一脸幸福的模样和一个少年肩并肩走在伞下。伞外是淅沥的雨，可是伞里明媚的笑驱散了乌云。她发觉悄悄向她倾斜的伞把，便认定了那是全世界最温暖的弧度，可以抹去她所有的棱角。少年微笑的侧脸在氤氲的雨雾里愈发清晰，她在心里轻轻地说：“所有的风景都不过是他的陪衬。”

那时的雨天是白色的，纯洁干净。

当时光开始不理不睬地向前走，她、他也在不同的路上，女孩儿也沉默地试着一个人走。给自己明确一个目的地，才可以心无旁骛地启程。她朝着那个方向努力进发，不去想他或者她的笑，只低着头，数着脚印确保每一步准确无误。我看见她一个人在雨里疾走——她不想跑，他不在会有多孤单；她也和别人共伞，他不在会有多空落。我会心疼，如果经年之后，我想告诉她，记得自己带伞，别让自己受伤。

那时的雨天是灰色的，那一段风风火火的冷冷清清。

再苦厄的昨天或再美好的未来，都抵不过一个安然的如今。如今，女孩便是我现在的样子,我是她设想的未来的自己吗?我想是,因为她不再留恋于昨天,也不再迷惑于明天,她只愿意温暖地过好现在的每分每秒。她的乌托邦偶尔残缺,却也乐意去寻觅、去弥补。她丢不掉雨中漫步的闲逸,却也在更多的时候记得带伞,因为她知道,爱自己,对某些人来说便是最好的回报。

我撑着伞,看到灯火在小水洼里荡漾,便下意识地将音乐按停——雨的印记不只该在音乐里,更真实地存在于我的生活之中。

伸出手,去接伞檐下的雨滴。

我对自己说,深蓝的雨天,不过是更沉得住的浅蓝。

作者简介:吴子燕,湖北省武汉市江汉大学人文学院对外汉语系学生,曾多次在校级征文比赛中获奖。习惯用微笑去诠释一切,用文字去阐述一切。把写作当作是自己生活中的一部分,爱写作,爱美,更爱生活。

徒步奔行

■文/夏贺冰

徒步奔行在校园的主干道上，静寂的夜隐没了一切，昏黄的路灯也变得柔和起来，可我顿觉无比轻松，走起路来便如行云流水一般酣畅了。我突然想起与雯徒步奔行的场景，日复一日，奔行在不同的道路上，似是永远走不出围场的困兽。年少的我们都不明白这种奔波的意义，却在迷途中乐此不疲。

想起我们躲在操场的一角，看人流如旋转木马一般，靠近又远离。辗转反侧的心灵曾难以栖息在人流中。望着别人的徒步奔行，我们终于有一刻明白,还有一种隐晦的思想叫作嗤之以鼻,它在我们心中酝酿成型的时候我们也早已被它百般凌辱,只是年少的我们无所谓沿途或悲或喜的风情。

想起我们放弃午休,徒步赶去花园,顶着夏日骄烈的炙阳,没心没肺地摆出傻到极致的pose,拍下一个个青春里苦涩而奔放的瞬间,一点点残缺的喜悦在我们心中炸开时,我们无所谓迷失。那一刻,森绿的松针,杂乱而疯狂着的野草,很认真地,同我们一起演绎错乱而又锋利的花样年华。

彼时的我们并没有懂得青春的无奈。想起我们一起逃课的日子,只因为厌倦教室里沉闷到令人窒息的气息。我们徒步奔行在远离校园的大路上,有一种逃离的冲动,有一种叛逆的快感,即使心惊胆战,唯恐老班精神失常跑去查课,即使明知道飞流而逝的岁月会将徒步奔行的我们远远抛在末路风尘。我们终究是无知的少年,宁愿用这一刻心灵的放逐去挽回下一刻的遗憾。我们终究讨厌惧怕的青春,所以选择张扬。就像雯所说的,在这个世间我们已经受尽无奈,何必又在诸多繁琐的事上委屈自己。

有时候,就像现在一样,我们混迹在夜色中,无所事事地徒步奔行。夜可以给我们酣畅的寂静,沉淀我们滚沸的心灵。想象两个寻求解脱的压抑的心灵,想象两个年少到互相掩饰不堪的心灵,想象两个在繁华青春中留下累累罪过的心灵,我们只是拥有了如斯的心灵。我们也奋斗,我们也执着,我们也有着这样或那样的梦想。只是如我们这般的少年总受尽世间的忽视,让我们渴望关怀与爱的心灵在青春的成长中慢慢沉积压抑与隐忍。我们所需要的是顷刻的释放,然后在下一个今天,继续在既定的轨道上徒步奔行。

青春就是一种冲动,是谁允许我们在岁月的追逐中偷闲?青春是条糜烂的路,我们徒步奔行在这条路上,自鸣得意地以为漫无尽头时,它却早已给了我们穷途末路的无奈。穷途末路终究是一种结果,就像现在我躺在床上,这一天便要结束在梦乡。也许,梦是今天最好的落幕,只是太过于缥缈而已。但我们注定要在梦醒以后的下一个今天,继续徒步奔行在人生之路上,迎接我们的奋斗,迎接我们的拼搏,然后在下一个拐角处做出选择。

作者简介:夏贺冰,笔名夏如鱼。1994年生。现就读于福州市闽江学院。曾在一些诗歌网站发表诗歌。爱好文学,喜欢写作。

羔羊的村庄

■文/谢宝光

许多枚硬币从老虎机的豁口跳出来，在凹陷的塑槽沟里相互倾轧，钢芯镀镍交响曲使几只耳朵亢奋地竖着。一只手迅疾将钱币抓到碗盆里，丰厚的战利品瞬间磨损了他的平滑意识，仿佛是越野车拐进了泥路，颠荡使杯中水纹脉混乱。他向币口熟练地塞入硬币，每个码压了一些分，然后问，有没有人要跟的？几只风格不一的手相继投了五个。一人急燎地说“开啦开啦”，那只手就狠狠地锤着右角那颗红色方块。光点在一个屏幕圈上跑动，穿过虚拟的芒果、橘子、苹果、铃铛、公鸡……我漠然看着他们，精神与机器肉搏，理智与魔性掐扯，或瞳孔放光，或昏然若醺。我从老虎机周围的表情去分辨那个人是充血还是内伤，是浸淫还是试水，是刚来还是坐了一整个上午。在大婶的小卖部里，因为两台老虎机，终日圈固着一批人，他们的身份有多种：教师、打工者、农民、无业青年……严重偏嗜者在天擦亮时便咚咚地敲击商店木门，整天耗在老虎机上，中午以泡面打发自己的肠胃，一盒庐山支支燃尽，至星稀夜寂口袋亏空方归。有些多年未见的人，重新活跃在我的视线里。无交谈。我回到村庄多半是在酷暑或春节间，很多人这时挎着或满或虚的包从深广一带回来，当夜便齐齐凑成几桌，麻将、扑克、老虎机。这么多年，在乡下，革新最多的是房屋骨骼、出行方式和皮肤色泽，在玩上面却狭隘到只承袭老古人。而大人的玩和小孩的玩又是两码事，我们在过去影像贫乏时代里玩的花样业已失传，堆糕房、弹珠赛、竹筒战等在新新人类身上无以为继。大人的玩无非围绕钱展开，一夜间将数月工资输掉已成为许多人的常态。在路上偶尔获听一对话。甲问："输了多少？"乙嘿嘿一笑："不多，二十来张。"我常常可以在房间里听到隔壁叔伯们嘴里甩出一只红桃K或方块八，接着就是一句龊语，"我吊儿"。

多年核心思想的浸泡，我已养成良好习惯：警惕蛋糕底层暗藏的陷阱，防范腐物侵蚀，并及时撤离遭受围观的状态。我隔岸观摩诸类红色、黑色——不殷羡、不仇视，参与、不远离，仿佛自己在一个虚设的位置上，如果村庄是一部电影，我时常恍惚自己游离其外，以观众的身份在内心暗自评判着胶片传达的内容。每日上演雷同剧，一些人元宵过后整理简单的行李回到外省高分贝的工厂，一些人操着砌墙刀去附近村子寻觅着新活计；一些人即将出生，一些人已渐渐老去。在村头村，我也许会被当作怪人看待：这个人在村道上哼着缥缥缈缈的音符，晚上七八点娇嫩的月光将他粗糙的海豚音摩挲成一种扎人的锋芒，他有意使寂寥的村庄承担舞台的职责，在亢沛的嗓音中将隐蔽的身体暴露无遗。而少有人知道和关心我用笔构造的世界，其实正是他们真实生活在纸上的二度演绎。现在，隔着两堵墙，我听见他们疯狂地捶打着老虎机的按钮，像冰雹砸在屋瓦上。我认识他，他是村头村电量抄表员明华的儿子。我感到，笔成了可怕的武器，我竟利用它监视着整座村庄。我更希望自己是诺兰，用镜头直观呈现他们的病态，然后潜入他的梦境，篡改他阑尾炎似的疾病意识。

十年前的村庄没有老虎机，没有慵懒的日常状态。清早出门之前，我们最先看见靠在门背后的锄、锹、扁担、竹篙、黑色的桶……大部分人过着真正农耕式的，与化肥、与农药、与种子、与粮食收成挂钩的生活。而孩子们则在黄澄澄的稻田里追着滚着，或者拗一根竹棍，末端系上线绳，下面缠着南瓜的花蕊，在茂盛的草丛里垂钓青蛙。汗湿后背的男人推着捆满花生藤的独轮车在根系繁杂的田塍上平衡碾过。那时候，泥土与蔓草遮蔽的脸是青涩的、骨感的、被城市轻视的。文字书里"乡下人挑蛋上街"的句子有所指地频繁出现。想象城市，害怕城市，在十四岁进入城市读书后，即使用潮流的衣裳伪装自己农民的身份，也时觉脸红。边缘意识在未成年的心智中潮涨。奥尔罕·帕慕克年轻时感到在土耳其的生活远离了世界的中心，似乎生活在偏远的地方。而五十多岁的他，想法与过去对立，"对我而言，世界的中心在伊斯坦布尔"。交通与信息贫陋的时代，即使在标榜农业史与田园诗意的国家，村庄也是被严重边缘化的。生产粮食的人，说话的权利却被城市高处的某个机构与部门一手把持。中国版图的大部分已经在泥土上沉默了几千年。

二十世纪八十年代之后的村庄，壮年们如蝗虫一般涌进珠三角一带城市，在灰暗的工厂里扑腾、倦怠、麻木。村子内脏被挖空，老人与孩子守着一个回音缠绕的空壳。十多年后，我们的村庄突然被铁路、高速路、电话、网络疯狂入侵了，那些高瓦数的灯盏点亮了农村的边边角角。土地被商人承包，生活形态转型，这些催使我的表哥叔辈们陆续回乡，开商店、办果园、做家具。我的乡亲们在潜移默化中适应着血管被抽空后又重新注回的村庄。这支注射器明显带着一些病菌：懒散、好赌、疏狂、算计。有一天，那种寄居于都市的被恶煞成老虎机的毒物竟入侵了我的生活区域，如磁石瞬间吸走一批旺盛的劳动力。而被它腐蚀的那些人，正在狭窄的屋子里发出大获全胜的狂笑。我听见了来自老虎机背后的嘲讽，听见了村子加速的心跳。帕慕克以一支强悍的笔将伊斯坦布尔还给世界，使之有资格与气势凌霄的欧洲对等交谈。而我，我的羔羊的村庄，依旧是沉默的、被动的。

作者简介：谢宝光，1990年生，江西南康人。江西省作家协会会员。2011年毕业于南昌大学共青学院。作品散见于《青年文学》《散文海外版》《读者·乡土人文版》《诗选刊》《北方文学》《国际日报》等七十余种刊物，入选《2012盛开美文年选》等多种选本。

可不可以更勇敢

■文/谢博宇

从睡梦中醒来的时候，书桌上摆放了一盆嫩绿的仙人掌，一缕暖阳透过玻璃射在上面显得它更加健硕，每一根刺都结实挺拔，像是要把自己的青春奉献给这个阴郁的冬天。沿着金属栅栏生长的梅花，看起来也不甘示弱，枝丫肆意生长，把栅栏层层包裹。花朵绽放，美丽极了，窗台瞬间成了花的海洋，每一缕芳香中都夹杂着暖流的意蕴，带着这个冬天的希望与梦想闯进我的身边。

很长一段时间里，我渐渐地没有了追寻远方的勇气。或许我需要一个宁静的夏夜，和浩一起坐在高高的草垛上仰望星空，看着无数闪亮的星星，这时我才会明白，原来所有的梦想都只是属于美丽的童话，而我只是童话里一个最不起眼的小丑。

从乡村到城市求学的日子里，我的心莫名地像被吸干水分的椰子，空荡荡的。耳畔时常灌满了冷风。每一缕阳光都很刺眼，扎进肢体里，浑身难耐。

这样的光景里，突然想起和浩相处的日子。那时候，我们天真烂漫，田野与小溪成了我们游戏的乐园。我们喜欢在油菜花盛开的季节奔跑，喜欢在清爽的溪水里嬉戏，喜欢在雨天丢弃雨伞，互望着对方淋湿的模样，喜欢买一根冰棍掰成两半的分享……而如今，我们到了该分开的年纪，他要打拼他的事业，我要完成我的学业，对于我们当年发生在家乡的故事，早已跟从田埂上的杨柳随着清风远去，消失在梦境里了。

自从来到与浩相离甚远的城市，就很久没有了浩的消息。最后一次和他见面，还应该是在去年的春节。

浩来到我家给我母亲拜年的时候，我差点没认出他来。他比以前明显壮实多了，脸也自然显得臃肿了许多，一脸的胡茬没有刮去，人看上去显得沧桑了不少。简单地给母亲慰问几句后，就进了我的房间和我说起他打工的辛酸。

我说，你怎么会弄成这样？浩不紧不慢地回答我，你出去闯社会，你也这样。我说你都在外面做什么？浩回答，啥都做，工地，服务员，销售……都干过，最苦的时候是在工地，顶着严寒与酷暑，拉砖、和水泥，一天三顿馒头和稀饭。我调侃他，那你还吃这么壮？浩无奈，我这人喝凉水都胖，再加上体力劳作，能不壮嘛！

等他向我倾诉完了他的辛苦，我也开始向他抱怨我在学校的琐事。浩听完摇摇头说，你这都不算是什么，人嘛，要学会坚强、勇敢，更何况咱们还是男人，更应该不要让人家瞧不起。我说，我有时候感觉到特别无助，心都冷冷的，尤其是想到以后的工作与生活。浩把手搭在我的肩膀上，脸上展现出了一个经历过苦难的男人的坚毅，说，没事的，你是文化人,你比我强,咱虽然活得辛苦,但咱没有停止过,天底下就没有过不去的坎儿,一定要给自己信心,哪里跌倒就要在哪里爬起来,勇敢地去面对。浩的一番话把我镇住了,他一个初中毕业的人竟然比我这个受过高等教育的人更加有面对未来的勇气与决心。而此刻,我语塞了。几天后,浩走了,扛着一床厚重的棉被踏上了一个未知的旅程。他说,那里会有狂风,也会有暴雨,可是他不怕,在他的心里始终有一个执着的信念,就是勇敢地生活。他说等他出头的那一天,一定会回来找我,不是为了给我架势,也不是为了给我炫耀,而是,咱们再一起爬到高高的草垛上,在寂静的盛夏,并肩仰望星空,说着各自埋藏在时光里的秘密。

窗外冷风刺骨,每一股寒流都带有侵略性,而我,不能一味地躲进被窝。

为了期待春暖花开,我们可不可以更勇敢,像浩一样,踏上春天所赋予的道路,开始一段新的征程?只要勇敢地生活,美好地回忆,所有的伤痛都会被疾驰而过的列车统统带走,走向一个地方,一个可以把忧伤转化为希望的天堂。

作者简介:谢博宇,“90后”作者,安徽怀远县人,现居海口。作品散见于《山东文学》《文学月刊》《椰城》《散文诗》《青春风》等杂志。著有长篇小说《孽缘,不哭泣》,出版诗合集《崛起的九零后》等。

幸福来敲门

■文/谢博宇

从海南回到安徽老家已经有半个多月了,在这段日子里,我自以为把生活安排得井然有序,不让内心的某种欲望充斥到时间的夹缝里去扰乱我的写作计划,可是更多时候,对于这样的生活却有一种不可名状的害怕。每天足不出户,待在卧室一坐就是七八个小时,到了饭点,楼下传来母亲的声音,我这才下楼吃点东西以维持继续写作的能量。

父亲下班回来的时候满目疮痍,浑身布满了粉尘,原本坚挺的背脊也明显弯下去了不少,没有了当年的活力。我知道这是岁月与劳作的痕迹,就像被溪水常年冲刷过的卵石,只是父亲缺少了卵石那光滑而鲜丽的外衣。不知道是因为天气燥热还是身心疲惫,父亲没有与我进行过多的交谈。他不说话,我也懒得开口,最后,干脆他喝他的酒,我吃我的饭,互不干涉。母亲在中间不时地充当和平使者,有说有笑以缓解紧张的氛围,我却尽量快速地把饭扒进自己的嘴里,以逃脱苦海。我不知道自己何时与父亲暗暗产生了如此深厚的隔阂,离家几年,我们的话竟然越来越少了……

回到房间,母亲敲门而入,给我送来解暑的绿豆汤,临走时还不忘告诉我她此行的真正目的。母亲说,在我不在家的这半年里,父亲每每从地里或者工厂里干活回来,总会抱着我儿时、少年时期、青年时期的照片看到眼睛泛红,但父亲不会多说一句话,他不会说想我,也不会说在为我的工作犯愁,他只是会默默地把眼睛湿润,然后一个人躲到阁楼的阳台上埋头抽烟。

这次回来看见父亲把头发剃短了,短得出奇,人也显得臃肿了许多。快五十岁的人了,每天还在田地和工厂两头奔波,整条手臂被太阳晒得通红,皮肤皱巴巴的,看着有些让人恶心。听母亲说,父亲告诉她,等我毕业找到工作后,就不去工厂工作了,年纪大了,力气开始一天不如一天,身体也一天一天老去,现在连把一袋面粉扛上货车都成了问题,何谈八小时不停歇地劳作。

我知道父亲为了我,为了这个家付出了他原本不应承担的一切,而这一切就正是一个男人的责任,一个父亲的责任。父亲是一个男人,一个在我内心里任何人都永远无法取代的男人。人穷志不穷,这是父亲的口头禅,在我小的时候他经常挂在嘴边,可是近几年已不常听他说起了,换来更多的则是他对自己的抱怨和对我的期望。

我和父亲都是嘴笨的人,不善于表达,他喜欢埋头苦干,我喜欢埋头苦写,抑或父亲那不是喜欢,而是无奈。父亲曾经告诉过我,我生长在了一个苦难的家庭里,我当时的回答是"是",父亲苦笑,笑得极不自然。而如今数十年过去了,我成长得很好,没吃苦,没受罪,每天享受着第一缕阳光,目送最后一丝晚霞,享受着和其他伙伴同等的快乐。

今晚在家写稿的时候突然得知高中同学父亲去世的消息，我惊恐万分。家里的顶梁柱就这样倒下去了，剩下娘三人还怎么生活？我的心突然难受起来，为她为己。我向来是一个理性中潜藏着感性的人，记得有一次参加一个朋友的酒宴，他是为庆祝自己考上名牌大学而设的，席间可能是喝多了酒，与他父亲抱头痛哭起来，深藏了几十年的真情话语瞬间流露。我见不得这种场面，一个人躲在一旁也抹起眼泪来。

母亲让我去安慰一下这位刚刚失去父亲的朋友，我嘴笨不敢去，借口道，往往这个时候最大的安慰就是不去安慰。几个小时后回想起来真是罪过，我不敢想象今后她家的生活会是什么样子，三个女人共同承担着生活的艰辛。不过我觉得她们每走完一天，就应该回头笑一下，笑她们还没有被饿死，笑她们还可以继续地走下去，把这纯真的笑带给天堂的那个男人。

有时候常想：何为幸福？你给大街上的乞丐一毛钱，他是幸福的；你为雨中奔跑的人送上一把伞，他也是幸福的……幸福的概念与真谛从来就没有改变，而变了的则是我们的心，心野了，幸福自然就远了，那些所谓为了幸福而去追寻远方的人，其实才是最缺失幸福感的人。

事实上，我的朋友们也是幸福的，不论是考上大学的那位还是失去父亲的那位，他们都是幸福的，并且还要继续幸福下去，因为他们把心放在家里，把根扎进土地，每一滴血液都会像天空的星星一样纯净，永远在无声的夜空中守护着我们的梦。

最后，我也是幸福的，有爱我的父亲、母亲，还有那些我最爱的人！

为了我们放肆的青春

■文/叶徵羽

水波潋滟的古运河杂糅着七彩霓虹穿城而过，船只过处，激起层层叠叠的浪花。浪花被彩灯染成斑斓的颜色，明亮而又华丽，有着莫奈笔下光与影的错乱斑驳，带着千百年来古城扬州的繁华韵脚。

向晚的风浸透着河面的凉意扑面而来，饱含着破碎水草的潮湿味道。风温柔地抚弄着我们的头发，也温柔地抚弄着岸边的垂柳。我和朋友们沿着运河岸上的青石板路缓缓地走，带着古时少女陌上采桑时的悠闲神态。

彩船队列划开平静的湖面，伴着铮铮的琵琶声缓缓而行，有如从唐诗宋词里走来，流光溢彩。主题船只个性鲜明，给人带来千年的历史穿越。“春江花夜”载着满满的唐朝风气打头而来。转动的玻璃屏风上画着昂首挺胸、神情倨傲的皇帝，衣袂飘扬、举杯饮酒的诗人，淳朴自然、温情如水的采莲女子……橙黄色的月亮模型与天上月亮、水中月影遥遥相应。

扬州，这个中国最辉煌年岁里最繁华的城市，渗透着统治者的霸气与骄傲，文人的豪迈与隐痛。这些，在目光触及屏风上栩栩如生的图案时仍能隐隐感受得到，这就是一个城市深入骨髓的性格吧！“江南珍馐”，这应该是历史的车辙从唐宋碾压到明清来的时候了，船只上是穿着古装的演员，正演绎着一场盛大的红楼晚宴。这只船上展示的是刘姥姥进大观园的场景，富贵而盛大的排场，各色名菜排满桌面，八珍玉食，葡萄美酒，觥筹交错。古运河的柔波不仅滋养出黛玉那样灵动似水、才情满腹的女子，还在千年的摸索中积淀出名满天下的淮扬菜系。随着音乐声渐渐地由婉转清扬变得激越亢奋，“化工园区号”踩着快速的节拍驶入我们的眼帘，转动着的地球模型有着傲视全球的气概，跳着街舞、充满活力的青年男女给古老的城市缀上靓丽的色彩，各种高科技的展示让人耳目一新。

一时间，我竟不知道是该用老还是新来修饰扬州了，或许，老和新本身就没有明确的界定，融合得恰到好处就好。

二十几只彩船在河面上一字排开，运河像一只巨大的染缸，流淌着各种颜色的灯光，杂而不乱。渡江桥的桥洞里闪烁着明明灭灭的水纹，在灯光的照射下呈现出淡蓝的颜色，如同笼着轻纱的淡蓝色梦境，真实而又遥远。两岸的柳树没有丝毫倦怠的神情，被碧绿的地灯照得通亮，反而没了深秋里应有的萧瑟与憔悴。此时，天已经完全黑了，透过浓密的树枝看天空，皎洁的月亮在三两根柳条的遮掩下，显出“犹抱琵琶半遮面”的娇羞。几只孔明灯悬挂在漆黑的天幕上，像极了夏夜里微弱的萤火，恍若来自凡尘之外。一缕笛声经过水面的洗涤变得更加绵长而悠远……

我们抚摸着刻着精美浮雕的古城墙一路走、一路沉思。粗糙而生硬的墙面磨痛我的指尖，我仿佛触摸到历史跳动的脉搏，清晰、久远、有力。城墙上用不同的字体书刻着历年来的诗词。扬州，自古就是中国文人的栖息之地，他们在烟花三月或秋尽江南的时节来到这里，留下了一行行模糊了时空、触及心扉的动人句子，就像盛开的烟火，美丽了千年的夜空。钟情还是那一句“二十四桥明月夜，玉人何处教吹箫”。如今，二十四桥仍在，只是不见了玉人和箫声，反倒让这个乐观的句子蒙上了一层淡淡的悲凉。历史总是渐行渐远，我们在消逝中行走，在行走中消逝……

船队已经驶远，河面恢复了平静，岸上的人们始终热闹着，我和朋友们也从刚才的古典情境中走出。回到马路上，疾驰的车辆、喧嚣的人群，让我有一种刚从梦中醒来的错觉，我们在繁华的街道上不甘落寞，开始五音不全地大声唱歌。路上行色匆匆的行人用很诧异的眼神盯着我们，我们全然不顾，张狂地大笑，响亮的笑声涤荡着我的心境，将几分钟前的悲凉情绪一扫而光，我告诉自己，毕竟，我们还很年轻。然后，我们走进一家烧烤店吃烧烤、喝啤酒，体会着古人大口吃肉、大口喝酒的豪迈情怀。

从店铺出来，我们都微微有了醉意，夜晚的风吹在身上，凉凉的，却丝毫不能让我感觉清醒，坐在最后一班开往学校的公交上，卓卓靠在我身上沉沉睡去。其实，我们只不过喝了几口啤酒而已，这就是酒不醉人人自醉吧。

回到宿舍，胡乱地刷牙洗脸，爬上床，翻开放在床头的《彼岸花》。安妮写道：“只有心知道，岁月不宽宏，青春转眼落根结果，不见了花影缭乱，浓烈黯然已成过往。时间里剩下流云幽幽，青山深深，旅人依旧在行路。”我猛然感觉到，人的一生如同一场历史的巡演，花开花落，悲喜交加，得失相错。两者大小不一，但性质相同。

青春里，黯然也好，感怀也好，总会在时光的洪流中湮没。我只愿，在蓦然回首时，听到一串放肆的笑声，然后，让记忆像古运河一样，重新承载一遍唐宋的繁华、眼前的活力以及对未来的憧憬……

作者简介：叶徵羽，本名倪国欣。1992年出生在旖旎江南，笃信梦想永无终点。曾在《萌芽》《星星》《小天使报》《城市风尚》等刊物发表文字五万余字。有作品收录于《90's大合唱》，参与编辑《超级90后：亲爱的》一书。

老屋

■文/余巧翔

老屋是20世纪80年代建成的，半泥半砖的结构，在小城的南部。

我依旧坐在那张写字台前，半开的玻璃窗，窗外花香依旧，还是可以看到后面厚实的土墙。阳光透过玻璃打在脸上，看着尘埃在光束里飞舞，就像打开了一本老旧的相册。我看着那些在白稿纸上平行而过的线条，就像回望自己走来的路一样。记忆里，老屋就一直存在，从我呱呱坠地起开始迎接我的到来。那时候的它更像一个忘年交，我笑了，它陪着我欢乐；我哭了，它也跟着我悲伤。它像一个慈祥的老者，看我自蹒跚学步跌踟撞撞地走到生命的那一头。

幼年时候的我贪玩，总是找些胡同里的小伙伴到老屋来。我还记得那时如何在角落里排开竹椅，如何在它那中规中矩的空间里捉迷藏，偶尔也会到屋前的空地上，在老屋的红砖墙上涂涂画画，那里便有了字母、汉字、图形，还有五光十色的梦想。那些印记，时至今日也还是牢牢地附在墙上，丝毫没有因为烈日的暴晒和暴雨的侵蚀而丢了原来的色彩。再过去，回忆就到了空白期。也许是小时候淘气作祟，中学时期的我完全没有老屋这番温润平和，反倒充满了暴戾之气。现在唯一可以想起的就是那时候有一次的离家，在深夜走出老屋，同样走过门前那道深幽的巷道，却已没有了小时候的畏惧和惊恐。我毫无目的地游走，穿梭不同经纬，路过各色城市，变换着干湿冷暖，也浅尝与众不同的生活，心里却全然没有了在老屋时候的平和充实。那些日子如果是一幅立体图形，那必定是一片崎岖难攀的山崖绝壁，我在上面提心吊胆着。

夜梦中惊醒，回忆在安静的黑暗里次第铺开，看这些，心里再无他事却也毫无睡意，有些偏执最抵挡不了的不是一瞬间的动摇，而是突如其来的浮现。第二天，我赶了最早的火车，穿过几近一个中国。从内陆到沿海，从干冷到暖湿，从漂泊的旅人成了还乡的游子。那天正值江南的梅雨时节，雨如注下，我没有撑伞，站在老屋面前，老屋依旧那样看着我，我低着头不敢直视。冷冷的雨打在脸上，和滚烫的泪混合，融成一股股温热，似老屋的关怀。那几年间，周遭拔地而起的水泥楼房取代了温厚的旧式屋舍，昔日与老屋同时代的建筑早已归为尘土，只有老屋还倔强地挺立着，像在等些什么。我重新变换角色，过着两点一线、平淡无奇的生活。变的不只有我，几年间，老屋剥蚀、淡褪了。高三那年秋天多雨，像老屋不由自主地叹息，也像我害怕失去老屋的哭泣。那时候的事情让我形象地看到了什么是多事之秋的祸不单行。老屋已经不能将坏人拒之门外，它甚至连抵抗一张拆迁通知书的力气也没有了。我知道会有那么一个日子，无论我们用怎样的心态、姿态迎接。虽然起初总是迫不得已，但到最后还是平静收尾。那天夜里我和老屋都没有合眼，我可以听见它细密的呼吸声，那样亲切熟悉，几年前在异地的夜晚如同铺垫又像是伏笔。我却怀着截然不同的心情。

我依旧坐在那张写字台前,写着只有老屋和我才能读懂的日子,脑海里浮现出教科书上的一句话:不要让回忆使你失望,时间无法战胜,痛苦忧伤都会随时间流逝,这就是生活。

填满纸上的几行字是老屋填满了我孩提时代的生活。

爱夏

■文/雨落平凡

爱上你第一个夏天/我就唱给你整个世界/想带你一起去冒险/想跟你一起接受考验/也许爱情比你想象中的还遥远/只要你愿意在我身边/我会陪你一直到永远……

——题记

这几天我一直在听胡夏的《爱夏》这首歌,听着听着就流泪了,听着听着就回忆了。想起了那些年我一直追逐的初恋,想起每一个和你共处的夏天,一切都与夏天有关,夏天的初恋,却又消失在夏天里。

还记得是我16岁的那年夏天，我们实验班从主教学楼搬到了实验楼去上课，我和她成了前后的邻居，那算是我们第一次近距离的接触吧。从那以后我们慢慢接触，成了很好的朋友，甚至无话不说。渐渐地，她走进了我的心里，一点点地深入、生根、成长，就像是青春的成长一样，青涩却又美好。有时候我真想走到她的面前对她说出那句话，可是每次话到嘴边，却又不知道从何说起。或许我是分不清那到底是爱还是深深的友情吧；或许，这就是青春年少的青涩吧。

第二年夏天，有一天中午，我和迪迪一起走出校门吃饭的时候谈起她。迪迪说，她是一个好女孩。聊起她我就不自觉地兴奋了起来，我便不由自主地说了一句她是一个值得恋爱、结婚的女孩。那是我第一次向外人无意中透露自己的心声，还好迪迪没有在意。而我依然没有勇气，没有勇气说出那句话，因为我们有太深的友谊，以至于我不确定那是否是爱，我不敢太过于触及。

高考，也就是我18岁那年夏天，我终于压抑不住自己内心的爱恋，在高考前一天写了一封情书给她，然后藏好，打算等高考完之后亲手送给她。当我把情书送给她后，结果在我的意料之中，她也是喜欢我的。

那个夏天，似乎一切变得那么美好，我嗅到永和豆浆里那淡淡的甜蜜，还有大半夜去网吧包夜的“疯狂”。我始终记得生态园那次的旅行，那是我第一次感觉夏天也是如此美好。原来，夏天也是有味道的，它的一种味道叫作甜蜜。生态园里纵使风景万千、美不胜收，却抵不过你我那甜甜的微笑，还有那青涩的味道。

那天，我很开心，相信那也是我们彼此最珍贵的回忆吧。

青春的爱恋纵使这样，青涩、美好、甜蜜，却又如此短暂，以至于我们总是怀念那些青涩的爱恋时光，以至于现在好多人回忆自己的初恋，回忆那时的美好，尽管现在是物是人非，尽管每个人的故事结局都是那么不尽如人意。我想，或许这就是青春。因为青春有了单纯的青涩、美好、甜蜜、真挚，有了懵懂，我们才会那么怀念，很坦然地去面对。

来到三亚后，我过得最多的就是夏天，这儿似乎是四季如夏，然而我始终过不了同样的夏天,同样的感觉。

但是我还是喜欢夏天,因为那里有记忆,有我一生最初的美好。即使是分手。

那些过往让我想起遗失的美好,而曾经短暂的快乐美好之后,更多的是纠结与分离,以至于我们走向不同的方向。19 岁那年夏天,我生日那天,收到了她特别的礼物。我知道那是她花费了半个多月每天熬到夜里一两点给我绣的十字绣,只是她说那是送给我作为好友的礼物,只是那天我感动得流泪却再也找不到当初的感觉。那个夏天,我们似乎真的忘记了彼此的那种感觉,我知道那意味着什么。夏天,总是在夏天发生一切的一切。也是在那个夏天,胡夏的《爱夏》让我哭得稀里哗啦。那首歌我很喜欢,只是我再也没有机会跟她唱起那首歌。

回忆,在很多人的眼里似乎是个很伤感的事情。但是,我觉得有时候回忆也是生活必需品和成长的催化剂。我回忆,回忆那些初恋的过往,不代表我伤感,我只是突然想起那与夏天有关的爱,我只是想纪念一下那些属于我的记忆,然后坦然地笑对一切,开始我新的生活,因为我相信,在不久的某个夏天,我可以向她唱起那首歌,给那个属于我一生的人……

会不会有一天四季全变成夏天/是不是这样你才会相信有永远/看你靠着我的肩/刚刚睡着的侧脸/爱仍不断在我心里蔓延……

我在四季如夏的三亚,等一个人,等一段美好……

作者简介:雨落平凡,本名张亚,“90 后”作家。现为中国大学生文学联合会理事,大唐民间艺术协会海南基地组稿编辑,中国青年诗社成员,琼州学院旅游管理学院记者站站长、院报主编。

西楼，你消瘦了红颜

■文/展凌风

江南，再一次烟雨朦胧，一度的春风，让如丝细雨飞舞。我在眺望，梦里江南的雨巷，一个撑油伞的女子，缓步而来；轻撩的衣袖，在风中微微掩面，小步子急促前行，走进一个凉亭，倚靠在亭栏处，两瓣愁眉，消瘦成一首古诗。

这让我想起"倚遍栏干，只是无情绪！人何处？连天衰草，望断归来路"的牵挂与怀念。此时此景，伊人是不是消瘦成一篇古文？望着旧时的记忆，开始低喃："寂寞深闺，柔肠一寸愁千缕。惜春春去，几点催花雨。"

惜春春去，那让你倚靠的胸膛，早已在梦中消失。你在西楼，写一曲挽歌！始终是无人回头应你，那一声声的呼唤。

他走了，留下你红尘孤独。你留下，只为了写一篇悼文。然无尽头的相思，在岁月里点缀你满头的青丝，终让你萧萧两鬓生华。你的思念，在度日如年的时光里，把手中笔锋一转，两痕相思泪，写不尽的文字，无法结尾的悼念，一如你依栏娉望的眼光，找不到最终的落脚处。

年年雪里，常插梅花醉，挪尽梅花无好意，赢得满衣清泪！今年海角天涯，萧萧两鬓生华。看取晚来风势，故应难看梅花。你不是难看梅花，是那个为你插梅花的人儿，早已不在。

思念是一种痛，而在一种永远的距离中，你的痛在积累，你的愁绪在增添。就像那双溪的舴艋舟，载不动你在岁月里沉淀的哀愁。“风住尘香花已尽，日晚倦梳头。物是人非事事休，欲语泪先流。闻说双溪春尚好，也拟泛轻舟。只恐双溪舴艋舟，载不动，许多愁。”不管是春暖花开，夏日和风，还是秋叶纷落，白雪茫茫，你的思念，在变换的季节枯死成一潭死水，伴着已去的人，化作江南的烟雨，洒向断魂的西楼！

“红藕香残玉簟秋，轻解罗裳，独上兰舟。云中谁寄锦书来？雁字回时，月满西楼。花自飘零水自流，一种相思，两处闲愁。此情无计可消除，才下眉头，却上心头。”是的，无法消除的相思，在岁月里产生无尽的遐想。你总希望有个人为你送来锦书，告诉你他仍在的消息。可始终是幻想，醒来时一种相思，两处闲愁。

有人说时间会消磨一切，在漫长的岁月中，我们会放下一切。可是，你不但没有将他忘记，反而是“此情无计可消除，才下眉头，却上心头”

忘不掉的记忆，抹不掉的画面，在烟雨朦胧的江南，你独上兰舟，凭栏望月。始终是一人，那个旧时给你插梅花、陪你散步、对酌赏月的人儿，在离去的时候，已经把你的欢乐一同带走。眉头微皱的淡淡哀愁，对夜仰望的落寞悲伤，谁道得尽西楼里，那个消瘦的人？

每天夜晚，你疲倦在悲伤里。早上醒来乱糟糟的头发，装扮着你的沧桑。原来,刻骨的记忆,换来的,却是一种刻骨的心碎。

翠贴莲蓬小,金销藕叶稀。旧时天气旧时衣,只有情怀不似旧家时!你望着“天上星河转,人间帘幕垂”,开始感触“凉生枕簟泪痕滋,起解罗衣聊问夜何其?”你的心境,似乎注定了要和江南搭对。多愁善感是江南最大的写照,而因为你,却消瘦成一片伤情!

“薄雾浓云愁永昼,瑞脑销金兽。佳节又重阳,玉枕纱橱,半夜凉

初透。东篱把酒黄昏后,有暗香盈袖。莫道不销魂,帘卷西风,人比黄花瘦。”梦断西楼,看灯火阑珊处,你渐渐消瘦,一个千古红颜!

作者简介:展凌风,原名唐兴东,1990年11月出生,贵州毕节人,创办电子杂志《未知年华》和“90后”纯文学杂志《绝版》、高校DM杂志《绝版青春》。作品散见于《流沧河诗歌报》《毕节晚报》《南方作家》《90's大合唱》等。《绝版》受邀参加2012年第七届中国国际文化创意博览会,陈列于北京栗宪庭艺术图书馆及“90后”艺术馆。

偶尔被人轻轻触及的柔软之地

■文/展凌风

有时候,我们需要静一静,默默地思考一些问题,回想一些事。这么久以来,我一直在许多城市之间漂泊,来来去去,生活成了两点之间的线段,这个点连接那个点,那个点又连接另一个点,如此反复。我成了别人眼中羡慕的对象,一个自由的漂泊主义者。我不是徐霞客,游名山胜水,看潮起潮落。

我在追求一个理想,生命最高的形式和生活最有意义的目标。为什么而活着?这是一个亘古的问题,而我,就是给自己去找这样一个理由。

可是,现实总是有挥之不去的无奈驻足、转身。曾经有个女孩对我说:“我承受不起你的远大,那崇高且神圣的情怀,或许对于我,只要一份小女子的悠然和羞涩。”这个时候,我习惯收起内心的失落,在我看来,人一生必须为感情之外的一些事活着,比如事业、理想、公益等。

其实我也想过,找一个红颜知己。她知书达理,温柔可爱,善解人意,陪我一起在山野田间,过着平淡的世俗生活;或是在城市的一角,找一份平凡的工作,租住一间僻静的小屋,阳台上种几株兰花、百合、水仙,还有几盆秋菊。我想打开窗帘就能看见太阳,不管是日升还是日落;闲暇时浇花、看书、写字;偶尔也会牵着彼此的手,去咖啡厅里坐坐,在黄昏里散散步,品味一下别样的生活。有人说过我的文字过于柔婉,像女孩子。或许我这一份小女子的情怀,也是很多大男子想要的生活罢了!

可是,作为男人,我们不允许这样做。古时候,男子提刀纵马,驰骋沙场,只因为男子汉大丈夫要做英雄,要精忠报国。手无缚鸡之力的书生也要考功名,光宗耀祖,匡扶社稷。而我,没有驰骋沙场保卫边疆的英雄气概,没有考取功名为家为国的远大抱负。仅有的,只是不想输给现实的不屈和为了生活苦苦挣扎的不甘而已。

有人问:“展凌风,你为什么会选择文学这条路?”我回答他们的只有一句话:“因为喜欢。”当这种喜欢成为生命中不可缺少的一部分,我便终日为此思考、学习,过多的精力花在了这个多数人都不看好的职业上。很多时候,自己思考的东西多了,在脑海中纠缠不清,斩不断理还乱的思绪折腾得自己心力交瘁。脑袋像要撕裂般疼痛,重重的。这时,我往往会担心自己会不会精神分裂或崩溃,成为一个疯子。

幸好,我还算是一个正常人。正常说话、思考、做事。当疲惫不堪时又想,要是我疯了该多好,不用去想、去做、去思考。我多想这时有个红颜给我电话,安慰我,听我倾诉。我想很多人都这样,累了就想找个心灵依靠的地方。对于我,或许更想要一份家的温暖。记得去年过年的时候,独自坐在电脑前吃着泡面。妹妹打了个电话说:“哥,新年快乐,照顾好自己,过得开心点。”挂了电话,我感到喉咙里卡着什么东西,最终转换成沙哑的声音从我嘴里蹦出来。原来,我并不是习惯了孤独,只是心底最柔软的地方没有被别人触及而已。那一夜,我哭了,哭得很伤心,也很痛快,仿佛自己承受了几年的酸楚全部都发泄了出来。

有个女孩子对我说过:“你是一个很有故事的人。”我笑笑没有说什么,其实,我是一个写故事的人,但我写不来自己的故事。太散碎,也有些悲凉。有几个作家对我说:“你的经历可以写自传了。”为此,我曾多次去构思和整理自己的经历,却不知道该从何处写起。我的故事,或许只适合口述而不能被文字记录。这一生,我只能去演绎这个故事,只能把自己当成一段文字,不管是喜还是悲。

但是,这些文字可能不被理解。就像我一样,一路走来,我经历了太多的挫折,每次我决定做什么事,反对的声音多于支持的声音。我多想,在这个时候能有一个人成为我的依靠,给我心底最柔软的地方一片温暖,只是,一切都是空想,我还在这条路上挣扎,很多人都不理解我。累了,我真有些力不从心。可不管如何,自己选择的路,跪着也要将它走完。

冬天的灵性，被冰雪封住了

■文/张佳羽

节气从阳坡爬过季界的山梁，就闪进温暖的背后。阴影的脸拉得长长的，像谁欠了它几斗租子。从此天气冷下来，再没有艳羡的明丽。

野生的动物：飞翔类的，羽毛丰满成加厚的绒装，从空中落在地上，显然没有了先前光滑骨感的线条；蠕动类的，不敢再停留在马路边上悠然地造次，早趁秋里最后一场雨水的配合，在地球上打了归属自己的孔，隐入地下某个地方蜗居；爬行类的，如在花园里舒服了大半年的野猫，脸上开始写满受冻挨饿的愁，眼神里多了些乞求，毛色散乱得脏而发暗，叫声凄凄惘惘。

家养的动物:能飞出动听的叫声来的,晚上,笼子的外面套上一层新制的棉罩,替它们缠裹住一包儿温暖;跟前跑后的哈巴儿,那可真是享福呢,穿上避邪的红马褂,或者着一身古朴典雅的唐装,出得门来,神气得屁颠屁颠的;水里游的灵物,老龟无忧的眼神小得像两粒米豆,金鱼仍然追逐着一圈又一圈儿无聊,它们压根儿就没有过冬的心理准备,因为主人早替它们调整了室内的温度。

唯一不能逃离现实的,就是人。不论你有何种天大的本事,也得从到来的季节里穿越。要么衣服穿得像北京的千层酥,要么加厚得像肥墩墩的北极熊掌,裹得人如各色的老古董。帽子压低眼眉,口罩捂住呼吸,围脖缠住漏洞,手套护住纤指,棉鞋肥大着双脚。好不容易盼来一场雪,一夜推翻了残绿的存在。除了风能从人的脸面找来一些泛红的颜色,七彩的世界统一了调门,全然归于冷色的白。

意识不再潜伏,冒出来,成为判定舒适的统领。一句不需要张扬的口号,开始走红。只有呵护,才能温暖。没有谁为了风度,用夏日般的单薄,在寒风里畅行,享浴冬的相摧。

脑子也被加厚的棉裹得密不透气。雨过深山,下自成蹊的畅快,成为美好的追忆。所有喷涌思路的泉眼,似乎填满冰的禁锢,成为没有激情的死火山。一日一文,在冬天到来后严重受阻。一种冬眠的愚钝感,弥漫着昏昏然的清醒,把往日习以为常的勤奋狠狠地逼向墙角。心,急切而无奈,茫然的呐喊,演变成听不到声音的强劲。作家般勇猛的样子,却没有鸿篇巨制所需的推进剂。空壳,空壳,还是空壳。这,就是入冬后的脑容量!

真无可奈何。在这个时候,我才想明白人类拦河挡水的现象,不是为创造奇迹而制造奇迹,不是为显示强大而促成强大。是因为人有间歇性的弱小的一面,抗不过自然犯混后无序的混乱与蛮横的钳制。每一座水库,都要限定一个蓄水期和放水期。如同人的大脑,也需要一个蓄水期和放水期。没有无节制的放水,只有尽可能充分而周到的蓄水。无蓄就无放,无冬就无春。

看得再清楚不过。冬天,用一个季节的长度,限制了大脑思维的发达。却用三个季节的加倍量,释放人类的才智。这笔交易十分合算。莫要在冬储状态下痛苦得急躁。大自然调节式的休养,必定是为了更漫长而持续的发展。灵性,被冬天封住就封住吧,等到来春,又是一个奔腾的竞放!

我守在冬天,望着春季里,那一抹最先歌唱春风的燕音红……

女子如水

■文/张玲

水若揉进了高粱的性格，人便不醉不归；女子若揉进了水的性格，也能让人如饮酩酊，如痴如醉。

比如醉倒的贾宝玉，他有“女孩儿是水做的骨肉，我见了女孩便神清气爽”的句子。

可卿如水惊艳。最美莫过女子。她娉婷，她袅娜，她临水照影，连水也甘居幕后、甘当铜镜，烘托她的容颜。淡妆浓抹，相互映衬。她从水面来，一清二白，三分羞红。

妙玉如水素净。清水入茶，便口齿噙香，浸透着如洗的灵魂，如清风出袖，如明月入怀。女子如水，清淡，素净，无浓香，浑身都是兰馨，连骨子里也沾染着晨起的清露。她让你想到，她一定是迎着太阳出生的，将来也一定向着太阳死亡，你只消看她一眼，就能笃定她一生未曾坐在阴影里。

黛玉如水柔媚。是眼泪的滋润，让女子的体态如此柔美；是宋词的陶冶，让女子的气质如此清丽。她来看茶，她来倒酒，她的眼神似能融化万物，她未近，你先醉。秦少游也醉了——“柔情似水，佳期如梦”的良宵让他日夜相思。

宝钗如水圆润。水遇圆则圆，遇方则方，遇止则止，彼时这种安分稳妥的性格化为细雨随风潜入夜——滋润我们被尘世玷污的心田。这时的女子好像邻家小妹，极易亲近。这是真正聪明的女子，不是清冽简单的白开水，而像是一口深井，无论你怎么淘，都只得到一口清冷月光。

探春如水率真。如一帘瀑布飞流直下，无牵无挂，坦坦荡荡。青山遮不住，毕竟东流去，粉妆也难遮炽热的眼神，罗衣也难掩挺拔的骨骼。巾帼昂首，须眉羞惭。半江瑟瑟，半江红艳；半边天晴，全凭女子。

李纨如水慈爱。酒因历久而弥香，随着年华凋朽，岁月老去，女子有了母性的力量，当看到自己的孩子茁壮成长，她的笑灿若孩童。管仲说：“水万物之本源也。”像这掬清水，从云端来，从雪山来，奔赴长江，奔赴黄河……孕育泱泱文明，恩泽子孙万代。

烟波浩渺里，灯影桨声里，金陵还在，秦淮还在，可惜十二衩呢？我说她们在水里——随水而生，伴水而死，惊艳、柔媚、圆润、率真、慈爱……一切美好的感知在这里得到承认和永生，上善若水，流水不腐，奔向一个海纳百川的传说。

没有水，女子也将无所附丽，而女子唯有如水绵长，方能一瓢难饮尽。

清明又忆梦中人

■文/张培亮

每年的清明,我的心都会深痛一次。虽然成长的过程就是遗忘的过程,但有一件事,一直印刻在我的脑海里,永生难忘。2006 年的秋冬之际,我的祖母,含病而逝。或许,这对一个身缠顽疾四十余年的耄耋老人来说是一种解脱,但对感受着祖母爱十余年的我来说,是一个极其沉重的打击。这份痛,忘不了,也不能忘,更不愿意去忘。

小时候,我总天真地以为祖母会陪我长大,会看着我一步步地背负希望和梦想走出家门,再一步步地带着成功和辉煌踏回来。所以,在看到祖母近乎满头的白发时，我没有一丝的意识感觉到祖母已经老了，反而趁祖母不注意时，拔下一根她银白的头发贴在自己的头顶上，边跑边乐呵呵地对祖母说，快看，我也长白头发了！祖母则会拿起放在身边的拐杖吓我，但我知道，纵然我坐在祖母身边不动，祖母也不会打我的。况且，此时的祖母已经七十多岁了，哪还有力气站起来追着我打呢？曾经的欢笑与顽皮，如今都化成了对祖母浓浓的思念，并随岁月的流逝而日渐浓烈。

再大一点的时候，懂得了祖母的艰辛与不易，所以，在村头的菜地上，你会常常看到这样的一幕：一位瘦小的老人手拿一个铁铲，在土墙脚下刨开一个又一个的小坑，而老人的后面，则有一个七八岁的小男孩，不停地往这些坑里丢种子，黑色的种子被一个个地放进小小的坑里，再填上软土，用小铲把土铲平。不一会儿，整个土墙脚下都种满了金色的希望。春天的风暖暖地吹来，吹动老人和小男孩的衣衫。老人看着小男孩和埋在土墙脚下的希望笑了，幸福而天真，小男孩看着老人也跟着笑了，天真而幸福。盛夏到来，酷暑难耐，老人则会牵着小男孩的手走进"凉棚"中，尽情地享受着烈日之下的凉爽，而"凉棚"则是几根木头和一些树的丫枝构成的，吊瓜、豆角、眉豆爬上棚子，把棚子遮得密密实实，绿荫之下，宛若"凉棚"。秋天，老人则会带着小男孩收获春天播下的金色的希望……只是，岁月无情，如今的老人已溘然长逝，只留下一个长大的孩子在这清明时节独自抒写着深情的思念。窗外春色正浓，我却没有心情走下去欣赏。

记忆中还清晰地记得祖母教我下六道棋的情景。初学时总是想放弃，感觉六道棋太难下，但祖母总是耐心地教我，告诉我每一步棋力所蕴含的智慧和思想。在祖母的谆谆教诲下，我终于掌握了六道棋的下法，并迷上了六道棋，所以便时常央求祖母放下手中的农活陪我下棋。但祖母每一次都能轻易地赢我，这让我感觉到"很没面子"。一直到上了初一，我都很少能赢祖母。初二那年的冬天，祖母病了一场，直到春暖花开、天气渐暖的时候祖母的病才渐渐好转，那时候我在三四里外的学校上学，逢周六、周日才能回家一天半，而每次回家，我都会缠着祖母陪我下六道棋。当我终于一连四五局都赢了祖母"挣回了面子"的时候，我听到了祖母有气无力的叹息："唉，我老了，不然你怎么会赢我呢？"当我听到这句话时，立即停住了因赢祖母而写在脸上的笑容，我的心猛地一痛，泪水便流了出来。我在想:祖母还能陪我下多久的棋?当没有祖母的时候,我该怎么办呢?但我还是赶紧转过身,不让祖母看到我的眼泪,因为我开始害怕,害怕一个满头银发的老人为一个青春朝气的男孩伤心。

后来,我对祖母的情似乎“淡”了很多,反而更加的“厌”起这份情。因为祖母总是喋喋不休地让我坐下来写作业、读书而不让我和小伙伴玩,总是千方百计地阻止我拿弹弓去打停在电线上的小燕子,还说打了燕子会害眼,将来看不到东西,总是“蛮不讲理”地去找母亲,把在河里洗澡的我叫上来而不顾及天气的炎热……甚至,我学会了对祖母发脾气,把祖母坐了半辈字的小椅子摔成几半;当母亲下地做农活时,祖母辛辛苦苦做好饭,我却赖床不起来,任凭祖母用什么方法叫我……现在想想,我是真的可恨可骂、可训可打。后来妹妹对我说,你把小椅子摔坏的时候,奶奶哭了。写到这,我真的不知道该去说什么了。爷爷在父亲一两岁时就去世了,是祖母一手担家庭一手担农事把这个家支撑起来,这期间,有过饥饿,有过病痛,有过寒冷,但祖母还是挺了过来,把四个子女拉扯大,并成家立业。这期间,不管有多么困难,祖母都没有哭过,而这次……在祖母去世后的三四年里,每当想起这件事,我的心都痛不堪言。我好想走到祖母的坟前长跪,祈求祖母能够原谅我这个不孝的子孙。

2006年的秋冬之际,我正在县城读高中,而祖母,却突然辞世!在祖母的灵堂前,我再也无法控制自己的感情,失声痛哭,我对祖母所有的歉意、所有的思念、所有的回忆,都随泪水的滚出而成为过去。祖母的骨灰下葬那天,突然下起了雨,很大很大的雨,雨里透着股严寒,刮得我浑身打颤。我重重地跌在村里的十字路口,看着他们为祖母烧纸送行,我的泪水混着雨水,哭声混着雨声。来到祖母的坟地,我完全瘫痪在刨上来的新土上,痛得哭不出声来,任他们把祖母的棺材放下去,并用铁锨一把一把地把土铲到棺材上……

回去的路上,父亲呜咽着对我说:“你奶奶辛勤一辈子,这下终于可以歇歇了。”我大声地哭着,没有回答父亲。“你奶奶这辈子不容易,走了还为咱们家做了一件事。”“什么事?”“雨淋新坟,必出贵人。”父亲回头望望祖母的新坟,像是在对我说话,又像是在自言自语,更像是在感叹什么。我知道,父亲的“迷信”是出于对祖母的爱和对我的期望。我所能做的,除了记住这一刻外,就是发奋读书,不负祖母和父亲的期望。

而如今,又是一年的清明,碌碌无为的我,拿什么去祭奠我挚爱的祖母?站在祖母的坟前,我或许只有沉默。但我知道,纵然青春逝去,也不能悲观失望,因为奋斗还在。用奋斗去抒写的人生,会青春永驻,会成为天下最大的"贵人"。祖母,愿您一路走好,愿您在天堂里过得很好。

祭祖母:

清明又忆梦中人,坟前无语几断魂。

侧身北望屯民庄,直教泪随雨纷纷。

作者简介:张培亮,笔名剑南、紫陌辛哲、顾亦然等,青年诗人、新锐作家、图书策划人,是"周口作家群"最小的会员之一,曾获首届逍遥文艺沙龙最佳新人奖,因诗歌风格与汪国真相似而被誉为"小汪国真"。现任中国青年文艺学会安徽省委员会主席、《莫逆》杂志主编。著有诗集《原来你也在这里》,长篇小说《播音系爱情》《青春是一只欠抽的陀螺》等数百万字作品。

一场猝不及防的青春

■文/张婷

如果青春是一场永无止境的蒙蒙细雨，那么，我宁愿来一场倾盆大雨结束它。

——题记

高考前一个星期，班里的同学寥寥无几，我和好朋友坐在靠窗的位置演算着数学题。班主任疑惑地问："这个时候你们还做数学？"但是我觉得刚抓住数学的灵魂，还有很多很多需要弥补的东西，只是朝他自信地一笑。

那时我的数学正在突突向前，刚尝到甜头，磨刀霍霍，雄心壮志，准备大干一场，或许能让它无限趋近150分。好似刚入道，激情与梦想让我睡不着，带着满腔热血舍不得放下数学，内心生猛得真想踹高考几脚。没有恐惧和担忧，心里甚至是一种莫名的兴奋和喜悦。感伤、哭泣，这是青春必不可少的元素。一首歌、一句话，在别人看来无关紧要，但其实我们自己懂得：悲伤的原因不是歌词或语言本身，而是藏在其中的人。回忆中的人，时刻触动着神经。

高考倒数第二天，我和好朋友依旧雷打不动地在老位置上继续研究数学。班主任皱着眉头在我们身边徘徊着，欲言又止。我已经无暇再朝他自信地一笑，全身心耗在数学上。但是他突然站到我们面前宣布："数学收起来吧，没时间了。"

荒谬，如同太阳高照的大晴天突然劈头盖脸地来了一场冰雹。

突兀，只有不合时宜的突兀。这就要结束了吗？像极了小时候甜蜜地吃着一块糖，一张嘴忽地掉在了地上。我突然觉得很难过，很怅然，莫名其妙地烦躁和不屈，真的就这么结束了。我的热血没有地方抛洒，我的青春无处安放。这是高考前，最莫名的伤感。

你明白吗？那种感觉，就好像一个临阵逃脱的士兵忽然醒悟，觉得要冲锋陷阵、报效祖国、战死沙场。他要打磨世上最锋利的武器、最坚实的盔甲，做好充分的准备，再留下一封道别信，潇洒地向战场冲去。但是他的激情刚点燃，刚有将生死置之度外的勇气，刚拿起钝刀去打磨，忽然有个人一把抓住他，还没等他辩解就把他扔进战场。一切都来得这么突兀。他是不是该痛哭一场？好像一切都还没准备好，就杀个措手不及。他的心是不是突然没了着落？满腔的壮志踌躇没有地方安放？

班主任走后，我看着还有一半的《数学最后一模》，全身被无力感侵袭，好朋友把手搭在我肩膀上，自言自语地说了一句："真的结束了。"诗人周涛形容两棵在夏天喧哗着聊了很久的树，彼此看见对方的黄叶飘落于秋风，它们沉静了片刻，互相道别说，"明年夏天见"。但我和好朋友的这个夏天呢？是彻底地结束了，再也不会有这样的夏天，再也不会有。

看小津的电影《早安》,剧情就是重复着早安、晚安的问候。鸡毛蒜皮、家长里短、茶余饭后,乏味无趣。很纳闷,这简直什么也没讲,为什么要这么无聊?然后一个男子在火车上遇到一个女子,他走到她身边,说:"早安!"说完,抬头看天,再说,"天气好啊!"心中生出一丝丝的温暖,以为剧情一转,精彩马上开始。但是字幕突然出现,不会就这样结束了吧?

一切都莫名依然,草草收场。前面大段时间的不痛不痒、轻描淡写,刚进入剧情就戛然而止。突兀,我甚至清楚地看到了漫画版无厘头的自己——表情扭曲,眼神呆滞,滴汗无语。

结局总是来得如此突兀,什么意思也没有。结尾的温暖明明可以再延长,会有更好的故事。看似无聊的过程算什么?忽然不想再多说一句话,声音卡在声带末端。

很多电影都如此,总感觉到了结局还没开始。它与生活太过相似,生活是一场渐变,却也充满着突兀。明明还可以多做几道题争取几分的,还可以多做些准备再抛洒热血的,还可以延续温暖、多些情节的……

但是高考、战争、结局都猝不及防地来了。

数学成绩出来,不悲不喜。只是有些遗憾:如果再延长几天多好。高考结束了,但留下的突兀感始终抹不掉,以至于觉得生活中的其他事都是那么突兀。就像这个暑假,我向妈妈抱怨:"哎呀,假期真快,刚想好好看书呢,怎么就结束了?"

妈妈不以为然地丢给我一句:"再给你一个月,到最后你还是这样说。"我苦苦寻找的真理,竟然被她在无意间一语道破。

就算假期再延长一个月甚至一年,还是会这样抱怨;就算高考前再给我一个月,还是会觉得遗憾;就算电影延续下去再播放一个小时,还是会在无聊的"早安""午安"中重复着这些敬语、礼数。我不知道这又意味着什么。

如果我把所有题目都做完了,所有的事情都备齐了,高考来袭,热血却已在等待中耗尽，那样才可怕。无止境地延续，没有突兀，没有起伏，这才是一种悲哀。

悲哀得如同这首小诗：

你身上，

不经意间可以看到明天……

后天……

十年后……

从脱下撒开的西装上，

从吃剩的面包上……

你的小屋还没有建成。

小小的梦想，还是小小的梦想，

在你心中，就那样，笨拙地挂在那里，

慢慢褪色，半边消磨……

这就是没有突兀，也永远没有变化，是在走向终结。觉得突兀，因为在进取。人都是逼出来的，越是走投无路，越是清醒自己要干什么。破釜沉舟，背水一战，要的就是这种突兀，在猝不及防之际杀个片甲不留。

突兀带来的是什么？是满腔热血走进考场，是满怀激情冲向战场，是结局残留的温暖。

作者简介：张婷，于 2011 年开始投稿之路，在《青年文摘》《意林》《中学生百科》《散文选刊》《才智》《疯狂阅读》《新青年》等刊物发表文章，约 10 多万字，以青春文为主，代表作品为《被岁月覆盖的诺言》。

末路青春荒到底

■文/张婷

荒·青春

We shouldnt blame, laugh at and envy anyone. We should be colorful in the sunshine, run in the winds and rains. Dream your own dreams and go your own way.

青春本该如此。可是有几个人的青春是这样?

每个青春的孩子都多少有点神经质,没来由地哭,没来由地心慌。为什么要哭呢？因为爱情吗？生活？还是家庭？无缘无故。长时间在心里压抑着各种恐慌、痛苦、失望、伤心……在遇到一点点的障碍时就感觉天地昏暗，仿佛世界末日来临。

感伤、哭泣，这是青春必不可少的元素。一首歌、一句话，在别人看来无关紧要，但其实我们自己懂得：悲伤的原因不是歌词或语言本身，而是藏在其中的人。回忆中的人，时刻触动着神经。

感伤，与事物本身无关。只因为青春。

高中时经常遇见一个女孩子，永远是一个人，低着头，每天都看见她在路的那一边匆匆走过。有时她独自一人小步走着，身旁时不时地经过一对对手牵着手的情侣，而她，就那么漠然地看着大声嬉笑的他们。无动于衷，不惊不扰，无起无落。这样的女孩子，独立，也好强。这样荒芜的青春，寂寞，也美好。一个人的世界，宁愿忍受太多的寂寞和痛苦，也不愿意跟任何人提起。我知道她有恃才而骄的资本，但总是沉默不语。

下雨天，我走在她身后，在黯淡的路灯下，长长的无声的路，淅沥的雨。我看了看她，看了看雨中漫步的高中生情侣，一直迷惑着：哪一种青春才是我们所追求的？她的生活到底是快乐还是悲伤？他们中到底有多少可以一直走下去？像这样，风雨同行。

临近高考时，同班的一对情侣吵得不可开交。男孩说他不能对不起父母，不能再错下去了。全班大笑，连老师也不例外：他们曾是雨中漫步的一对，转眼成了冤家。究竟从哪里开始出错？找不到。一环接一环的青春，环环相扣，一失足成千古恨。

“不是世界大。你若想联系他，直接问班里同学就可以了。”

她沉默。

“还有，他要想联系你，也只要问一下班里同学就可以。”

“别这么多借口。自欺欺人。”

不用拿他当作幌子，念念不忘的是那段岁月，不是他。

等到高考后看到她的名字出现在榜上第一名时才恍然：我们失去的，总会用另一种方式弥补过来。

青春时，说了浪漫的话，做了疯狂的事，一路上看遍了沿途的风景，可以无悔。但，有那么少数的人因为一个信念只闭着眼睛向前冲，错过了温暖的人和物，过后茫然若失。究竟哪一种青春才是我们要追求的？谁都回答不了。唯一希望的是不责怪谁，不嘲笑谁，不嫉妒谁。青春没有模板，也没有对错，活在阳光里，或是追求自己的梦想。

因为，圆满，是那么难得。回望青春，总有一些荒芜的东西存在。

荒·初恋

逃离高中一年之后，看到QQ里那个一直很关注却始终都不敢点的头像，下足了决心打个招呼。好不容易敲出去几个字："最近怎么样？"

惶恐地等了半天。

"还好。你呢？"

"一般。"

"哦。"

沉默。举手无措，不知道接下来该说些什么。难道要问他"你还记得过去的岁月吗"？似乎很矫情。一切都不必要了。因为在那一端的他正下定决心忘记你。

"我先下了啊。再见。"

失望顿时涌上来。

"再见。"

一切又重回坦然。坦然地面对他从你的生命里消失,只是往事的回忆里,他依然在那里。那种莫名的情愫超越了友情,也超越了爱情。用友情来形容似乎少了一份暧昧,用爱情来形容似乎又多了一份纠缠。年少时,少不了这样一个人。你们或许不会干涉对方的生活,但你们会彼此承担生活中的不幸,会分享生活中的快乐。你也想过走路的时候去牵她的手,你也想过哭泣的时候依靠着他的肩膀,也想过在激动的时候给他一个拥抱……有太多太多的想,但都没有那么多的勇气去做。

不知道能不能把这些归结为初恋。他莽撞地跑到我的青春里,我们一起傻笑着,内心晴空万里,多少弥补了苍白年华。但一些缺口是他不能圆满的。比如成绩。

“谢谢你给我关怀,给我温暖,给我力量;谢谢你看着我微笑,看着我发呆,也看着我长大;谢谢你在青春的岁月里为我撑起一方晴空。”我把这些话写给他。

他回了一句:“谢谢你一直在我身边。”我内心生出细细的小小的幸福,但始终不肯也不愿把它与恋爱联系到一起,哪怕自己已经发觉了一些微妙的变化,还固执地以为那根本不是我所能承受的。没有恋爱经验,也不想去触及、不敢去杵戳,更多的还是害怕。其实现在很庆幸没有揭穿,因为,女生的感情,太过坚决,踏上不归路便执迷不悟,一旦触及,万劫不复。

当同桌冷不丁地来了句:“你们是不是背着我们恋爱啊?”许久的矜持、许久小心掩藏的东西一下子暴露,我立马变了脸色。“那个,我差点忘了你说过要请我吃饭的。”“哎呀,其实大家都是睁只眼闭只眼啦。谁不知道?”“我要吃最贵的!”不断地岔开话题还是无效。“哟,看谁进来了!”我抬头一见是他,脸立马红了,无地自容,像是刚抢了银行、带着钞票当场被警察抓住,明知道已经是束手就擒还极力狡辩。

坚守着伍尔夫“女孩子要有一间自己的房子”的执念,我一声不吭地离开了那个班级。偶尔在路上碰到他看过来的目光,立刻慌乱地转过头。各怀心事。

我们在一起，无论生活还是学习，总是满脸忧愁。他说他会帮我赶走这些阴暗。他努力着，一直到形同陌路，都是徒劳。

但有一天，这种忧愁无缘无故地消失了。

一年之后在车上碰见他，本能地笑了笑。

他打着电话时不时地吼出来几声“操！”“妈的！”……听得我心惊肉跳，说白一点便是心凉。我盯着他吸烟的样子，突然就感觉自己当初是眼瞎了么，竟觉得他是世上最完美的人。不想再知道关于他的任何事，怕再把美好的记忆践踏。

发自内心地厌恶他。

好友谈起她的初恋也总是沉默。爱上她的那个男孩，口口声声地说很爱很爱。老师请来双方父母的那一刻，他把所有的责任都推到了她身上。

青春，什么是对，什么是错？还有，谁对谁错？

妈妈说得好，不要随便为一个人付出一切。青春年华里，可以恋爱，但要适度。当一切都被他卷走的时候，至少你还有活下去的资本。

当初以为全世界就他最完美，他是一切，其他男生直接无视。过后，嘲笑自己是多么的幼稚。不知道该怎么办。那么，忘记现在的他，把回忆还原成芬芳。不敢忘记的是少年的深情与痴恋，或许沧桑之后，回忆却依然甜蜜。记住的，不是现在的他，而是曾经他给过的感觉。

再见，我们不离愁的少年。坦然，始终避免不了的荒芜。

青春，最后注定是一个人成长。

秋天以北

■文/张元

九月的天空明净异常，当下午的阳光透过教室的玻璃窗照射在我面前的稿纸上时，一种慵懒的味道顿时弥漫开来。

右手边摊开的杂志上有一篇文章《秋日的橙子》，初看满是淡淡的烟火气息，但在读过之后确实是有一种淡淡的触感，一如这秋日下午的阳光，淡淡地弥漫着慵懒与忧伤，让人不想活动，就这么静静地坐着，就这么静静地思考着一些事。

似乎窗外树上的叶子又落了一些。

恍然间想起一个人安静地走在学校操场的时候,阳光沿着树叶的边缘将细碎的光点洒在地面,与叶子的阴影嬉戏跳跃。仰起头来,听见风沿着小路来回穿梭的声音。

仿佛突然间就是秋天了,风也开始带着一丝淡淡的凉意。

秋天是一个有故事的季节。

记得有人问过我,树叶有几次生命?我不明白地摇摇头。他接着说,有两次。树叶刚刚发芽的时候,生命伊始,绽放的绿色,带给全世界生命的气息。当秋天来临,树叶变黄,从树上落下来的时候,它的第二次生命就开始了,它会变成飞舞的蝴蝶,借着夕阳的余光,散发着金色的光泽,飞舞着落向大地,声音轻得让人心疼。

秋天,就像是注定了的忧伤。

突然想起那个以写忧伤而闻名的郭敬明,那个用四十五度角仰望天空的孩子,也是感染了很多很多的人呢。感觉像是很久以前才会看他写的东西,就这么长大了,没有预感的,这样好像也是一种忧伤呢。

很喜欢苏童笔下的秋天的场景:“后花园的墙角那里有一架紫藤,从夏天到秋天,紫藤花一直沉沉地开着,颂莲从她的窗口看见那些紫色的絮状的花朵在秋风中摇曳,一天天地清淡。她注意到紫藤架下有一口井,而且还有石桌和石凳,一个挺闲适的去处却见不到人,通往那里的甬道上长满了杂草。蝴蝶飞过去,蝉也在紫藤枝叶上唱,颂莲想起去年这个时候,她是坐在学校的紫藤架下读书的,一切都恍然如梦。”苏童的小说读来总有一种凄清的感觉,像极了秋天的风与秋天的落叶,都带着一种凄清,一种冷艳。

前段时间一直在读海子的诗,有一首《秋天》:

“秋天红色的膝盖 / 跪在地上 /小花死在回家的路上/ 泪水打湿 / 鸽子的后脑勺 / 一位少年去摘苹果树上的灯 / 秋天一定在努力地忘记着”

读海子的诗总有一种很累的感觉,好像你面前坐着他,等着你去慢慢地了解他。有一种洪荒古老的气息,最纯净的生命,睁开着的、最纯净的眼睛认真地看着这个世界,没有一点点的杂质,只是用最淳朴、最干净的心灵触摸着这个世界。海子就是一个孩子,干净的孩子,不哭不闹,只是安安静静地创造着他的世界。就像是秋天的树叶,生命回归,大地安静,金色的阳光悄悄地隐去了的灼热,温和地看着这一有点温馨、有点忧伤的一幕。或许,海子也是这样看着大地的吧。

突然觉得阳光很是好看,金色的光将世界都染得灿烂。还记得自己刚刚到这座城市,满是好奇与兴奋。而今天就这么静静地坐着,感受着不远处的黄河传来的淡淡的氤氲水汽。附近的大山安静地拥抱着这河畔的街道,街边的小吃摊,来往车辆扬起的尘土,一切都在这秋日的阳光里变得很温暖。

作者简介:张元,“90后”作家,中国散文学会会员,甘肃省作家协会会员,就读于北京师范大学播音与传媒系,游学于澳大利亚悉尼大学;已出版《红鸟》《陌路花开》《那些青灰色逝去的年华》等六部作品,文字多见于《求学》《读者》《儿童文学》《美文》《青春美文》《山东文学》《创新作文》等刊物,长篇小说《安然,守护阳光》获《小说选刊》第二届全国小说笔会一等奖,散文《在鲜花的沉眠》获《散文选刊》全国散文大赛二等奖;路遥青年文学奖获得者;作家陈忠实称其为“西部骄子,陇原新秀”,作家史小溪将其誉为“陇原青少年文学掌门人”。

似云，似雾，是怀念

■文/赵伊妮

我依然会在那样的清晨醒来。

窗外的浓雾厚重而压抑，屋子里挤进的些许光线，它们经由这荒芜的气动，折射到房间的各个角落，支离破碎。雾者，飞来又飞去，带走的是悲愁，留下的是微尘里花开的香气。

可是，除了雾，这清晨中还到处潜伏着岑寂与清冷。你不要企图在欢愉中寻找我的名字，我生活在你不可知的世界里，承载着枕边清泪。

这样的日子,越发地瘦了。经不起折腾,倏忽间就一闪而过,仿佛是一个秋风灌满衣衫的瞬间,又仿佛是一场秋雨滴落继而消失不见的过程,轻轻巧巧的,想抓都抓不住。我们总会老去,老在每个时光泅渡过的日子中。

屋内的视野慢慢变得清晰与鲜明起来。我对这样的清晨是尤为钟爱的。每当此时,我便会蜷缩在房间角落里的软床上,注视着那些光线的巧妙变化。我扬起脖颈,渴望着那些光晕轻柔地舔我的面颊。一些记忆不请自来。我还记得孩童时的自己,少了伤春悲秋的特质,强烈地喜欢着这个满处生机、可以肆无忌惮地探索发现的季节,蛐蛐、蚂蚱、蝴蝶、蜻蜓这些普通的生物就会激发无限的笑脸,没有缘由,也不问缘由。阳光刺眼,从深远的某一处直射而来,穿透了阴雨与忧伤。某一夏,艳阳里遇到你灿烂的笑颜,我便知晓,此后的每一季,终会绚烂耀眼。

然后,我便闭上眼睛。

那些久远的错落光影,那些惆怅的流失记忆,在我的脑海中勾勒与穿梭。它们轻而易举,它们根深蒂固。而那,便是怀念,蕴藏着永远的隐秘与温情的怀念。

我望着窗外依然沉重窒堵的漫天雾霭,苦涩难耐。我们所生存着的庞大世界,只是一场笼罩全部的幻影假象罢了。我们身边所有的一切,它们不可抗拒而命中注定。它们早已预示。

比如,我会遇见你,你会爱上他,而他,会邂逅我。我想,这些便是上天带给我们的,那些最为捉摸不透的伟大缘分吧。如果说遇见就是缘分,那么,我们的缘分未免太浅。我期待的,是有个人能将我的故事染上昏黄的色调,给背景打上温暖的标签。我想要一段泛着沉香的岁月,能穿透记忆深处最茂密的森林,深深扎根于内心。

也许有一日我会在人类的森林迷失,不知何从。但那个人的双手向我摊开,牵引我走向阴霾之外的光明,他陪着我走过一段一段的坎坷和挫折,他与我微笑着并肩而立,他怀抱着受伤失措的我。两个人的相遇与离散,我们全然不知或稍显迷茫。我们无法预见。而所有的一切,便又是那些所谓的感觉与激情促使形成的。所以，我们无法解释这变幻莫测的虚无尘世。

它们掌控着我们的出身与境遇，这世界的伟大运转，虽不从属于某种物质，但它还是带着永远的偏袒与束缚。

那些被我怀念的，也在我们的记忆里存活。怀念看似虚渺，却又构成了这巨大幻象中的唯一真实。它们让我们懂得与体会了爱与恨，生命与流逝。它们赐予了我们了解这个世界的能力与机缘，它们目睹着这个世界运转的所有规律。而我们就像是生长在水族箱里的小鱼儿，看似游弋自如，却已是命中注定。怀念将我们带到了这个滴着鲜血却又充满着温情的世界。它们喜欢看着我们哭泣与微笑，嘲讽与嫉妒，亲吻与憎恨。

不置可否，世界的不可抗拒与完全压迫真的足以将我们毁灭殆尽。

缘分有着可以摧毁我们那些尚且柔弱的血肉肤骨的巨大力量，不过它仍然不会占据我们纯至高尚的灵魂。我们有着自己的思想与动力，我们的躯体内核寄存着源源不断的爱的养分。而这些养分，也足以陪伴我们走过那难以抗拒的漫长人生。

我们尚存着那些美好的忆念，它们值得我们怀念与珍视，它们是高傲不羁的真实。请让我们共同挣破这世界设下的种种桎梏，让我们从那个看似绚丽实则滑稽的舞台上跨步而过，让我们把握住自己的机遇，珍视自己的感情，也让我们一同怀念那些同样不可侵蚀的美好过往。

从始至终，我都不会将这些记忆分类整理。因为我明白，它们在我内心中的地位是同等重要的。那些美好的，感伤的，不满的，嫉妒的，那些铭心刻骨的，那些轻描淡写的，那些所有的忆念，它们属于我一个人。它们让我找寻到了自己生存在这个世界的巨大意义，它们婉转而曲折，它们隐秘而独特，它们带着欢笑与甜蜜，它们指引着我前进的方向。

这些怀念早已不能再用金钱来衡量了。怀念着的包裹着我童年的所有过往，它们有着我的放肆与幼稚，有着我的不羁与叛逆，有着我的无知与怨怼。所以，倘若记忆丢弃，我想，那才是人们的最大哀歌。

这些年过去了,或者往后的许多年里,我依旧还是那个我,喜欢一些字眼词句,诸如韶光贱、烬落、寂寞、凋、彻、天涯、向晚、人生长别离……我知道,我的骨子里,存着些决绝、偏执、激烈的因子。它们被封藏在平淡清和的表象下,如火热的岩浆,翻腾、鼓动、爆破、翻腾。我嗜美,偏执地,狂热地,我信奉悲剧美,带着毁灭性的美,如心底,存着一只细嗅蔷薇的猛虎。光阴,仿佛是被笼罩在了记忆里,在那个夏天白晃晃的炙热阳光中,汽化、模糊、扭曲、蒸腾,一眼望去,恍如前世,又恍如昨昔。我嗜爱着悲凉的美,以至希冀着我的这一世,能如一场花火,美得酣畅,美得悲凉……

作者简介:赵伊妮,1990年9月出生于辽宁抚顺,中国诗歌学会会员,中国当代诗人协会会员,辽宁省作家协会会员,辽宁省当代文学研究会会员;毕业于辽宁文学院新锐作家班;已出版诗集《早安,玫瑰》、散文集《小站》;沈阳市残疾人兴趣写作协会特邀讲师;《山花》《中国诗》《中国矿工报》杂志签约作家;2010年获中国大学生全国诚信大赛一等奖,2011年获辽宁红诗比赛一等奖,曾获中国首届梁山伯祝英台华人爱情诗金奖。

昨夜星辰昨夜雨——写给年少时的自己

■文/朱进申

知道我有多想你吗，年少时的自己？

我想，在这样的夜晚里最适合失眠了。月色皎皎，伴有微风。恍惚中记不起上次失眠是何时何故，今夜再度难寐，才发觉此间明月竟和上次时的那轮如此神似。上床，熄灯，展被。一系列的机械作业完成后，我静静地躺下，脑海中浮现的却是另一张面容，那么熟悉，又那么陌生。夜的深处涌起一阵时光潮汐。你还好吗，年少时的自己？

恍惚之间，尘沙漫道，时光嬗变，无数的细节堆积成一张骄傲的侧脸。衣襟翻飞的红领巾,修剪得参差不齐的指甲,简单的笑容里浮起的童话城堡。知道我有多想你吗,那个鸟飞莺啼的梦幻年代?我与你走丢,那些年轻的时光不再柔软,每一朵盛放的笑容背后渐渐藏有目的。你在哪里,年少时的自己?无论此刻的月色星泽多么明亮,我亦无法汲着它们的辉光回到往昔的旧梦中了,而与你的重逢,只能在这失眠的明月夜了。

就这样,我开始毫无征兆地垂垂老去。虽然我在不断地激励着自己:你还年轻,尚有未来。也知前路坎坷,需付出更大的心力,更多的谨慎。

可是在若干个像今晚这样充满悔恨的长夜里和自己促膝而谈时,发觉自己依旧一事无成的事实就了无声息地横在面前时,那会是一种怎样的惊慌失措啊!于是我再也不相信自己依然年轻,那不过是个会老去的谎言。我泅游在年少时的梦河中缓缓老去,全不是当初那个有理想、有活力、信誓旦旦的少年了。

当我第一次学会欺骗,第一次轻易认输,第一次对着喜欢的人说再见,第一次将心事保守成秘密,当我开始试探人情世故,开始忧郁,开始用更多的沉默去回应这个多变的社会时,我就不再年少,我把那个简单的自己丢了。

但与此同时,几乎所有人都对我说,那是成熟的标志,是值得欣慰的。我用老去的思想判断,他们的话里至少有一半是假的,于是我不再完全相信所有人的话。那是我开始老去的开端。

于是我一步步接受时光既定的磨炼,直到合格为止。在这无法匹博的成长之途中,我很难想象日后会不会成长为一个令自己都感到很陌生的人,丢掉童真,放弃单纯,与幼时那些冒险的梦不告而别。就像楼下卖菜的王叔一样佝偻着身躯,对生计愁眉不展;就像对门退休的刘爷爷一样,坐在摇椅上,听着戏曲,打着呵欠;亦像小超市的吴妈,整天晒着太阳,依旧不断抱怨着生活的苦楚。

知道我有多想你吗,年少时的自己?想你那时的单纯,好动,跑起来似乎会卷起一阵风。那时还不懂得光阴无情,岁月残忍。也许一本薄薄的小人书就可以令你垂涎整个下午，几场游戏可以让你打发掉漫漫的夜晚。那时的你无邪天真，灿烂的太阳是简笔画中大大的笑脸，从动漫中学来的咒语是你拯救地球的口号。萤火虫打着灯笼，蝈蝈们的交响乐，是你夏日里最美的梦。浮云将天空装饰成花色围裙，雪糕融化在口中，飘出的是没有悲伤和情爱的童谣。那时的你还是长着翅膀无忧无虑的天使。

那是多么好的年纪，为了得到老师的一朵红花，将那些作业一次次工整抄写，倔强到深夜。为了一只流浪的小狗，会将满满的储蓄罐摔破，取出那些不知攒了多久的硬币来买狗粮。不染纤尘的日子并没有与你相伴多久，转眼你远离年少闯入青春。此时的时光再不是与你日日嬉闹的朋伙了，而已暗变成为一个老谋深算之人。再往后，你在某位亲人的葬礼中尝到一种名为离别铭心苦药，再如某次突如其来的变故让你初尝人情冷暖，你尚年轻，不懂未雨绸缪。从那时起你就开始在独属你的人生之途长路跋涉，举戈征伐，那是在书中所得的名为理想和信念的锦囊，如此辛劳，只为日后生活可得安逸。

白驹过隙，凸出的喉结，茁壮的胡须，青春的旗帜高扬着猎猎作响。原来自己早已长大，谁又在成长的路口频频回首，然后闭着眼，蒙着耳，含泪欢呼雀跃。知道我有多想你吗，年少时的自己？

我害怕哪一天岁月真的会抹掉一路成长过来的痕迹，而我却只顾得匆忙奔赴这花事荼靡的人市街道。三月的惊蛰早过，我没有听到春雷阵阵。四月的清明也远去，我没有放飞纸鸢纷纷。五月立夏，六月芒种，四时澄明的季节，我又该如何寻得回六岁时那个趁我午睡爬出窗外的蜗牛？

如果可以回到蝉鸣四起、日光丰盛的年轻时光，如果可以回到那个红花与弹珠、超级马利与美少女战士的单纯年少，如果可以在遇到第一个心动女生时没有错过表白的机会，如果一直把父母的话当作箴言，如果懂得日子是以年计算而不是以天计算，你或者我们，是否对那些已逝的时光少一些遗憾呢？

清冷的寒气在窗外徘徊,终于飘落了雨。我安静地躺着,在星光朦胧中,我看到年少时的自己从某一个长着青苔的巷口跑出,手举花色纹理的玻璃弹珠,折射出天空抑郁的苍绿色。那是一个充满想象与渴望的年纪。回不去的年少时光。

我想,我与他只隔着一个昨天,一片星光一场雨。晚安,年少时的自己。

爱在狭路孤行——阅读张爱玲

■文/朱旭东

从记忆开始

在岁月的烟熏火燎中寻觅七零八落的灰烬,无论是否还留有余热。毕竟炽热过,烘干过些许寒意,照耀过部分黯然。只不过曾经是火焰在干柴中歌舞,现在是火焰的遗骸,歌舞的灰烬。敝帚自珍的不该是自作多情的风,该是被暖过、被照耀过的人。因为懂得,所以才一次次犯傻似的在岁月的烟雾里搜寻余烬,用以拼贴旧日图景。善于蓦然回首,乐于重温时间,频频追溯过往,迟早会发现过往并不一定遍地沼泽,等待闯入禁地的人醉生梦死地沉沦,也可以是漫天镜子,映照无数未来之路的走向,纵然雾霭重重,迷津无数,至少也有一线闪烁的光在指引,减少重蹈覆辙的可能。

很多人其实都善于回首,乐于重温,一部分勤于记录的人更把一份份真诚留予另一部分人感动。并不一定非要尝遍百味,风霜看尽,所走过的千山万水之中,那些五味杂陈足以潜滋暗长成他们用之不竭的写作源泉。但丁是这样,一部《神曲》足以让被碾落成泥的梦在从地狱到天堂的过程中重新完整,而让后人在感动中赞叹人生的玫瑰竟如此圣洁;歌德是这样,薄薄的小册子记录他背影的厚度,在维特的死中让自己复活,留下多少纷扰给读者解读;曹雪芹是这样,把人生世事交由一块顽石来洞明,让每一个红楼梦中人看见自己的眼睛,踏上属于自己的路;张爱玲更是这样,以笔为刀,把她所有练达的人情做成玉馔珍馐,让敢于接近的人品味个中酸甜苦辣。

一粒瓜子壳

镶边花卉绣在一件黑紫色的旗袍上,裹紧心事的同时也裹起了凡尘不染的气质。头高昂着,眼睛犀利,盯着看她的人,也看身后毫无遮拦的世界。那么凝神,仿佛洞明世事后故意作壁上观;那么不屑,人情练达后对现实种种漠不关心,是坚定的孤傲,还是极致的孤独?迷离的揣测难以忽略一种强加掩饰的凄凉,一颗萎谢的心撑起张扬的姿态,冷傲从容,欲言又止。

这张在不断翻新的世界不断泛黄的黑白照片铭刻着张爱玲这个传奇。她说:“照片这东西不过是生命的碎壳;纷纷的岁月已过去,瓜子仁一粒粒咽了下去,滋味个人自己知道,留给大家看的唯有那狼藉的黑白的瓜子壳。”透过这粒瓜子壳,后来的人看见张爱玲的一番姿态,看见一番别样的民国。

人都说民国那些女子,她们的一生都不如意。陆小曼凄苦悲凉,石评梅昙花闪现,萧红命途多舛,苏青寂寥而终……把芳华下注于命运之中,而她们都是愿赌服输的人。像佛普度众生,每个人度人的方式不尽相同,被度的方式也各式各样。她们选择用笔和纸度人,同时也在度自己。这种思想的超度，亦是对许多悲苦灵魂的救赎。

笔纸传奇

繁华落寞竞相交替，紫陌红尘辗转竞逐，那个陷落的孤岛愿意为张爱玲舒展一张纸，任她的笔倾诉衷肠，镌刻春秋。柯灵在《遥寄张爱玲》中说："我扳着指头算来算去，偌大的文坛，哪个阶段都安放不下一个张爱玲；上海沦陷，才给了她机会。日本侵略者和汪精卫政权把传统文学一刀切断了，只要不反对他们，有点文学艺术粉饰太平，求之不得，给他们什么，当然是不计较的，天高皇帝远，这就给张爱玲提供了大显身手的舞台……"所以她的创作与当时的主流文学——反帝反封建的，阶级斗争的，抗日救亡的——有所疏离。她在《自己的文章》中说："我发现弄文学的人向来是注重人生飞扬的一面，而忽视人生安稳的一面。"人生安稳的一面是永恒的，偶尔会有不安全，但任何时代都存在。同时，她"喜欢悲壮，更喜欢苍凉。壮烈只有力，没有美，似乎缺少人性。悲壮则如大红大绿的配色，是一种强烈的对照。但它的刺激性还是大于启发性。苍凉之所以有更深长的回味，就因为它像葱绿配桃红，是一种参差对照"。她笔下的人物也常是不彻底的，软弱平凡的，"把普通的人性凝聚在普通的人身上。"

《倾城之恋》中，白流苏"不过是一个自私的女人"，范柳原"不过是一个自私的男子"，他们一开始在进行一场连他们自己都真假难辨的博弈游戏。一面是双方的甜言蜜语，另一面是无伤大体地攻守，谁也不认真。这段乱世姻缘在太平洋战争爆发，朝不保夕的时刻才被彼此看清，原来谁也离不开谁。"在这兵荒马乱的时代，个人主义者是无处容身的，可是总有地方容得下一对平凡夫妻。""也许就因为要成全她，一个大都市倾覆了。"然而，按张爱玲的说法："柳原与流苏的结局，虽然多少是健康的，仍旧是庸俗的；就事论事，他们也只能如此。"

《十八春》后来叫《半生缘》，讲述的是世家子弟沈世钧与平民之女顾曼桢的半世情缘。沈世钧不苟言笑，更不谙世故，在追求真我与父母之命中苦苦挣扎；顾曼桢温柔敦厚，既有古典的窈窕又有时尚的活泼，善良矜持又朴素大方。在新旧交替的年代邂逅，演绎出的故事注定百转千回。平凡的人只盼望平凡的生活：简简单单，安安稳稳。说造化弄人也好，说命中注定也罢,无数横生的枝节,无数障眼的迷雾,让局里局外的人相聚迷津,这古渡口曾经往来什么船只?只是在第十八个春秋,一句“我们再也回不去了,回不去了”让一切豁然。而曾经的曲折能变直吗?难以释怀的该用多久才能放下?热情、怀念都交给岁月,年深日久了真会成为生活的一部分吗?除了遗憾,也没有什么不能随时间迅速老去!

张爱玲就这样以她的私人话语,发现与肯定市民琐碎的日常生活,“甚至只写男女间的小事情”,既关注人生之世俗生活中的饮食男女、吃穿住行,又深层剖析人性的优缺点,使文字在平实与琐细中凸显质感与厚度,加之她细腻敏锐的捕捉力,丰富独特的体验与想象,都使张迷们的阅读期待享受独特韵致。

狭路孤行

在市井生活的线条针孔里,很多时间她都伴着孤灯煮字疗饥,也在自食其力,把自己品味到的烟火在最深的红尘里供世人解读,更用来释放自己。她自己依然着一身爬满蚤子的旗袍隔着尘埃开花,有远到云端的脱俗,也有近在咫尺的亲近,至于内心,仍如一把弯月,割着夜空照耀人间。

带给她这一切的除了时代,还有生活在她世界中的人,为她带来回忆与经验,写作的源泉与人生的释然,以至于她在风华绝代之龄时常有直抵人心的喟叹。“自己一寸一寸地死去,这可爱的世界也一寸一寸死去了。笑,全世界便与你同声笑;哭,你便自己哭。”多么可爱的世界偏偏留给她孤独,深邃地在狭长的岁月中永不漫漶,看似遗世独立实则迫于无奈。尤其在那场倾城之恋中,先是“见了他,她变得很低很低,低到尘埃里。但她的心里是欢喜的,从尘埃里开出花来”,接着“我要你知道,在这个世界上总有一个人是等着你的,不管在什么时候,不管到什么地方,反正你知道,总有这么个人”,最后“是从你开始,我学会了,怎样,爱,认真的……爱到底是好的,虽然吃了苦,以后还是要爱的”。

无论相遇过早还是重逢太迟,遇见了就是美丽的意外,纵然结果会有微雨燕双飞的惆怅。错过,只是顿失了想象中的结果,过程却成为生活的一部分,与生命一同成长。偶尔无端记起,才发现,生命真是一袭华美的旗袍,爬满蚤子。

有时候,无需登高,天涯路亦可望断。

有些事,无需挽留,轻舟已过万重山。

有些人,无需找寻,一直都在灯火阑珊处。

可是她把生命看得太透了,看到了缺钙的骨头,后来的都不再是曾经的沧海,不再是巫山的烟云了。

结局安静

张爱玲晚年的荒凉并没有因为她在港台及大陆的声名鹊起而有所起色。她的心萎谢了,孤苦无依,离群索居。或许为了自由选择了安静,抑或是为了逃避那些能让她触碰到往事的蛛丝马迹,她活在遗忘之中,也期待被人遗忘,丢开所有,剩着文字,无关风月。世事嶙峋,时光荏苒,她想要的其实一直很简单,结局却总表露出复杂奢望的迹象。遗世独立也罢,惊世骇俗也罢,她厌倦了在这袭华丽的旗袍上看蚤子起起伏伏……

如果人真会有来世,她是不需要了!

作者简介:朱旭东,1990 年生于甘肃成县,现就读于天水师范学院中文系。作品散见于《中华作家》《中国诗选刊》《星星文学》《家园文学》《甘肃农民报》《我们诗刊》等刊物,曾获第八届全国青少年中华情征文银奖、首届“当代杯”国际文学艺术大赛二等奖、“龙蟒杯·龙的传人”全球华语诗歌大赛奖、《家园文学》征文三等奖等奖项,有作品入选《当代文学作品精选》《甘肃校园文学》。

如果你懂

■文/朱艺

曾经笃定的相信，如今也只是各安天涯的别离。曾经以为的不会，如今却也是执手看花的守护。

你以为在你最好的年华遇见的那个植入骨髓的人是你一生的托付，曾经山盟海誓，曾经天大地大唯他一人最大，只是浩瀚的时间长河，你们的爱、你们的感情没有经受住冲刷，努力补救后最终也只是安静着遗憾地分手。

你以为你错过了你一开始爱的那个人便不再会有人让你心动，你一个人走着自己的路、看着自己的风景，你的世界从他走后便已只剩你一个人,你不懂这是怎么了,原来再笃定的海誓山盟也有消散的一天。你说你不会再爱,你的心好像已不再会心动,就像天际上远远飞着的鸽子,落不到绵白的云彩里,你静默,淡看周围爱情的起起落落。

你那年十八岁,白衣飘飘的岁月,懵懂爱的俊秀少年。你的指尖流淌过太多的文字,你的笔下演绎了太多的故事。青葱岁月里的懵懂爱,梦幻而又纯净,只是不管你写过多少故事,你还是那个不懂爱的少年。你遇见一个女孩,她是你梦中存在的美好,你的心为她更真实地跳动,你知道这就是爱情,那么幸运,女孩也喜欢你,你们在一起了。你们爱着、期待着,相信白头偕老的结局,憧憬着大美江南、一梦千年的美好。你们彼此陪伴,走过了一段不短不长的岁月,只是不知为何,这段被祝福的爱恋竟也无疾而终,至于原因,你们自己也不清楚。就如这世间的事,并没有一个真正的缘由。

你那年十七岁,不出众不高挑,不优秀却也不差劲。你看书写诗、唱歌写词,过着小众的生活,喜欢简单的快乐,身边有要好的朋友,有贴心的知己,这样的一切看起来平凡却也不失美好。你认识了新朋友,是之前你便知道的少年,只是现在和他成了朋友,你们偶尔聊天、偶尔说笑,看起来不过都只是有些要好的朋友。时间过了多久呢,你自己也不记得了,你们在一起了,突然的决定却并不让人感到突兀,你们都是快乐的,干净的微笑、内心的温暖,一切只有自己知道。他把你带到他的世界,给你说他的故事包括他的前女友,他的单纯与坦诚让你感动,你笑笑,你想你们会快乐的。

你没有想过自己会那么快地恋爱,你以为当那个初恋的女孩与你无疾而终后你会一个人走,只是你遇见了她,不知道因为什么,你们在一起了,你告诉她你曾经的点滴,你不懂怎么去爱,就算你已经有过一次恋爱。许是第一段感情的遗憾,你告诉自己要好好地对待,你不想也不愿再让现在的人难过。

你们在一起了,快乐也幸福。只是有时你也会难过,你是个没有安全感的孩子,一直都是。少年知道,他告诉你他会把安全感放在你手里。就像是每一对情侣,前男友和前女友永远都是一个疙瘩,因为一些事你受了委屈，他知道他心疼着你，你看着他去做，去努力让你快乐、温暖，你的心终究是温暖的，你想，就这样一直走下去也不错。

你看见一条他转载的微博：“他们没能在一起，没能一起创造幸福，但是，他仍然希望她是幸福的。这幸福，是为了让他们的分开值得，让分开的人心存安慰。如果，谁不幸福，那他们曾经的分开又增添了一个多么大的遗憾。一定要幸福，是我们对人生过往的弥补，也是我们对曾经的爱的深爱。”你久久深思，想给他说点什么却始终没说。

你看窗外阳光正好，就如你现在的年华，你望着窗外有些出神，思绪也早已不知道飞向了哪里，你想起了朋友告诉你的话，突然也就释怀了。曾经只是曾经，往事只是往事，那么庆幸的是你们现在在一起，他爱你，你爱他，如此，正好。

你想也许未来某一天你还是会因为那个曾经的女孩失落，只是，你也愿意祝福她，祝福她幸福，这祝福是为你身边的这个男孩，为了不再有遗憾。

你爱那江南的柔蓝烟绿、疏雨桃花，你相信在那大美江南，你们可以一梦千年。

夜雨潇潇

■文/紫蔷薇

过去的那些，像雾一样想起，像风一样遗忘，只有雨天是最美丽的意外。

——题记

雨从云堆砌的雕塑展览中跑了出来，那毫无遮挡的气势，压得人呼吸困难，心凉眸酸。远处空濛而迷离虚幻，原本侏儒的人工绿化带早已经在烟缭雾绕中若隐若现，仿佛故作神秘的世外高人，自闲自碌。毕竟与宋人水墨画中的空濛山色不可同日而语。细细嗅嗅，清新凉爽。因为花园就在身旁,散发着草和树木沐浴后特有的气味。由于雨来得猛烈,最浓的还是土腥味。常在这混凝土占据着的路上放脚,土腥味倒显得格外珍贵,特别是经过了雨水的洗涤,浓而不腻。余光中曾说“雨,是一滴湿漓漓的灵魂”,此刻雨却带有一丝凄凉、凄清,甚至凄楚。而在那牵起乡愁的远方,一定也是风疏雨骤,需要伞来配合户外的行走。是的,伞——一个人可以撑起的天空,此刻,我和许多人一样握在手里。然而,不爱打伞的那个人,今夜你打伞了吗?

那还是七年前,每逢在雨天遇见你,无论是沾尘小雨,星星点点,还是牛毛细雨,淅淅沥沥,只要不是瓢泼大雨,洋洋洒洒,你总保持着和天空没有隔阂的状态,仿佛要通过那连接天与地的琴弦,弹奏出你想触碰的乐趣,或者你想要抓住那来自天空的线索,完成所有关于天空的想象。一切的云情雨意,你都宛然知晓。雨水沾湿了你如黑夜般浓密的黑发,像蒲公英找到了生命的栖息地。当承载力被超越以后,它们便自觉地顺着发梢荡秋千一样进入下一段奔波。这一切你毫不在意,可我知道你全都知道。

为了应付第二天的考试,我在未曾到过的教室里坐了两天,在雨越下越大的过程中我打算离开。楼道的出口处,有许许多多和我经历相同的人,有的在等待,有的即将撑开伞,也有的看了看又回到教室去了。我撑开伞向雨中走去,由一条行人最少也最远的路朝宿舍的方向走。

原本这已经是很平坦的路了,可当脚踩下去之后,才发觉到了那么多曾经不曾留意的凹凸,在有路灯的地方看得最为清楚。包括低洼处的水里破碎着的夜晚,包括凸处散落满地又被淋湿全身的灯光……但是,总有更多的地方没有路灯,纯粹的黑夜给不了回忆的纯粹,总有一些时间像日记一样需要整理,另有一些时间不需要整理已经成长为日记,填充着脑海中素洁的记事本……

你总背着书包,在那条弯弯的上学必经之路上。原本支离破碎的路面在雨中烂得更加清晰,当积水多了,那路面的“整容”工作也算完成了,拥挤的路瞬间便变得宽敞。在这视觉的欺骗面前,你愈加直率,径直走向“整容”后的路。应该有那么几次,脚、鞋和雨水亲密地融为了一体。我却从未发觉,走进教室的你用愁眉苦脸暴露你内心的秘密。

不知道有多少次，我骑着自行车、打着伞从你身旁一声不吭地经过，偶尔有意，应该无意地瞥见雨中的你，亲人般和雨水一路相伴。可回到教室的你，我却怎么也想不出你和雨水有什么关系，只有在你安静的时候，我觉得你不是雨的后裔就是水的亲戚。今夜我又撑开了伞，只有雨水，没有你！

突然，我的左脚与众多雨水在一个低洼的小坑里邂逅了，在短暂的苦恼之后，借着黑夜和雨声还有伞，我笑了，从心里蔓延到了嘴角。仿佛一泓碧水凉透夏天，也像失散多年的幻觉再度浮现。原来与雨水保持亲切是那么心旷神怡，以前的雨水，竟然都被我错过了。

雨踩着的时间无所谓长短，所以它没有丝毫倦意，仍然带着浓烈的激情，唱红歌般哗哗啦啦打在伞上，顺着伞檐滴落，接着活蹦乱跳地围绕着我。为了天亮后等待我完成的事，我再一次没有勇气接受雨水的暗示和热情。在伞与伞拥挤的空间里缀着雨，在雨与雨狭窄的缝隙里一段南拳妈妈的《下雨天》像又一重雨骤然飘洒：

“怎样的雨，怎样的夜，怎样的我会让你更想念……”

这会被挑剔的雨一掌击碎还是会被携带着漫天遍地地飞奔，像一种寻寻觅觅。我只愿这是某个被牵挂的陌生人的铃声响起，再没有任何别的意思让人浮想联翩。伞檐上一滴雨完成对另一滴雨的接替之后，一切都会归于平静，除了雨声在喧嚣的夜里愈来愈清脆。

走在这坚硬的路上，我闻不到泥土的味道，雨水也只有疾走。这一路伞罩着我，雨罩着伞，夜罩着雨，天空罩着夏夜……那个不爱打伞的人，你那里下雨了吗？如果下了，也应该有人为你撑伞，但我想你的右手里握着一把雨，鞋里也会有水居住。因为一个习惯形成就很难改变。而我想，还是不要下或者最好小一点，尤其是这样的夏夜，因为你不爱打伞。

作者简介：紫蔷薇，原名朱旭慧，1991年出生于甘肃，现就读于兰州理工大学。在各级刊物发表诗文近百篇（首），获奖数次。

海子迷

■文/左叶蝶

灯　迷

五彩斑斓的霓虹灯瞬间亮起，黑夜褪色在天际之外。嘈杂的城市，川流不息的车辆，一双小脚固执地走在马路的黄线上。一个个的脚印，一步一步、小心翼翼地踩着。小小的双脚穿着白色的布鞋，平淡与这城市有些不匹配，可它依旧向往着前方，那个未知的世界张着胳膊朝它微笑。

司机探出脑袋骂着它的不小心，它茫然地看着司机陌生的面孔。它听不太清车上人究竟说了什么，却是异常清晰地记住了他的脸，那是它走进这个新世界的第一张脸,有些厌恶,有些烦躁,还有些担忧。

小脚突然顿住了,在这陌生又熟悉的街道,繁华绚丽的马路。

它开始怀念早晨这街道上清新的泥土味,忽然想起了隔壁卖油条的大叔,接着又记起了学校里的老师,带着黑框眼镜的老师要求它今晚背诗,一首很温暖很温暖的诗——《面朝大海,春暖花开》。

小脚想找到那个地方,所以它才半夜跑出家门。

可是熟悉的街道为何变得如此陌生？白天还安谧的城市为什么变得疯狂？那些从散着彩色灯光的小店里传出的尖叫声,究竟是快乐还是凄惨？

它有很多问题,可是这偌大嘈杂的街道上,却没有一个人可以回答它。

小脚是孤立的,至少此时此刻。

在这个熟悉的城市,陌生的街道,奇怪的人们之间。

酒　迷

灵异学中有一种说法,叫灵魂出窍。

小脚这一次悬浮在半空中,站在一个外人的角度,看看地上的另一双与自己一模一样的脚——它不再穿着白色布鞋,紫色的皮鞋有些刺眼。它不自在地动了动,又动了动,最后还是放弃地瘫在了地上。

它没有力气再挣扎,可是思想还是有一丝清醒的。它记得秃头化学教授上课讲过,现在面前这些漂亮的液体之中,有一种叫酒精的东西,化学中叫乙醇。

小脚喜欢叫这东西为乙醇,显得自己好像懂得多些。

它还在寻找曾经那首诗歌的地方,面朝大海,春暖花开。它问了很多人,最终被另一双黑色皮鞋带到了这里,它告诉它,这里能有它想找到的答案。它告诉它,这一杯杯红绿相见、点缀着小纸伞的东西,有一杯的名字就叫“面朝大海,春暖花开”。

小脚透着那杯“面朝大海,春暖花开”看着对面,对面那个女人苍白的脸好像变得七彩好看些了,小脚举起杯子一口气灌下,它似乎是看到了远方一片汪洋,蓝色的海浪翻卷拍打在沙滩上,美妙的声音轰隆隆地传来,头顶的阳光正好温暖,此时一片岁月静好。

可是这最终只是虚拟的幻想,店里的喧闹让小脚回到了属于它的世界里。小脚挣扎地摆脱了黑色皮鞋的搀扶,它强迫自己从半空中回到现实里,它跌跌撞撞地冲到街道,趴在路旁难受得想哭。

它还没有找到诗里的地方,它还要继续坚持,它相信它能找到。

这条夜晚回家的路,小脚已经认识了,虽然很暗,还不习惯。

纸　迷

许多年以后,有人送了小脚一双红色的高跟鞋,还带着闪闪发光的水钻,很漂亮,小脚很喜欢。

那人还送了小脚一本书,叫《红楼梦》。小脚看了几眼,很讨厌其中的一个人,一个叫晴雯的丫鬟——她最爱听纸扇被撕开那一瞬间的声音,小脚最不喜欢听。

小脚觉得,那撕裂的声音,是人心痛的声音。

小脚小时候不喜欢折纸飞机,因为觉得很无聊。可最近小脚的梦里却常常出现纸飞机,还有那时候穿着的白色布鞋,那时脸上的笑容那么大,笑声那么刺耳。

小脚突然有些怀念白色布鞋了,它翻箱倒橱,终于在压箱底处找到了曾经的白色布鞋。它再将它穿在脚上,才走了两步路,便狠狠摔倒在地上。

白色布鞋被撑破了一个口子,破裂的地方正好是曾经的小脚画了一个笑脸的地方。白色布鞋不能穿了,小脚将它从五楼阳台直接对准楼下的垃圾桶丢去,白色布鞋在小脚的眼里变成了一道笔直的白色直线,或许说应该是线段,在它达到终点发出“砰”的一声响时,就像一个锤头突然砸到了小脚脑袋记忆里的某个开关。

小脚记起曾经背过的一首诗歌,还有曾经的一个愿望。它发疯般冲下楼,在垃圾桶里寻找着白色布鞋,可是意料之外,垃圾桶里,被崩裂的白色布鞋比比皆是,它们在笑,如同幼儿般,毫无芥蒂地、开心地在说闹。它们丝毫没意识到自己是主人们的抛弃品,那笑容是小脚很久很久没见过的灿烂。

或许这些白色布鞋们永远都不会知道,它们的笑容会刺伤许多过路的脚——至少是如今红了眼的小脚。或许白色布鞋它知道,可是它们却不知道如何隐藏,因为它们只会这种最单纯、最简单的大笑,不会其他微笑。

红色的高跟鞋走着走着便“啪嗒”一声跟裂了,它让小脚狠狠地摔倒在地上。小脚绝望地坐在马路边,看着此时走在大街上怎么跑怎么跳都相安无事、快乐着的白布鞋们——它们还在哈哈大笑,那笑声却狠狠刺伤了小脚的心。小脚撇开眼故意不让自己去看它们,它的视线落在了走过了十几年的街道上,它突然发现街道变了,隔壁的油条大叔不见了,远处走来的黑框语文老师和秃头化学老师变老了。

或许他们一直都在变,只是小脚没有发现。

人　迷

写了《面朝大海,春暖花开》的诗人叫海子。当小脚踩着落叶捧着书时,它猛然看到了海子的介绍,那个最后选择躺在冰冷轨道上结束自己生命的海子。

书“啪嗒”摔到了地上,时间好像在一瞬间静止了。

落叶打着卷儿又回到了树枝上,泛黄的颜色变得葱绿;整齐高耸的大楼轰然倒塌成一个个错乱的平房;地铁轰鸣的街道变得嘈杂;自行车铃的“丁零”声在后面响起;就连明艳的太阳天也变得黑暗,夜晚在眨眼间便覆盖了整个大地。

小脚错愕地看着自己,脚上莫名变回了白色的布鞋,它又看了看手,修长涂着指甲油的双手变得肉嘟嘟的,细嫩小巧。

像是得了失心疯般,小脚再一次如二十年前的某一个夜晚般,冲到了陌生的街道上。它不知道自己在寻找什么,也不知自己为何奔跑,黄色的路线不断后退,直到司机探出脑袋,喊住了不断冲着的小脚。

小脚猛然回头,那司机,竟然长了一张与海子一模一样的脸。

小脚呆愣地站在原处,身后被堵住的车辆越来越多,一个个长着同样脸庞的人纷纷探出脑袋,甚至是围观的路人,他们穿着暴露的衣裳,涂着鲜艳的指甲油或是顶着打着发胶的脑袋,可无一不和海子长得一模一样。

为什么人和人总长得那么像！小脚大声地喊着问,他和他,她和她,他们和海子!

可是没有人回答,场景变得虚无,变得缥缈,再一次回到了二十年后,阳光静好的下午。小脚再不敢回头,它只能依旧继续踩着落叶一步一步向前,因为它知道它的身后有一面巨大的镜子,它能照出此时的小脚——与那些人,与海子长得一模一样。

所有找不到面朝大海、春暖花开的人都与海子长得一模一样;所有忘记了面朝大海、春暖花开的人身后都有一面大大的镜子,它照应着他们的脸——与海子一模一样。

作者简介：左叶蝶，“90 后”悬恐杂志写手，起点、凤鸣轩 A 签作家，当红文学家族红慕家族副族长，中国青年文艺学会驻美工作委员会主任，现在美国攻读研究生。已在《怖客》《男生女生》《悚族》等杂志发表文章数十万字。

请用诗歌的生命记住一个叫小宛的女子

■文/左右

我很少写诗歌评论或者诗歌随笔，除了那些诗歌本身以及文本背后有一段可以让我感动甚至泪水忍不住决堤的故事。写诗人小宛，如果不是因为两三次在回家的路上坐地铁读她的诗歌而错过了下车的时间，也许我真的会错过我的生命里这么一个特别的女子。最早知道诗人小宛以及小宛的故事，是通过伊沙主持的《新世纪诗典》。我清楚地记得，《新世纪诗典》2012 年 6 月 23 日，伊沙选了小宛的《诗篇》，并写下一篇推荐语。我读完推荐语后再读诗歌，心里就颤颤一震，我想我的震惊也许可以引起这个世纪贫困的震惊。我有必要在这里引用一下作家仵埂在《诗人小宛走了》中写的一段话来阐述我所说的“震惊”的含义:“贾平凹在写完《废都》后,曾有一段答问的文字。问:‘听说,你写《废都》时四处流浪,但你身边随身带着某女作家的一本诗集,是睹物思情还是为什么?贾平凹回答:‘是的,这位女作家叫范术婉,她声名不大,但我极欣赏她的才气。她的诗集给我许多感受,我从中得到了许多关于女人的感觉。我在此向她致谢。她的才华确实在千人之上。’这个叫范术婉的人,就是小宛。”

有些事情,我必须在这里再次谈起。因为,我不希望任何人对诗人小宛有所误会,更多的希望是所有了解和走近小宛的人会将小宛看得更加清晰。能引起中国文坛轰动而关注诗人小宛的事件:“上个世纪末作家贾平凹先生的小说《废都》在小宛不知情的情况下,引用了小宛诗集《消瘦的时光》中的十二首诗,共四十二行。而后小宛将贾平凹先生告上法庭,但是小宛在法庭上突然撤诉,并在法庭外达成了和解。”(引自佟玉洁《小宛:2010 年的疼痛与追思》)后来我在查阅各种资料以及那些熟知小宛的作家写的文章的时候,也是从作家佟玉洁那里知道了小宛突然撤诉的原因,小宛说:“当我看着贾平凹站在被告席上,突然觉得贾平凹像个孩子。”

最让我感动的,不是小宛的诗,而是小宛在诗之外说出了她这一生中最经典的话:“作为女人,我嫁给蒋祖馨,我委屈;作为诗人,我嫁给蒋祖馨,我得天独厚。”这句话在常人面前没什么,但在我这个以写诗为命的学徒面前,我最受感动。熟悉我的人都知道,我也恋爱过,我也失恋过,我也真心真意爱过一个足以让我用生命去保护的女孩。后来因为我的听力,那个女孩最后还是离开了我。在我一个人孤单的日子里,我常常将一段刻骨铭心的爱情写成只能保留在记忆里的情诗。自从那以后,我再也不想恋爱,再也不想随便接受别人对我的倾慕。爱一个人,就要爱到天荒、伴到地老,爱到将所有的勇气消尽一辈子。而诗人小宛真的做到了。才貌双全的她,不顾一切,嫁给一位比自己大三十多岁、相貌一般、老了半截的著名音乐家蒋祖馨,嫁给一位根本不懂得珍惜和疼爱自己的男人,嫁给一位根本不值得陪伴一辈子的男人。尽管因为生活中种种不愉快,小宛与蒋祖馨离过婚,但在蒋祖馨因绝症而生命即将燃尽的最后一刻,小宛还是回到了蒋祖馨身边,陪他走完了最后的路。苍天不公,当小宛还可以继续享受她最后的诗意时光的时候,生活的千疮百孔让她也得了癌症,最后去世。我也渴望被一个人狠狠地疼,被一个人真真地爱,但一直没有。小宛,爱情在你这里,比我所见过的要珍贵、高贵、干净和伟大得多。下班了,在地铁里,我读着小宛写的一首似乎与我灵犀共通的爱情诗歌,"你说,没有爱情的人/很黑我感到了/把火柴一直划了一整天"(小宛《转瞬》),我一直伫立在地铁里读了很多遍,直到地铁二号开到北郊终点站,我才发现地铁里有一个最无助的自己。

很喜欢小宛的诗,很喜欢小宛写下任何与疼痛有关的句子,喜欢得没心没肺,喜欢得没有理由。她说:"不管睡在哪里/都是睡在夜里//不管走在哪里/都是走在路上。"(《在哪里》)她说:"就因为你一巴掌打翻了那个花瓶//玫瑰花瓣/雨点式的飘红了我的一生。"(《疼》)可是诗人小宛将自己剩余的路,走得越来越黑,越来越疼。在2010年一个下了雪的冬天,诗人小宛因癌症去世,留给我们57个永不凋零的年轮。在陕西,很少有人知道诗人小宛,也很少有人知道小宛能写得一手漂亮的小说,极少能在一些刊物和年选里读到小宛的作品。尽管她曾经出版过诗集《消瘦的时光》和《春天借我一双手》,但在西安这个诗歌圈子里,诗人与文人之间,更多的是对小宛的排斥、妒才与沉默。

我曾经在我的笔记里写下这样一段话:"读过小宛之后,在孤绝的诗人面前,最可怜的人原来是我们自己。即使我们是天才,也有一种天才的可悲。我们在小宛去世之后,对她的惋惜与怀念是多么的自私!"

诗人小宛心藏着我们这些人藏不了的多彩的山脉、无限的光明和对生活的自由。爱让她最终在诗海里选择了一种永恒的存在:在消瘦的时光里默默深埋自己和打造自己,以至于任何人看不见她灵魂里纯净的灰尘和精神上华贵的刀刃,以至于我们这些与文字打交道的所谓的文人,即使写得一手漂亮的文字也写不出一辈子漂亮的心。

我疼恨。疼恨上天没有让我早生半个世纪,让我可以一睹小宛诗歌里一芳惊鸿的容颜。

母亲

■文/柳陶

自从来到南昌后，与母亲的电话联系也频繁起来。我不敢说自己是一个多么有出息的儿子，但我敢拍着胸脯说，我是一个孝子，至少，为了让母亲安慰，我一直努力着。

还记得高中时，我离开生活了十几年的乡镇，背上书包，总是倔强地冲到马路的对面，把母亲的“闲言碎语”抛在脑后，然后迫不及待地坐上开往县城的汽车。而每次，我总能通过座位旁的车窗看到母亲既落寞又忧心的身影。

刚又给母亲打了个电话，告诉母亲咱们九江的《浔阳晚报》报道我了。母亲只读了三年小学，别地的报纸她不了解，但是《浔阳晚报》母亲还是知道的。母亲听了，只是淡淡地说："好，好！"我知道，这是母亲一贯的鼓励和安慰，她从来不轻易去夸奖我什么，一个"好"字已经是母亲对我最深情的奖励。犹记得一次与母亲一起烤火，我抱怨道："妈，你怎么从来不夸奖我？"母亲攥着我的手说："哪有夸自己的儿子的啊！大家都是把别人儿子夸得很好！你真的很厉害，大家就都知道，也不用我多说，你不厉害我说了也没用。"母亲就是这样，本分的她从来不允许自己的儿子有一点点的骄傲。从小只要我有一点点骄傲的情绪，母亲就会站出来严厉地批评，而我总是调皮地说："我也只有在自己的妈妈面前才说一说我的成绩、目标和想法嘛！在外人面前我不会说的，放心哈。"

母亲从来都是一个相当节俭的人。我上高中时，母亲每次来县城看我，都舍不得吃学校外边那四元钱一顿的饭。她怕自己的儿子担心，总是一遍遍地强调自己不饿或者骗我说自己刚在什么地方吃过了。在我的印象里，整个高中母亲从乡下来看我的次数不下 50 次，而我努力回忆的结果，却也只是记得母亲有一次在我租的房子里泡了一袋一元钱的方便面，以及一次带我五岁的妹妹来看我时，我带她们去学校外一家新开的餐厅吃饭。在走到餐厅的门口时，母亲轻声问了我一句："这个地方吃饭贵吗？"我急忙说，不贵不贵，这是新开的，正优惠着呢。点了两盘菜后，母亲只要了两双碗筷，她说自己不怎么饿，她喂着妹妹吃就可以，因为就在她拿另一双碗筷时，服务员说，加一双碗筷就要多加一元钱。

刚刚我告诉母亲我下定决心今年要好好地继续奋斗一番了。母亲的身体一直不好，没存下什么钱，只有在我读初一时她去温州打工存下的那一万元积蓄。以前我想投资做什么的时候，母亲总是再三劝阻，我明白她的担心，所以宁愿错过机会也不会去跟母亲争辩。也许我真的长大了，也许这两年我的努力以及所取得的成绩，母亲看到了，也许母亲觉得自己越来越老了，我越发觉得母亲对我的依赖强了，母亲把她的后半生都交付给了儿子。她等待着儿子终有一日成功了，在呼喊的人群当中，她可以骄傲地说一句："这是我儿子！"如今，我有想做的事情，母亲总是深情地说："反正你说的这些事情我也不懂，你自己把握好就是了。"

还记得2月15号在江西卫视《金牌调解》节目录制现场，作为观察员的我与众多老师一同调解一起夫妻情感纠纷，我遇到了一位与母亲年龄相仿、性格都很急的女当事人。在听完当事人的讲述后，我流泪了，情不自禁地流泪了。我知道这期节目，母亲和父亲一定会聚精会神地坐在电视机前观看。我拿起话筒："我从女当事人这里看到了我母亲的身影，我知道你和我母亲一样，都是很勤劳、善良的女人，你们都在努力地为自己的家操劳着，你们不是不爱自己的丈夫和家。每次吃饭前母亲都会把菜端上桌子，然后把饭盛好端到我父亲的手上，还要在这么冷的冬天洗衣服，手冻得裂开。你们是不爱自己的丈夫吗？真的不是，你们只是爱的方式出现了一点小小的问题，在这里我想对女当事人也对我母亲说，在平时生活中，要做到性子不要太急，音量不要太高，动作不要太大。"其实，我并不是在责怪母亲，我只是希望母亲在平时生活中，能够更好地与父亲相处，我只是想让父亲明白母亲从来都是很爱他的，希望父亲能够对母亲更好一点。

母亲，这是一个多么神圣的词汇。一直以来，热爱写作的我都希望为母亲写一点文字，但若干次冲动地提笔后，总是默默放下，母爱竟是最难抒写的篇章。而今天我写下的这些文字，真的希望母亲能够看见或是听见。

作者简介：柳陶，男，1993年生，江西省九江市湖口县人，就读于江西师范大学科技学院2010工商管理专业。现为江西卫视《金牌调解》观察员、江西省（妇联）幸福文化研究传播中心特聘讲师，2011年12月主编中国第一部"90后"自主策划编著的图书《金牌九零后——2011年度全国90后作家作品精选集》（中国书籍出版社）。